射天狼

朱苏进 著

江苏凤凰文艺出版社
JIANGSU PHOENIX LITERATURE AND
ART PUBLISHING, LTD

图书在版编目（CIP）数据

射天狼 / 朱苏进著. — 南京：江苏凤凰文艺出版社，2019.1（2022.3重印）
ISBN 978-7-5594-3024-3

Ⅰ．①射… Ⅱ．①朱… Ⅲ．①中篇小说－小说集－中国－当代 Ⅳ．①I247.5

中国版本图书馆 CIP 数据核字(2018)第 232575 号

书　　　名	射天狼
著　　　者	朱苏进
责 任 编 辑	孙建兵
出 版 发 行	江苏凤凰文艺出版社
出版社地址	南京市中央路165号，邮编：210009
出版社网址	http://www.jswenyi.com
印　　　刷	江苏凤凰新华印务集团有限公司
开　　　本	880毫米×1230毫米 1/32
印　　　张	8.5
字　　　数	230千字
版　　　次	2019年1月第1版　2022年3月第2次印刷
标 准 书 号	ISBN 978-7-5594-3024-3
定　　　价	45.00元

（江苏凤凰文艺版图书凡印刷、装订错误可随时向承印厂调换）

目 录

射天狼……………………………………………001
引而不发…………………………………………044
第三只眼…………………………………………106
绝望中诞生………………………………………197

射天狼

1

　　电话兵通过轻型被复线，报话兵通过微微摇曳的鞭状天线，同时收到阵地信息，又同声复诵出："发射完毕！"

　　寂静最令人不安。此刻，一枚数十斤重的弹丸正在天空飞行。炮口距目标九千五百米，弹丸需飞行四十余秒，对于观察所指挥人员来说，这是个折磨，长得不堪忍受。谁知道将得到什么，远弹？近弹？命中弹？还是最讨厌的"不见弹"？肉眼根本看不见蓝玻璃似的天空中有一枚压满TNT炸药的合金杀伤大爆破弹。它一出炮口，人们就无可奈何它了，任何力量都不能使它停止飞行或是改变弹道。它按照火炮身管赋予它的方向和角度冲上天，然后不管人们愿不愿意，都要落下来触地爆炸，迸出六七百块齿状弹片，疯狂地咬向敢于阻碍它的一切。因此，在实弹射击时，弹道所通过的地域常常没有居民地、公路和建筑物，目标区也设在一片大山里。处于弹道下方并抵近目标区的，只有炮兵观察指挥所，他们要观测这只没有翅膀的铁鸟。

可是为什么看不到爆光？这个散布死亡的东西飞到哪儿去了？

副团长颜子鹄放下望远镜——它虽然能使人望得更远，代价却是把人的视野限制在很小的范围内。果然，他放下望远镜视野开阔了，看到右前方褐色山坡后面蹿出一股烟柱，接着传来沉闷的爆炸声，它大大偏出目标区域，根据响声判断，炮弹炸在松软的土地上。

观察所发出的一片混乱的惊叫，被颜子鹄的高声命令截断："查图，找出落弹区！"又朝三连连长罗怀牧下令，"停止射击！炮手脱离炮位，叫副连长逐炮检查。"

营长递过一比五万的军用地图，食指尖指着一处："这里。"地图显示，褐色山坡后面是大片农田。万一有人，可就糟了。

颜子鹄朝旁边喊道："小车！"又催问罗怀牧，"查出来没有？"

罗怀牧脸色灰白，担任射击的是三连，射击指挥员就是他。他吃力地说："射击指挥无差错，问题出在阵地。副连长报告，三炮方向错了一百密位。"

如此大错！阵地上只有四门炮，却有五位连排干部。颜子鹄气道："我命令你们坐下来，坐它三天！"他喊上营长坐进小车，赶去查看事故后果。

小车从凹凸的山坡蹦跳着冲下来，拐上公路，高速驰向落弹区。颜子鹄去掉军帽，双手抓牢车把手，上身倾出车门，在急风中极力睁眼注视迅速滑后的田野。他忽然叫道："在这儿，停车！"

颜子鹄和营长跑下公路，从长满草藤的田埂旁边，扶起一位年约五十的农村妇女。她已经昏过去了，左肩和小腿处有血迹。蓝头布落在地上，旁边翻倒一个茶水桶，弹坑距她四十米，不知是否受了致命伤。颜子鹄和营长匆匆给她裹扎好伤处，把她抬进小车。远处，一个小男孩正朝村庄狂跑乱喊，十几位群众朝这里奔来。阳光下，一张张惶恐的、愤怒的、惊讶的脸越来越清晰，有人匆忙中还提着锄头和扁担；有人已经看清发生的事情，跑得更快，急声大呼……颜子鹄他们就要落入十分难堪的境地了。

营长道："阵地有军医，我们快把老人家送去吧。"

"好！"颜子鹄回答着，又望着拥来的群众，对营长说，"你害怕吗？"

"不，我理解他们，但这时候什么都说不清楚。"

"那你就留下！无论人家动口动手，你都不准躲避，不准发作，不准辩解。否则，就处分你。告诉他们事故的真实原因，找到老人的家属和大队领导，很快我就派车来接你们去看大娘。你这儿比较困难，不是低声下气就能取得群众原谅的，越那样人家越气。我们错了就是错了，要认账。但在大错之下也要体现革命军人的品格，你明白我的意思吗？"

"明白。"

颜子鹄把老人抱上车，关好车门，双臂把老人家拢在怀里。小车平稳地驰走了。他从后窗望去，群众围在大弹坑边上看了看，然后，慢慢地从三面围住营长。营长垂手站着……

小车停在三连炮阵地的通路出口，响了两声喇叭。颜子鹄钻出车，对快步奔来敬礼的副连长吴晓义道："拿担架，把老大娘抬下来，快把军医找来！"

"谁呀？"副连长吃惊地看着颜子鹄胸前的血迹。

"你母亲！"颜子鹄绷紧脸，无法控制自己了，"大家不是天天喊，我们是人民子弟兵、子弟兵嘛！"

军医赶来半跪在地上为老大娘检查伤情，然后重新包扎。颜子鹄在他耳旁问:"怎样哇?"声音微颤。

"还好。没有伤到动脉和骨头,不过要快送医院。向团里要救护车吧!"

"不等了。"颜子鹄对吴晓义道,"调一辆炮车,把火炮卸下来,把老人家抬上去。出事的是哪个班?"

"三班。"

"让三班撤出阵地,在车上轮流抬着老人家,立刻送医院。"

吴晓义在前,军医在后,抬着担架往阵地后面绕。颜子鹄喝道:"干嘛躲躲闪闪,想藏住自己的失败?不准绕,就从炮阵地上过去。"

所有炮手都笔直地站在炮旁,呆呆注视着担架通过。一看到颜子鹄的脸,好些战士心怯地转开目光。老人家醒了,呻吟着偏转头,恍惚地朝火炮和战士们望着。

"呜……"一位战士扶着火炮瞄准具大哭,接着,跳过火炮大架,钻到相思树林里去了,两个战士急忙跟去。颜子鹄估计他可能就是错了一百密位的瞄准手,低声问:"入伍几年?"

吴晓义答:"一年,工作不错,是党员。"

"现在入党真快,军事素质呢?你们要分工一名干部看护他,不能恶化他的情绪,也不能让他重新当一般炮手,他自己要求也不许。他还是瞄准手,下回实弹射击还是要上。"

颜子鹄是强忍着一团怒气走进阵地的,然而,沿阵地走了一遭后,恼怒便化为一种复杂的感情。他看到,炮车通路两侧的树林,竟无碰断一根树枝;田边必定要碾碎的几棵白菜,早已被战士们包着土挖出来,移到通路远处,准备撤出阵地后再栽回去。在重炮和大型牵引车的缝隙里做到这一点,需要多么严明的军纪和良苦的用心啊!用弹药箱板子钉成的语录牌,插在掩体最高处,写着大家最熟悉的毛主席语录和战斗口号。和一年前不同的是,没有林彪的语录了。不过,这能说明他的一切都埋进温都尔汗沙海了吗?群众纪律执行得最好,没损坏群众一针一线。阵地的政治气氛搞得很浓,简直像打一场灵魂仗。不过,他们疏忽了一点,阵地要隐蔽,要伪装,要和现场保持一致。本属于心灵的语言,不必在嘴上重复了千万遍还嫌不够,又制成语录牌竖在最明显的地方,使敌机在两千米高空都能看到。花架子!

颜子鹄走到阵地指挥所,用电话向政委报告了这里的情况。政委说:"我马上到落弹区去做善后工作,你放心吧。问题出在三连,你看还打不打?"

"打,射击还没完嘛。"

"我也同意打,但是要你亲自掌握。另外,师里刚才问到明天一连的实弹射击。一连更难办啊。你看他们还打不打?"

政委是忧虑一连连长袁翰。袁翰返乡已经超假,团里两次电报催归,还不见音信。这件事激怒了颜子鹄。连队临近实弹射击,连长居然无故不在位。颜子鹄和政委的最初决心是:就当袁翰"死了",一连还是要打仗的,让指挥排长代理连长指挥射击。可是,三连出了事故,政委犹豫了:指挥排长毕竟没有指挥过全连呀。

"袁翰的超假,"颜子鹄通过电话说,"属于执意违背命令,性质比三连的偏弹更为严重,简直不像个军人,非处分不可。但连队的实弹射击,我的意见还是打。垮了连长,不能垮掉连队。打好打坏是一回事,不上炮场,这个连队的人心就散了。我坚持打!"

"知道了。"政委放下话机。

2

一连指挥排长坐在车内连长的位置上，这对他简直是过分的幸福，他将占领观察所，指挥全连火炮实弹射击。阵地指挥员副连长，虽是他的上级，也将逐字逐句地复诵和执行他的口令。每个炮手把他的意志填进炮膛，他将看到弹群按自己的意愿爆炸，仿佛是自己手臂延长了，伸过去捏碎了坚固的目标。热爱军事的人谁不珍重掌中的权力，这权力可以实现自己所追求、所热爱的意愿，和渺小的个人权力欲完全是两码事！尽管他嘴上也呐呐地道："副团长，我怕不行啊。"这是因为他觉得不谦虚一下就太不像话了，其实，他心里早把三连看矮了半截：哼！打个偏弹，练兵练到脑后去了？他储藏下的本事，使他忍住笑意接下重任，那一刻，他深深感激连长袁翰平时对他的培养。

他刚当排长时，袁翰就逼他学习连长的全盘指挥业务，说："一年以内，你必须成为全营指挥排长中最强的一个！别怕人家说你有当官的野心，那是蠢猪式的嫉妒。不但理解本职而且理解上级的职能，才能更灵活地完成自己的工作。满足于仅仅完成本职工作的指挥员永无出息。"好几次野外协同训练，实际指挥一连的是他这个指挥排长，袁翰只在边上传达口令，营指挥所都没察觉。有一回，袁翰竟然在"暂停"时睡着了，醒来后苦笑着说："我也会偷懒啦。说实话，这一套，那年我当班长时就会了一半。如今当个连长，比那个时候当排长还容易，老是这一套程序，好像敌人听我们调动似的。我要是当敌人的话，别人不敢说，咱们营长就会输给我。"

像那里的不少干部一样，军事上幼稚，阅人览世却过早成熟，小小年纪的指挥排长,因为袁翰急迫地要把他推上连长位置,竟狐疑起袁翰的用心:"连长,上级要提拔你了吧?"

"天真。他们情愿提你,也不会提我。我是大比武出来的,和罗瑞卿握过手,沾上啦。"

"这是暂时的,"指挥排长很坚决地说,"什么'单纯军事观点',什么'骄傲自大',一打起仗来,人们会改变看法了。"

指挥排长的坚定信念,使得袁翰对他特别亲近,甚至有些钦佩他。但袁翰的苦恼消散一阵后,重新聚结起来会更重。"算啦,谈起来心烦。你只要做到在任何时候都能指挥全连,就帮了我大忙了。"

"怎么是帮了你大忙呢?"

"等你顶上我的时候,连队不需要我了,我也可以脱军装了。唉,什么时候才有仗打!"

这是一段往事。现在,指挥排长膝头铺开军用地图,手指间夹着一支管状照明灯,不时探头辨认路旁墨堆似的山影,率车按照图上标出的路线奔向观察所。

指挥车跑着跑着忽然减速,驾驶员上身前倾:"看,像是连长。"

果然是袁翰提着旅行袋,出现在公路拐角处,眼睛抗不住强烈灯光,偏开脸躲避着,脚步歪歪斜斜,差点走到路沟里去,好像刚刚从灾难中脱逃出来似的。

"闭灯,停车。"指挥排长很惊讶,连长怎狼狈到这个程度!他跳下车奔过去。

袁翰几乎连上车的劲也没了,倒身坐在踏板上,背靠着车门,仰头闭目,享受着全身盘骨骤然松弛后带来的畅快。指挥排长噼里啪啦地拍去他身上的尘土,连连问话,但没有得到回答。车上的战士纷纷围在连长身边。

指挥排长朝报话班长道:"快报告,连长归队了。"报话班长拿起话筒喊开了密语。指挥排长把地图摊在袁翰面前,手指在图上快速移动:"这儿,是我连阵地,这儿是观察所,我们现在正行进到四十公里路标处。基准射向 30-00,目标区在天马山北面,凌晨五时完成一切射击准备。副连长率战炮分队从这条路占领阵地了。指挥排齐装满员,'无线'正与上级和阵地保持联络,'有线'还没开设。"说到这里,他把指挥包交在袁翰怀里,"连长,你指挥吧!"

两道雪白的灯柱上下抖动着,一辆小车驰近戛然刹住。灯光灭了,但发动机没停转。颜子鹄在黑暗中质问:"为什么停下来?"

指挥排长道:"连长回来了。"

"那也不能停止前进。看你们,都在公路上窝成一团了。"

战士们迅速登车,袁翰端正军帽,上前敬礼。颜子鹄压低嗓音:"你超假整整二十天,什么原因?"

"老婆生孩子。"

"就这个?"

"就这个。"

"这个我知道,你在请假报告上写了。我问你为什么超假?"

颜子鹄等待几秒,没听到滔滔不绝的申辩、对意外事件的渲染,或是絮絮叨叨的检讨。而这些,正是从超假干部口中常常听到的。他很想按亮手电筒照照袁翰的脸,这个违犯军纪的人究竟知不知愧!

"你等待处理。实弹射击仍然由指挥排长指挥,任务不变。"颜子鹄回到车上,重重地关上车门,"开车!"

袁翰问指挥排长:"他是谁?我没看清。"

"刚从军里调来的颜子鹄副团长,恐怕会当团长呢!"

袁翰从颜子鸽的语气和上下车的动作里,预料到事情不妙了。犯了错误,偏偏碰上个刚上任的新官。

指挥排长抱住袁翰双肩,动情地急切地说道:"连长,到底为什么超假?说啊,连我都不告诉?"

"确实是老婆生孩子。"

"都好好的吗?"

"好好的。"

"那你为什么超假?"

"唉,你没结婚,不懂什么叫老婆。车上有干粮吧?我饿了一天了,身上只剩三分钱,买个面包都不够……"袁翰难堪地说不下去了。

"你的钱呢?"

"都甩给她了。"

车上战士赶忙递下馒头和咸鱼。指挥排长看见扔在车踏板上的瘪瘪的旅行袋,鼻眼酸涩。连长家庭生活困难,可是每回探家归来,也和别人一样带许多土特产让大家尝鲜,这是连队的不成文法,空手回来,真不好意思见人。连长这回只带来满身尘土和一副饥肠,看来他是被榨干了。

"再给块雨布吧,我实在走不动了,就在路旁山坡上歇一会儿,你们返回时喊上我。快走!副团长准保掐着秒表在前头等着。"袁翰连连挥手。车快开时,他突然跳上车踏板,对指挥排长说,"记住,别抢时间,保证精度。实弹射击比我俩平日练的那些射击法简单,不同的只是带个响儿。你只要不慌,一定能打好!"说完,他跳下车。

指挥排长双手扣紧指挥包,心安理得了,因为连长也愿意让他指挥。等待自己的将是一场痛快的钢铁格杀,等待袁翰的是什么?副团长的命令太冷酷了,连长既已归队,就该让他指挥全连嘛。指挥排长想到这里,激情已经冷却,而激情对于取胜是不可少的。他的信心碎裂成胡思乱想,对飞快的车速也有些恐惧:"慢点,别慌。"其实他内心却很慌,总在想,自己指挥的这次射击可能比三连还要糟糕。

下车就找不到登山的小道了,地图上明明有嘛。指挥排长和战士们沿山脚急急搜索,蓦然,看到颜子鹄默立在前边,他身边就是小道,可他偏偏一声不吭,准是在气恼指挥排长到得太晚。他看了一下腕上的夜光表,大概没超出规定时间,所以仍然保持沉默。

指挥排长庆幸着:找到了路,还没开灯。否则,灯光一亮,准遭来斥责。打得再好也要扣掉十分。

直到下午实弹射击才结束。归途中,指挥排长在四十公里路标处寻找袁翰。他频频按响车喇叭,但不见袁翰出现。他跳下车跑过草坡攀上山顶,才见袁翰坐在雨布上靠着一株歪头小松树酣睡。从这里可以远远望见射击目标区域。指挥排长意识到:不必向连长报告射击结果了,他什么都看到了,他刚刚睡着。

袁翰睁开滞重的眼皮,哑声问:"全部命中,是不是?"

"除了首发试射,那是个靠近弹。其他嘛,时间、集火、齐射,都还可以。"指挥排长的语气仿佛说一件平淡小事。但他毕竟年轻,不善于把巨大欢乐禁锢在心里,笑意最初就流露在眼角,然后一点点扩大,终于变成"咯咯"的欢笑,把滑到身前的指挥包猛力甩到身后。"我做梦也想不到,咱们连打得那么好。不只是'命中',完全是粉碎,对,粉碎!炮弹像被目标吸引过去,把目标都炸没了。真的,一点没剩下。真他妈痛快!"

"别骄傲啊，沾上这个毛病就终生难改。"袁翰站起来叠好雨布，淡淡地问，"那位颜副团长有什么表示？"

"笑，笑！还给我追加四发炮弹，让我多打了一个转移射。"这是真值得骄傲的，全团指挥排长中，没有谁得到过这种幸运。

袁翰有些惊异："哟，这位副团长还真知道什么是对炮兵的最好奖赏。"

"哎呀，连长，"指挥排长叫道，"人家是火炮专家！秒表一掐，就知道了全连的协同情况。他看出你是有真本事的连长，要不就带不出这样的炮兵连。他问了我好多你的情况，还说：'一个连队失去连长仍然能打胜仗，正说明这个连长不平常。'他是在电话里对政委说的，我听到后高兴死了。"

袁翰快步走到前面，不能让指挥排长看出自己的激动。啊，有这句话就够了，完全够了。由他批吧、骂吧、处分吧，因为他有一双明辨贤愚的眼……袁翰真想立刻见到颜子鹄。

指挥排长在后面追赶着说道："连长、连长，你去见见颜副团长嘛，就在那边。他见到你准保高兴，你再把超假的事和他谈一谈，详细地谈一谈，他总有个家吧，还不理解你！"

"叫了我吗？"袁翰止步。

"干嘛非要叫，你不会主动点？"

"不去！"

指挥车开到阵地，与炮车会合返回营区。

营区北头的一片营房就是三连，战士们正在炮场上擦炮——即使只打过一发炮弹，炮膛也需要擦洗数次。暗红色的洗刷杆在炮口出出进进，深黄的炮衣平铺在沙地上暴晒。一连的车炮接近时，他们都朝这边看，对各车厢的歌声和欢笑，对一连的战士打去的手势和招呼，他们竟无一回答。

袁翰从车门伸出头朝车厢唤道："指挥排长，三连怎么了？"

指挥排长从车厢弯下身，胜利的欢乐还浅留在嘴角："噢，他们打了个偏弹，整整偏出去一百密位，伤了一位老大娘。"

"你……怎么不早告诉我？"袁翰发怒了。

"我忘了。"指挥排长声音很轻，只能从口形上猜出他是想这么说的。

"你只想自己的事，"袁翰冰冷地说道，"通知各车，停止唱歌。"

"车距一百米，怎么通知呵？"

"发防空信号。"

指挥排长朝后面挥舞红绿旗，第二部车立刻平静了，同时把信号传到第三部车……整个车队无人高声说话，探出来的脑袋也全缩了回去。喇叭也不响了，各车减速，拉大距离，缓缓通过三连，仿佛是一路哀兵。

袁翰注视前方，白色的营区通路，无尽头地滑进车底。路两旁的小樟树是他带兵栽的，分别两月，好像粗了些，小树叶像人眼一样闪烁着脉脉神情……袁翰恍如进入一个陌生世界。"偏弹，伤人。"这几年来连队的军事水准，怎么下跌得这么厉害。他曾经在三连当过班长，是三连把他培育成射击指挥员的。他心儿忽有所动，直到这时候，他才隐约地后悔自己不该超假。

3

窗内比外面晦暗许多，主要是因为几个烟鬼抽得太狠了。烟雾初是灰白色，还能飘出窗，后来越积越多，竟聚成凝重的蓝色，飘不动了似的悄悄扯起柔软而厚实的帷幕，遮住人们的脸，从而，使彼此不能从对方脸上看到心语。人们各自陷在自己的深沉情感里。

在这种地方，你不想吸烟也不行，烟能把你硬熏出瘾来。劣质烟草在猛吸中竟跳出一团团火苗，光块与暗影在脸上晃来晃去，把人脸歪曲得不像个样子。不安的，忧虑的，没有一张脸是平日所熟悉的了，它们给人的印象比平日强烈数倍。面前的会议桌——除去球网的乒乓球台上，放着一张盖有两颗大印的公文纸，是上级对袁翰的处分决定。营长刚刚宣读完毕，大家等待着袁翰表态。

袁翰沉默许久，简短地说："我知错。我想好好考虑一下，再向支部汇报思想。"

营长说："还有两件事。刚才颜副团长打电话来问，你们谁向全连战士公布处分决定？"

"我。"袁翰拿过决定，他明白颜子鹄问话的意思，必须向全连做检讨。

"下午三点，全团在团部大操场集合，宣读上级关于三连实弹射击出现偏弹的事故的通报。"营长望着袁翰，"时间快到了。"

"集合吧！"袁翰随即起身。指挥排长快步出门。袁翰先回宿舍喝了口水，让激动的心情凉下来，然后整好军容，走上炮场。

全连已成四列横队集合完毕，看战士们笔挺的身体和紧张的眼神，指挥排长一定先说过什么。

"立正！"

如果精密测量，可以发现袁翰是发令后第一个完成立正动作的。他酷爱此令，此令振人心魄。看，全连霎时凝聚成一群雕像。手足、腹部、脊椎、目光、表情甚至内心欲念，全部固定进条令规范。

013

生命被此令锁住。力量压缩到临炸前的瞬间。每处衣襟驯服地贴在僵硬的躯体上。蚊蝇可以恣意蹿上他们的脸庞……这口令控制的一个整体，可以随你出征任何一个经纬点。

"稍息！"袁翰举起那张公文纸说，"上级决定。"全体立正，"炮兵团榴炮营一连连长袁翰，在今年九月至十月探亲期间，擅自超假二十天。为严肃军纪，教育本人，决定给予袁翰以行政记大过处分！听清楚没有？"

"清楚！"声音稀落。

"清楚没有？"袁翰高声问。

全连振奋地回答："清楚！"

"今晚，我在全连大会上做检讨，现在到团部大操场开会。向右转，齐步走！"

一连进入大操场时，全团都朝他们望去。那毫无杂音、顿打地面的整齐步伐，袁翰响亮的口令和全连海潮汹涌般的复令，战士们帽檐阴影下一双双正视前方的眼睛，仿佛是来比武的。他们的威风与豪气竟使人们连呼吸也轻细下来。

很激动，这么好的队列，他当了五年连长也很少见到，他感激战士们，又觉得对不起他们。

"好啊……傲啊！"颜子鸹站在与全团排列成等腰三角形的指挥位置上，目光掠去，一眼就认出哪一片是一连。他们普遍比其他连队的战士黑些瘦些，一声向右看齐，腹部回收，胸脯一概挺起来，胸兜里没有凸出香烟盒、打火机之类的杂物，也没有歪腰扭腚、抽动腮帮子的。这高质量的队列，就像一串环环相扣的铁链，胆小鬼夹杂其中也会勇敢起来。有的连队也笔直站立，也昂首不动，实际上差得远呢。严肃的面容下面，也许鼓个吃得太饱的肚子；宽大裤管里，可能有悄悄放松了的膝部关节。老兵熟谙此道，不用劲也站得挺像样。新兵只知憋足一股憨劲，脸儿让血冲得通红，身子明显倾歪，还以为自己站得最直。入伍第一课目就是队列，可是服役三年也未必能来个标准的立正，你也是一身军装，但绝不是完全合格的兵。没有对操场、对机械般动作的痴爱，没有指挥员的威力，就得不到一行真正的队列。

颜子鹄目光又回到一连，这个整体中最触目的部分。唉，这支连队虎威与熊力兼有，可惜也像公鸡那么骄傲。一些战士，甚至为获得骄傲的评语而骄傲。"你们想骄傲还骄傲不起来呐！"元帅和将军离他们太远，眼前最有本事的就是"咱连长"。袁翰好像生来就不信任太谦虚的人，手下几个班长都有点"傲骨"，外出执行任务，使得外单位领导喜忧参半，要使出通身本事才能领导他们。

颜子鹄的声音传至最后一排战士耳里，仍然不力有威："刚才各连入场，哪个连最好？"

"一连。"

"我最不满意的，是大部分带队干部的口令。"颜子鹄逐个望着队列前排的各连干部，"软声软调，破锣破鼓，男不男女不女，比我这半条喉咙差远啦（他的脖子挨过弹片）。一个炮兵指挥员，必须在炮声中把口令喊出去，还要保证每个炮手在炮声中听到，不仅是听到口令，还要从口令里听出你的必胜信心！我要求你们平时的口令要和战场上一样响，不然的话，到时候你就喊不出来。现在给你们一个标准。袁翰，站到这里来。"颜子鹄用脚踩踩立足点。

袁翰跑步出列。

"一套队列口令。开始！"颜子鹄下了命令。

袁翰采取立正姿势，根本看不到他鼓气、用力，便发出了单调不高但极有力度的声浪，仿佛是小炮："立正！向右看齐！……"

全团都在执行他的口令。喊毕，他主动入列。颜子鹄回到指挥位置，大声道："下次全团集合，各连带队干部的口令，必须达到袁翰水平。回去，你们自己练！"

4

从团部归来，一连战士显得很安静，几乎没人到连部里走动，只从宿舍门窗朝这里望上一眼。好像都这么认为：连长遭难了，再像以前那样随意说笑，就太没良心了，连长现在需要静静待着。

袁翰闷坐在屋里，忽然感到说不出的难受——缺氧似的。他透过窗玻璃看到空旷的炮场、冷清的炮库和安静得有些反常的战士，这不是他熟识的连队了。孤独可真难受，他受不了别人用怜惜筑起来的墙来包围他。看看表，竟吃一惊，他快三个小时没在班排露面了。他振作精神走出连部。

远处的岗哨有些懒散，像在晒太阳。袁翰瞟他一眼，他立刻振奋地持枪立正，钉住不动。进了排宿舍，战士们纷纷起立，有一位脑壳重重碰上床铺板，疼得他咬牙红脸，却直直挺立着不肯揉一揉。班长抱怨地看他一眼，嫌他在这时候出丑，然后注视着连长。周围的瞳仁里都流溢着热切的关怀，像在问：有什么心事？说吧，瞧，我们都在这儿呢。

深沉而笨拙的安慰，更使袁翰心里难受。他在这世界上除开妻子，最难割舍的便是这些战士们了，是他们把他从妻子那里夺了来。说实话，两道电报催归令，都不及来自他们的引力能量大。

虽然，他可以随意指挥他们，像随意动弹自己的手指头，但他们一双双眼里，不也正向他的心发布命令吗？"你属于连队。"袁翰很想燃起快活的气氛，用坦然的笑容啦，又酸又辣的趣话啦，亲热地碰碰肩膀啦，让他们宽心，别为自己担忧，袁翰还是以前的袁翰。可惜他不会遮饰自己的感情，还容易被人家的感情感染，他常为此诅咒自己的军人气质不足。

你看，通信员肩挎邮件包从营部归来了。袁翰矜持地转开脸，而脑后好像长了眼睛，感觉到通信员越走越近，心也随着那脚步越跳越紧。他焦急等待着，但通信员没唤他，略停顿一下便走过去了。没信，他心儿白白恍动一阵，重被忧虑、失望攫住。没信也好嘛，说明她们平安无事。嗯，明天肯定会有……自从他归队后，妻子一封信也没来过。

一位面容憔悴，看上去比实际年龄大五六岁的女人，散乱着头发，斜倚在床边，失神地望着床上两个睡去的婴儿，好像一直要望到婴儿大起来才罢休。这就是他妻子的形象，浮上心便难拂去。他月薪五十三元五角，妻子是半工资半工分的民办小学教师，家里有一位老人还有一位在外地上学的妹妹，都依靠这些收入。袁翰像个一月只拿六元钱的新兵那样谨慎开销，把大部分薪金寄回家。干部们讨论应该给他困难补助费时，他好羞呵，没勇气看他们，也没有勇气拒绝那几十元钱，每年都要被这样折磨一两回。妻子四年不孕，今年居然生下一对双胞胎，都是女儿，都只比袁翰的手掌大一点儿。姐妹俩给父亲的第一感觉，就是世上竟有这么小的人！他不敢抱，怕她们从掌中掉下去，又怕捏痛了她们。他用手指头轻碰她们那细嫩的脸儿，手指简直没有触觉。他的心被一种猛烈的情感碰痛了，说不清是喜是忧。他甚至担心自己的呼吸会伤了她们，屏住气息，俯身下去，瞧精密军用地图似的瞧她们玩偶般小巧的鼻子、嘴儿。他分不出谁是老大谁是老二，左边那个蓦然啼哭，在褓褓里很有劲地划动手脚，袁翰吓了一跳，于是，便暗暗唤她"大姑娘"。婴儿的哭声是父亲心灵里的壮歌，在啼声中，他感到翻滚而来能够淹没一切的情感狂潮，恨不能朝什么凶神恶煞扑过去，捣碎了它，看护好两个可怜的小天使。

妻子心里一阵滚热，她从袁翰瘦脸上的爱怜猜到了自己的变化，于是投去感激的一笑。笑容停在嘴角，显出早衰的皱纹，反给丈夫留下一片苦涩。每当半夜，妻子给孩子喂奶，放下这个抱起那个，脸上涌出病态的红潮，两眼痴热地望着怀中婴儿，袁翰就很痛苦，恨自己不是女人……假期的最后一周，夫妻俩时常沉默，目光碰一下又躲开。一到黄昏，妻子就轻声叹息，终于，她提出来，让袁翰给部队发个请示延长假期的电报，即使不批准，等答复也可多住几天。主意很乖巧，但袁翰认为那是老兵油子拖泥带水拖延假期的手段，不肯办。妻子抱怨袁翰只顾自己的名声不管家，小女儿好像有病，吃了就吐，做父亲的能撂下就走吗？她气道："你要走，抱一个孩子去，我养不活这么多，血给她们喝也不够。"袁翰那几天累极了，肝火特别旺，顶撞道："养不了干嘛一家伙生两个？"话刚脱口，他就被妻子晕眩的模样吓坏了。最后一天早上，袁翰起身，见妻子睁大两眼也要起来，他急忙按住她："别动，我自己来，我什么都会。"妻子一动不动，只有眼睛随袁翰身子转着。袁翰点火、做饭，吃了些东西，提起旅行袋，走到床边和妻子告别，妻子却侧过身去："你走吧！"手护着两个睡婴。

南去的列车晚点了，烦躁中的时间就显得特别长，看谁都不顺眼，恨不得碰上个无理的人吵上一架。袁翰极力抑制着，规规矩矩坐在门旁靠椅上，看大墙上的车票价格表，计算路途花费，总是神不守舍，一会儿算多了，一会儿算少了。

"快呀，叫爸爸。"一位年轻母亲把小女儿往前推，迎向一位高个儿、被海风吹黑了脸庞、畅快笑着的军人。这人提着两个鼓鼓的旅行袋，还有一挂香蕉，显然是刚下火车。小女儿正在受罪，小胖脚儿迈上一步，就回头求救地看母亲，母亲急声催促："快呀，快呀，别怕。"（这个"怕"字让袁翰心酸）军人等不住了，雄鹰似的展开双臂，搂住小女儿。小女儿猛一挣扎，从军人怀里漏下去，跌进母亲怀里，小手死死揪住母亲的衣领，哭着往她身上爬。哭声惊扰了候车的人们，父亲狼狈地忍受着四面八方投来的目光。蓦地，他看到袁翰，认定这是个知音，便朝袁翰苦笑，以解脱窘境。袁翰呆子似的毫无反应。母亲抱着小女儿和军人一起走出候车室。小女儿在母亲怀里还竭力躲远那位军人，但不时从母亲脖子后头偷看。他们不知道，这短短的几个镜头激起袁翰的思绪翻腾。

车站广播喇叭又发出通知，袁翰要乘坐的那列车又要晚点到傍晚，又得等九个小时。他本不想回家，可是，在车站外烦乱地踱了几分钟后，忽然意识到：要再这么踱下去，就会有行人的疑视，交通警的大喊，甚至医生的关注了。他下定决心，快步回家。

妻子从桌前扬起头，惊异的眼里满是泪水。她在给刚刚离去的狠心丈夫写信。

袁翰走近，她站起身扑过来，头顶着袁翰胸膛，撞了两下，靠住他肩膀，剧烈地啜泣。笔在桌面上滚了很远。"别哭，别……"袁翰安慰着，但妻子却止不住。唉，能在丈夫怀里哭，也是幸福的，你怎么会知道呢！

桌上半截信写着：

袁翰：我的救星，求你转业回来吧，做军人的妻子太痛苦了，一年十二个月，你只能给我一个月，刚刚熟悉共同生活，你又走了。就是这一个月里，头十几天痴狂，匆匆忙忙跟偿债似的。后几天发慌，老是想：你要走了，要走了。中间又有几天安稳日子！我是个弱女子，受不了没有依靠的生活。看见这两个小女，我好害怕，简直不知道怎样把她们养大。老是想：她们会从床上掉下去，会给什么东西咬一口，会发烧……总之会死在我怀里，真是怕极了！这些念头你在时我没有，你一走就冒出来，我是不是疯了。还有经济问题，今后几年我们会很困难，受不了两地生活的花费，还是苦在一处吧……

袁翰迈不动腿了，一拖就是二十天。他写过延假信，但写不下去，没有"过硬的"理由，又不肯编造或是夸张，于是，干脆不写。"写那个还不如写检讨报告呐！"他甘愿承担一切后果，也许因此转业，他隐隐有些高兴。

妻子把部队拍到她单位里去的两封电报，都藏了起来。袁翰在家的日子，她总觉得是自己偷来的，因此一点幸福感也没有。

5

整幢房子都用大块花岗岩石砌成，它是战士们自己采石盖的，笨厚牢固又显得威武，好像砌进了他们的某些性格。太阳已经西斜，花岗岩正在散发下午吸收的热量，靠墙便感到暖意。西头一大间是团党委会议室，全团战士每日的工作、思想乃至梦里的部分内容，都会在这里被研究、被决定。会开完了，颜子鹄想去一连和袁翰谈谈，他在房外两株塔状扁柏之间踱步，等候小车到来。这几分钟时间里，他整理着对袁翰的印象。

去年，师司令部就要调袁翰去当作训参谋，团领导通过努力把他作为储备作训股长留下了，计划让他在副营长的位置上熟悉一下营的工作后，就负责作训股工作。档案材料都报上去了，政委准备他探家归队后找他谈话，正在这个节骨眼上他却超了假。师长很恼火地质问："炮团怎么搞的，刚刚报袁翰当副营长，马上又得处分他，你们怎么考察干部的？袁翰超假是什么原因，他到底想不想在部队干？你们要就这个情况，专门写个报告。"

袁翰的超假，使团里几位领导很伤心，他们的观察力和判断力显得太弱了。袁翰的超假不但损害了自己，也损害了看重他的人。

颜子鹄对袁翰感到兴趣，接触时间虽然不长，但却在袁翰内心世界充分暴露的时刻。这时看上一眼，可能比相处几年更能了解一个人。"他会带兵。"颜子鹄最爱这点。一连的军事素质就是强于其他连，连队是连长的镜子。袁翰的优点和缺点都很明显。比如说骄傲，唉，有点本事的人怎么常有这个毛病呢？有的人藏住了，有的人藏不住，当然也有人纯粹因为别人强于自己，就送人家一顶骄傲的帽子戴戴。袁翰的超假完全是因为骄傲吗？似乎也不一定。他过去组织纪律性一贯不错，如今明知超假会受处分，他还是敢超，恐怕另有原因。也许他真是不想在部队干了？颜子鹄最担心的就是这点。不想干的人，任凭你有天大本事，也不能长久留用。

小车在一连炮场边刹住，颜子鹄透过有机玻璃车窗望去，一连副连长正组织炮场训练，各炮手无一被突然而至的小车所吸引。这个小细节让颜子鹄高兴：有些挺过硬的连队里的战士也常在一瞬间走神，这一瞬间常造成一百密位的误差。

颜子鹄用手势告诉副连长：干你的吧，不要中断。他走进连部找袁翰。

"我是想转业的。"袁翰垂下目光,不看颜子鹄眼睛,说话胆子更壮。他一直暗中期待颜子鹄来看自己,但头一句话就使颜子鹄心凉。"我不像有些人那样,成天叫唤'岁数大啦,放咱走吧',其实他不想走,那是一种牢骚,是提醒领导:自己在这个职务上干了多年,再不提就不干了。我可真心想走。家里有困难,不走怎么办?像个别人那样闹,甩手不干工作,处处跟领导为难,或是老提一些你根本解决不了又是实际存在的问题,让你觉得刺头,不得不放……这些鬼名堂我比他们知道的还多,但实在做不来。对这次处分我完全接受,超假二十天再不处分简直没有军法了。如果我当领导,也许得给袁翰来个更重的处分。干脆说吧,这个处分是我自找的,当时有个念头,处分就处分吧,不受这个处分,你们老觉得袁翰太好用了,没一点个人问题。"

"这个念头,和你说的闹转业的做法,性质一样。"颜子鹄严肃地说。

"但是我说出来了,难道要再来个处分?我原本可以什么都不说的,可以用其他办法达到走的目的,而且不受处分。"袁翰沉闷地扭开脸。

"这倒也是事实。说吧,我很愿意听大胆的谈话,好多年没听到了。既然连处分也不怕,总该有你自己的道理。"

"处分有什么了不起,失掉了什么?当兵以来,我立过三次功,立功又有什么了不起,又得到了什么?它们统统睡在档案袋里。这是气话了,我知道这样看问题很不好,但我的经历就是这样。"袁翰朝营部方向伸出手指,"我们营长是个很好的同志,但他没经过严格训练,我的指挥排长在某些打法上也比他强。这样的同志带兵也可以打胜仗,不过十条命能拿下的山头,他要送出去三十条命,然后会说出了三十个英雄。当然不是有意掩盖失误,而是他确实不知道这个山头只需付出十条生命就可以拿下来。在他面前,我特别谨慎,他年轻,经验少,应该撑台,不能拆台。可不胜任的人在台上难受,台下的人也不轻松,我不是想当个什么官,我想走,心里闷哪……"

"想当官不一定不好,热爱自己事业的人,谁不希望手中有权。官和老爷是两码事嘛!懂军事的人不当指挥官,难道把战士交给不懂军事的人指挥?"

"对对,我为这个想法骂过自己。人哪,有时是会错骂自己的。嘿嘿……副团长,我不把你当领导说话了,行吗?"

"行,当然行。"

"你扛枪的时候,我连细胞还没有哩,而你现在仍然是个上了年纪的副团长,不会没有苦恼吧?但苦恼是苦恼,干是干!你不用做我的思想工作,你的存在就能影响人的思想。可我也担心,这样干下去不会又是单纯军事观点吧?"

颜子鹄"哈哈"大笑。

袁翰急步在屋内走动,忽然站住,睁大眼:"副团长,咱们偷偷喝两杯吧,已经开饭了。"

颜子鹄不语。

袁翰朝外唤道:"通信员。"又从抽屉里拿出一本书,从中翻出一张十元钞票,"去,到小卖部买筒罐头,让炊事班长热一热。"

颜子鹄道:"你这么干,老婆孩子吃不吃饭了?越穷越大方啊。"

"还是说说吧,家里难到什么程度?"

"一个好军人,很难是个好丈夫。"袁翰叹息道,"能给她的都给她了，不能给的抱怨也没用。咱们归部队掌管，不是归自己掌管，这就要求她自立喽。可她偏是个胆小女人，我不在家，天一黑就关门，过年过节更不好受。再有，老子让她一胎生下两个，结果自己当甩手掌柜，扔给她抚养，一个月寄几十元钱就算完成任务了。其他事，就是天塌地陷，反正我看不着。"袁翰从床下摸出两瓶酒，晃晃道，"这是她酿的。"倒上两杯，望下门外，菜还没来，他等不住了："来！副团长，品品味。"举杯饮尽，然后轻轻吁口气，胸腔急剧起伏，脸上是饥渴的神情，粗声道，"我们是军队，而军队又和战争分不开……"

颜子鹄举起另一杯酒，细细品咂着酒和话的滋味。

哦，战争，你在哪里？我们默默警惕着你，注视着天空、陆地、海洋……

都知道战争不可避免，也都在切齿痛恨它，它即使今生不能消除，也不愿把它推得远些，再远些。战争的产儿——军人，袁翰他们，便落入两种感情的磨盘中。对于各种非正义战争的厌恶，他们一点不比世人少，那一杆枪，正是为了把它们驱入坟墓。正因为这样，他心热，神迷，像数学家爱古怪方程式；像雕塑家对着一尊精灵流泪；像老牛温柔地舔着嫩犊；像少女臆想着情人的胸膛……他有他的事业呀。

"有点冷。"颜子鹄扭动肩膀叨咕道。实际上想说的是：有点累。

"这儿有大衣。"袁翰站起来。

"不用，才十一月，穿什么大衣，站岗的都没穿嘛！"每每听到关切的话语，颜子鹄都感觉到另一种意思："你不行了，没几年干头了，歇着吧。"他自尊，像姑娘需要打扮得美貌些，他也需要显示自己的年轻。可是年轻人总用关切来刺激他，让他正视自然规律。

"不喝了，你也别喝了。"颜子鹄把杯盘推开，"第一，我们不考虑你的转业问题，希望你打消这个念头。第二，我们准备让你到三连去当连长，你一定要把三连带上来。第三，你们营长尊敬你，想把你的一套本事全学过去，希望你既当好他的下级，又做好他的师傅。这三条，你好好想一想，我出去看看战士们，回头听你的想法。"

在袁翰呆直的目光中，颜子鹄走出房门。

一排二排正在炮场上拔河，每方十五人，拽住一根胳膊粗的拉炮绳。二排总是被一排拉垮。颜子鹄是这种观众：无论看什么比赛，总是希望弱队取胜，然后笑呵呵地把强队挖苦一顿。四班长对颜子鹄说："一排要参加师里比赛的，我们是陪练。"

颜子鹄大为不满："输就输在多了你。你下来，你们十四人和他们比比看。"

"我明白你的意思了，我们拿出勇气来赢他们。我就别下了吧，多个人多份劲，他们也是十五人嘛。"四班长分辩着。

"不不，你还是下来歇歇，多个人未必多份劲。"

四班长下来了，满脸委屈、不平的样子，心中盼望自己排输。再战，系在炮绳中央的红绸又渐渐拉向一排阵地。"顶住！"颜子鹄大喊，酒后的嗓子发出的声音格外刺耳。"一——二！一——二！"他在旁边竭力统一二排的动作。结果二排胜利了，他们把一排拉垮之后，统统摔倒在地上，喘息着，欢叫着。

颜子鹄回到连部，他相信袁翰会有一个正确态度，会干好新的工作，起码会强迫自己干好。但他不愿意完全靠命令的力量去推动一个人。他想和他深长地谈一谈，他基本上还没谈呐。

袁翰醉倒在床上，发出急迫、不匀的呼吸声。看来他不善饮酒，醉得这么厉害。颜子鹄把大衣轻轻盖在他身上，伫立许久。

6

三连的这些兵像屋里着了火，统统拥出房门，散到宽敞的炮场上，一个碰一个地往前挤，争着站在别人前头。有些人并不知道出来干嘛，只不过见别人往前挤，他也就挤别人；别人一激动，他也有些气息不匀了。新兵一般不注意控制情绪，一瞧见什么，就吃惊地张大各种型号的嘴，眼球儿统统给冻住，怪可爱地发呆。穿破几套军装的老兵，矜持地居于后排，像大哥哥把好位置让给小弟弟那样。他们对新兵惊惊乍乍的事不屑一顾，否则就显得太浅薄了。这回可有些不同，他们虽然从人群里退出来，可锐利的目光仍然射向连部。那儿停着一辆摩托，"吭吭吭"地咳嗽，全身不停地抖动。本来没有熄火，驾驶员还是用十分惬意的姿态猛蹬一下起动踏杆，摩托又雷霆般暴叫几声。他知道有许多人看自己，他尽可能地显示出不同于别人的样子。

排长们朝连部奔去，战士们纷纷让路。不一会儿，值班排长跑出来喊：

"注意军容，准备集合，新连长到了。"

新兵们判断事物的重要与否主要凭据老兵的脸色声调，这最保险。此刻，他们严肃起来，提前回屋扎上腰带，端正军帽，出门后彼此靠拢，会意地交换眼神。有几人腰带扎得太紧，把人束成了一只葫芦。偏偏有几位顶老的老兵，像是吃腻了这一套似的，别人越紧张,他们越随心温意地走动。

吴晓义把集合好的队伍带进饭堂,饭桌板凳都已退居墙角。袁翰站在场地左侧,纹丝不动。大家刚跑进屋时看不到他,然而看到后,就强烈感到他的位置和姿态都强化了他的权威。

吴晓义向袁翰报告全连集合完毕。袁翰打开花名册:"晚点。"

全体立正。袁翰惊异地抬头,他听出:靠脚无力,声音杂乱。这是他到三连后的第一个印象:作风散漫。如果在一连,他非得重来一遍不可。此刻他忍住了,不想给战士一个急匆匆树立威信的感觉。他开始呼点姓名,结束后,开始自我介绍:"有的同志可能听说了,我刚受过处分,有的同志可能还不知道,那就不用到处打听了,我把上级的处分决定再宣布一遍。"袁翰清晰缓慢地把处分决定背诵出来,然后谈自己犯错误的原因,向大家做了检查。"情况就是这样,来了个受过处分的连长,希望不伤害同志们的自尊心。我决心在工作中改正错误,希望同志们监督帮助我。但我这次调动工作和犯错误毫无关系,该管的我还是要管,绝不会因为自己犯过错误,就降低对同志们的要求。我也是有自尊心的,说实话,决心改正错误的连长,干起工作来可能更努力,也可能有过头的地方,请大家有个思想准备……"袁翰注视一位战士,正要唤他,忽然一声闷响,那个战士跌倒在地上。周围人急忙扶他,再远些的人,扒在别人肩上伸长脖子望,一片惊异的议论:

"他病啦?"

"缺氧,快开窗子。"

袁翰已经看出那战士眼神发散,上身钟摆似的摇晃。这在未经严格训练的部队中经常见到,体质弱,适应不了挺拔稳固的站立。使袁翰气恼的,不是昏倒一个人,而是昏倒一个人之后,竟然丧失了整个队列。他大声发令："立正！本班班长把他扶下去。还有谁感觉头晕，手脚发凉，立刻报告。"

"我。"又一位胖胖的战士在后排低声道。

"出列，不准躺下，到操场上去走三圈！"

袁翰再次整队，他一直笔直站立。

"条令规定，晚点名最长时间不超出三十分钟，现在只有二十五分钟。在十九分时倒下去一个，二十三分时又退下去一个。两个同志一个是连部的，一个是炊事班的，说明这两个单位很少出操。当然，责任主要在我们干部，我们要求不严。这两位同志不错，如果他俩在队列里马马虎虎动手动脚，就不会昏倒了。我重申队列纪律，在队列中，口令指挥一切。没有口令，不准乱动。明天的工作：早晨，全连出操……"

队伍带走后，后面剩下一人，是营长。他两眼有所思地、凝神地注视袁翰。袁翰很不自在，他受不了别人目光里的探究意味，特别是这位年轻营长。他暗想：干嘛要这样看人，领导者的特点？

营长坦率地说："三连长，我现在知道咱俩一块训练时，你为什么那么难受了。你应该像刚才对待战士那样对待我。那样，我可能学得更多更快些，你也不会感到难受了。对吗？"

营长这几日正跟袁翰学习射击指挥中的大间隔转移射。袁翰害羞地笑了。其实，那样做更难，但他决心做到。他用营长刚才注视他的目光注视营长了。

7

三连原连长罗怀牧，已被命令转业，见袁翰和营长走过来，夸张地惊叫:"哎——乖乖!"大笑着,头一个迎上前握手,探身在袁翰耳旁道:"三连的救星到啦。"

干部们齐聚会议室后,罗怀牧却不进去,一手握住门把,一手摆动表示告辞:"你们忙吧,我该退出了。"没等营长说话,他关上了会议会的大门。

袁翰送走营长,刚回到宿舍,就听到窗外有人唤道:"老袁,给你送来啦。"话音刚落,罗怀牧像端着一桌丰宴,用阔大的射击图版端着指挥包、望远镜、手枪、红绿旗、照明具……全套连长装备,步履轻快地走进来,往袁翰床上一倒,舒畅地道:"我算解放啦,让他们跟你立大功吧!快点点,一粒子弹一把指挥尺都不少,我从来不把连队的东西带出连队。"

炮连长的装备里有不少美观精巧的小用具:三用照明笔,综合指挥尺。这东西军事上能用,地方工作也能用。每任连长移交时,上了簿册的大东西不会少,小玩意儿就很难说。也许是想带回家给孩子,也许是贪恋太重,藏进怀里做终生的纪念物了。如同离开大海时采走一支珊瑚,它是感情的凝结。

袁翰不肯点,意思是:你不会拿的,即使拿走什么也不要紧。罗怀牧受不了这种信任,逼着袁翰清点。袁翰在清理时发现,不但没少,还有几样自己用有机玻璃制作的图板量具,做得那么精致,现在也乱糟糟地倒在自己床上。

罗怀牧坐下,感慨地说:"三连的突出问题是军事素质差,素质!"他强调着,"这不仅是个时间的精度、战士问题,还有干部……你多大岁数?"

"三十。"袁翰有点意外地回答,接着也就明白他让罗怀牧失望了,作为连长,这个年龄无异于"年过半百,两鬓斑白"。

"你老人家有前途啊,"罗怀牧戳一下袁翰,"知道吧,差一点当作训股长呐!作训股长常常是参谋长的接班人,参谋长常常是团长的接班人……"罗怀牧一声响过一声。

"你饶了我吧,我当个连长不戴单纯军事观点的帽子就万岁了,别的啥也不想。"

"哈,想不想是你的事,"罗怀牧眯起眼,"把一支后进连队交给你,正是重用你的表示。我可以预知:第一,三连会在你手里改变面貌,我还不了解你!第二,改变面貌后,上面即使不提你当股长,也会提你当营长。"

"对下级来说,最宝贵的就是上级的信任,我真怕让上级失望。"

"你不该这么想,三连要靠你。你来了,我走得安心。"

"我想努力干两年,带出一支让领导满意的连队,然后转业回家。"

"矛盾就在这里,你干得越好,领导越留你干,年纪大了,再转业就不受欢迎,官越大越不好安排。就拿我来说吧,我要回去的那个厂子才二百来人,你知道有多少领导干部?党委书记、副书记、革委会主任、副主任,十几个呀!还不算没解放的老家伙,把我往哪放?亏我只是个小连长,塞到政工科就行了,可批走资派,批唯生产力论,批……谁知道以后还有什么花样,都得从头学呀。所以,让我走也好,趁还不老,到地方上可以重打锣鼓另开张。我惭愧的是,没有交出一支好连队,最后一次实弹射击,偏弹伤人。我打过十几回优秀,可是给人印象最深的是最后一弹……"见袁翰面容阴郁,他把话收住,"我真可恶。我卸任后也忙啊,不过是为自己忙,以前没工夫啊!"

罗怀牧经过窗户时又站住，探进半截身子："哎，现在我是老百姓，咱俩是军民关系。所以，有些没把握的话我也敢说，供你参考嘛。你没来时，吴晓义以为他会当连长，我看出来了。这个同志好抓权，爱管事，我的方针是'让他管去'，管得越多越好，我和他相处得挺融洽。我看，你也要用这个方针才是。"

袁翰初到一连当连长时，曾有一位副连长是和他一样的强有力人物，两人磕磕碰碰特别多，过了好长时间才谐调起来。两个强手如同两把型号钢锯相对，配合不好，每个钢齿都顶在尖上，互相损伤；配合准了，每一个齿儿都可以嵌进对方的凹处，严丝合缝。这种人，有时嫌，有时想，友谊很难保持在一条水准线上，总是大起大落，崩溃了再重建，冷了的目光再热起来。袁翰沉吟一会儿道："放心，我不会把自己的尊严看得太重。"

"哎，听说你得了一对胖丫头，来来，拿照片让我欣赏欣赏。结实吧？漂亮吧？"

"没照片，真的没有。"袁翰又想起两个婴儿，她们不但瘦弱，而且更谈不上漂亮，营养不足呵。袁翰眼睛潮湿了，妻子到现在还不来信！

"我有两小子，咱们结亲家吧？"罗怀牧笑着走开了。他泼翻了人家的苦水，让人不得不再次吞咽，他全然不觉地大咧咧地离去。

袁翰迈下台阶，走到水泥篮球架下。这时，天完全黑了，明月在身后，把他浓黑的身影投到面前，他动，它也动，仿佛在给他引路。几颗星在寒气中颤抖，他看着它们焦虑地喃喃着："快来信吧，快……"

袁翰走进排宿舍，灯关着，战士们都已睡去。凡是军营，床位排列都是一致的，袁翰在黑暗中也不会撞着什么。但他恍如走进一个梦境，身子竟有些不稳了。"哧"的一声，他觉得踢走了战士的一只鞋，于是蹲下身去摸，把它和另一只并列放好。万一紧急集合，战士身体就可以习惯地踩住两只鞋。袁翰稍稍平静下来，于是听见在四周起伏的、高低不同的鼾声。呵，战士的鼾声有一股奇妙力量，它使你身心宽解，感到夜的安宁。它像把你浸润在平缓的河流中，温柔而又轻盈地浮动着，忘却烦恼。

8

袁翰看着通信员的手伸进邮件袋，拿出来的不是信，而是封套上豁然印着两个大黑字的电报。通信员说："连长，你的。"

袁翰背过身拆开电报，上写：两女病重速归。"糟糕，两个呀，要毁了！"那一行字是黑色路标，总是他的思虑引向死亡的崖头。怎么办哪？不可能回去，只好用老办法——寄钱。袁翰把全部钱都找出来，只有十四元三角，向别人借吗？真不好意思，刚上任就借钱，这就是来改变面貌的连长？而且，只要你借过一回钱，别人就记住你了，干部们讨论困难补助时，目光自然转向你。原来领困难补助费的同志，因为你的到来，便反复推让。在一连受过窘迫又要在三连继续下去，以至于你想改变也改变不了。再说各人觉悟水平不同啊，那几十元钱是烫手的。四周目光忽明忽暗、有冷有热……

他赶到邮局，在汇款单上填写"拾叁元"几个字时，不禁抬起左手遮挡着，继而又对这个动作感到痛楚。尾数既不是五也不是零，而且是寄给妻子的，这等于向她表示：我枯竭了，从而让她更加难受。妻子的同事会用怎样的神情把汇款单交给她呀,她接过去时能保持平静吗?霎时,袁翰竟想把"拾叁"改成"拾",或者等下月薪金发放后一块寄去,但这些念头都让他感到羞耻。

回到连队看到战士,袁翰才镇定下来,连队的事物和气氛令他高兴。侦察班从营部考核归来,正在擦拭观测器材。他走过去问:"成绩怎么样?"

"咦,报告过你啦。4.9分,高水平的优秀。"胖胖的炮队镜手说。

"哦……我忘了。"袁翰歉然道,恢复了往日的带兵习惯,"那么,不足在哪里?"

"我们这次考得最好,最大误差才0.5密位。不足嘛……当然要继续努力。"后一句话也是习惯,仅仅是语言习惯。

"我来个小考。"袁翰觉察到他们的自满情绪,说,"占领观察所,通常是近敌隐蔽前进,而且要快。现在,前面那个小高地,大约五百米,就是观察所,够近的吧?实弹射击还难碰到这么近的观察所呐。跟我来。"

袁翰带着侦察班向前跑去。他开始速度并不快,后来越跑越猛,最后弯腰冲上小山包,命令道:"基准射向15-00,架器材!"

侦察班一个没落,在袁翰两旁半跪着,一边喘息一边架设器材。赋予射向是一套精细动作,又是观测技术的基础,非要心静气平不可。两个战士连居中水泡也控制不住了,费了很大劲才架设完毕。袁翰又命令他们拆收器材,以更快的速度跑回连队炮场,重新架设器材。这时他们只有喘息之工,没有架设之力了。

"我有什么过分的要求吗?"袁翰问他们。

"没……有。"炮队镜手苦恼地拉长声调,"不过这样做,太难掌握了,最好有个具体标准。"

"有有，你跑瘦了，就达到标准。说实话，炮队镜手不应该这么胖。以后任何一次外出训练，都必须跑出去，再跑回来。平日里少喝水，多打球，上场就要猛打猛冲。连队的球场不是为了出篮球健将，而是为了出强兵。"袁翰在炮场边走边看，各种训练计划交替在脑海升现。他重新享受到事业带来的快感，两眼特别清爽，听觉特别灵敏，全身暖意涌流，这差不多是幸福了。……通信员又从旁边冒出来：

"连长，电报。"

袁翰呆了几秒钟才接过去，依然是背转身拆开：两女病危速归。

统共才几小时啊，死神就来找他两次，都是在任新职的第二天。他默默走出炮场。开饭哨响了，声浪震动他耳鼓，但他似乎没有听到。他已经明白，很快，也许就是今天，还会接到第三封电报，上面写着他多次边默语又竭力躲避的字眼。既然要来就快些来吧，大痛之后会有复苏，希望总是跟在困难后头。然而来之前的时间怎么度过呀，他在无人处不停地走着。

山洼里响起枪声，袁翰眼里闪出微弱的光亮。

修理所两位同志刚完成一挺机枪的大修，正在这里试射，二百米处插着一个墨绿色全身靶。袁翰从左前方出现，一个人对着他大叫："没看见小红旗吗？退后退后，小心飞弹。"

袁翰走上来低声请求："让我打几发吧。"语调和神情让人心软。

"想过个瘾？行啊。"

袁翰卧倒，端起枪把，"哒哒哒……"但他心里断续响着这个声音："会毁掉的，会的。"十几发子弹射完，又接上弹带，他扣动扳机，枪身发狂地抖动，渐渐发热，暗红色火舌不停地从枪口喷射出去。靶子下方一块水牛般大的黑石头，被子弹打得碎渣四溅，出现了许多白点，渐渐密布，相连，扩大，最后大石头上只剩几个黑点了。子弹打光了，着靶的无几。他听到修理所同志喝止的声音，爬起身来。

"你是一连的袁连长吧？"他们仍唤他两天前的职称。

"是的。"

"打炮还不错，打枪真差劲。"

"是的，差劲。"

袁翰感谢了他们，疲惫地往连队走去。营长站在门前正焦急地四处观望，见袁翰回来了，便关心地问："情况我们都知道了。你的意见呢？"

袁翰明白，只要自己说一声"回家看看"，营长也会说一声"好吧"。但袁翰想了又想，说："我离不开，这里更重要。我是连长，不是医生。"

"你回去吧，我可以来代理你的职务。"

袁翰急于工作，再不想什么电报了。对于自己无能为力的事，苦恼越久损失越大。中午，他列出了下一季度军训方案，千万不能让罗怀牧知道，一点声色都不能漏呵。否则，他会觉得自己转业，走对了道。

袁翰没找到罗怀牧，却碰到吴晓义。

"他呀，忙啊。"吴晓义笑着，"往那儿走，仓库左边，对对，就那个门，进去呀。"他光用手指点，身体不动一步。

袁翰推开门就脸热了，罗怀牧在用连队的木板做箱子。报话班长入伍前学过木匠手艺，此刻正在板上打线。罗怀牧点上一支烟，淡淡地问："有事？"

"我想换个场合,和你说会儿话。"但罗怀牧推脱说:"没时间!"

"就一会儿。"袁翰坚持着。

"大一点,再大一点。"罗怀牧指示报话班长,根本不看袁翰。

"连长,罗连长就要走了。当了那么多年兵,什么东西都没有啊。"报话班长在为罗怀牧说情,解释。

"说那些干吗,干我的私活。"罗怀牧大声道。

袁翰关门走开。再不走,他们非吵起来不可。吴晓义还在连部廊道口站着,见袁翰独自归来,他意味深长地笑了一下,既表示理解又显得神妙,是发现别人并不比自己更强时、无论如何都隐忍不住的一笑。他没说话,进了自己房间。

管不管呵?木板是连队留作军训用具的。战士们知道后会怎样想象干部?噢,你们是大口大舌大道理,首先自己就不相信;你们的觉悟是有时间性的,管我们时比我们高,一脱下军装就和我们一样了,甚至还不如我们呐……软弱时那张笑脸吧,真叫人受不了。可怎么管,老罗是连长我也只是连长。退伍转业的军人最难对付,天老大他老二,就是师长军长,他们也敢笑嘻嘻顶撞几句。再说,老罗当了十年兵,除了一身绿,屁都没有……要管,但不能吵!一吵起来,他即使不带箱子,也会把箱子砸给你看,让全连战士目瞪口呆,那局面就难收拾了。

傍晚,罗怀牧从小屋走出来,碰到袁翰便冷冷走过,一言不发,也没给袁翰说话的机会。

晚上,罗怀牧又进那间屋子。袁翰两次经过屋门,都没有进去。他想起老罗明天一早就要离连,以后一辈子难相见,心就软了。他承认自己的失败。

第二天一早，罗怀牧很早就起来，吃了炊事班长特意做的荷包蛋肉丝面，提起通信员为他收拾好的零星物品，他不想再惊动别人，悄悄走出房门。可走到外边一看，全连在炮场上列成四排，在寒风里等待跟他告别。他不由有些心酸。

袁翰想了一夜，做了最后决定：箱子你拿走吧，我们不好责怪你，但你一定要认识到这样做不对。大家向你敬礼告别的时候，你的怨恨会消失，友情会抬头，想想美好的以往……而且，那箱子一部分战士已经看见了，那干脆让大家都看见。不错，老连长是拿走了连队一只箱子，我们没能够阻止他，但我们也没把这事藏掖起来。送走老连长后，召开军人大会，大道理还是要讲几句，主要是和大家谈谈心，谈谈老连长的苦恼和自己的心情，再从自己薪金中扣出钱偿还给连队，但必须明白：这种事在三连是最后一次了，最后一次！

袁翰整队、发令，然后跑步至罗怀牧面前五米处立定，敬礼："报告连长，全连集合完毕，请指示。"

罗怀牧走上去和战士们握手告别，行至一半，那些充满恋意的眼睛就让他走不动了。他喉咙发出压抑的哭声，蹲在地上，双肩颤抖。队伍没有乱，后排的战士还在等待着罗怀牧。

罗怀牧终于站起来，含泪向战士们点点头，算是告别。干部们拥上去送他，他一一把大家推回去，坚持要独自离去。出操时间到了，悬在电柱上的大喇叭，播出醒神的军号声。罗怀牧在炮场边停住，回脸望望，通信员再也忍不住了，跑出队列，追上去夺他手中背包，非要送他走不可。罗怀牧又把他推回去："出操去。快！"

"连长，"吴晓义急道，"咱们怎么能让老罗独自走到营部，营长看见了会怎么想？咱们集合全连跟上去吧。"

袁翰不语。如果他转业,也会独自离开炮场,不愿任何人相送。吴晓义和两个排长快步跟上去了。袁翰望着他们走远,心情复杂……袁翰忽然看到他没拿箱子,那两个行李包和背包,并不比一个退伍战士的东西更多。袁翰唤道:"报话班长,出列!"

袁翰来到那间屋子里,箱子完整地放在当中,他不禁叹息了:"罗连长为什么不要?"

报话班长道:"他说太大了。"

"这不是原因。"

"哦,"报话班长眼睛从墙壁转到袁翰脸上,思索着,猜到了,"可能是你的脚步声让他留下的吧,昨天晚上你在门外来回走……"

屋内残留着隔夜的烟味和许多烟头。

9

袁翰野外训练归来,一进屋,就看见营长和教导员都在屋里,都盯住自己。营长说了句多余的话:"回来啦?……"就转脸看教导员,似乎让他接下去说。桌上摆着一封电报,袁翰早已熟悉它的样式,但这封是刚到的,被拆阅过。

袁翰立刻感觉到气短心跳,脚下一股凉气正往上蔓延,他竭力站好:"哦,没什么。你们忙去吧,不必安慰我,真的。"

"三连长……"

"让我待一会儿。"

两人对望一下,也许是营长更了解袁翰,他起身走开。教导员犹疑地跟出去,在门口停立一会儿,回头关上了门。

袁翰坐下来,朝桌上电报望了几分钟,才走去拿它。这电报已经不是妻子拍来的了,因为上面写着:"大女已亡小女仍病危妻尚好速归。"

"妻尚好。"袁翰默语。就是说她还活着,怎样活着的?小女病危,需要她活着。袁翰眼前迷蒙一片,他头顶住坚硬的墙壁站着,深深喘息着。耳鸣就像婴儿细弱的啼声……

营长坐在门口台阶上,两拳支着腮,所有想来宽慰袁翰的干部战士,都让他用猛烈的手势撵了回去。他坐了一个中午,保护门前这块地方的安静。

身后有响动,袁翰出门了,沙声问:"营长,你如果有时间的话,我们去练一段精密法准备诸元,行吗?"

"现在?"营长望着袁翰洗过的眼睛。

"是的。"袁翰进屋拿出射击图版箱。

营长现在什么也练不下去,但他不愿违悖袁翰的心意,暗想:或许他可以借此获得平静呢。两人并排向营部走去,步伐阔大,一路无语。

10

颜子鹄已经升任了团长,随之也撩动起一个渴望:要到全团每个连、每条路、每个角落去走一遭。以前大都是乘车下来的,脚一落地,便是营部或连部。而战士们踩出来的蜿蜒小路,山洼里的鱼塘猪圈,最偏远的岗哨位置,还并不熟悉。今天,他选择一条能够穿过许多连队的小路,缓缓走过来。陆续遇到的一些战士向他敬礼,他估计一下,大约只认识三分之一,这使他挺懊恼的。

到榴炮营外围,远望去,火炮都脱去了炮衣,身管平衡在水平线上。技师正在进行零位零线检查,这是射击前的火器准备。炮场上的战士,脚步灵快,动作幅度大,不时喊着说话……呵,这是士气。他肩负着近百门大炮、上千名战士的使命,比任何时候都渴望部队去经受一场战争的考验。可惜年过五十了,脚步结实但缓慢了,这步子不适于跑,特别适于深思。小路顶头是三连,还离好远,路就变得宽敞平直了。三连的车炮都在库房里,战士们在处理个人事务:写信,看书,洗刷,不像战前反像战后,因为今天是星期日。一路走来不断添积的兴奋感,到这里就消散掉了。颜子鹄不想干涉,各连有各连的特点嘛,他只管在战斗中检验各连。

袁翰正在写信,但一个字也没写。面前有个立功证,他望着它犹豫:要不要把立功的事告诉妻子?半年来的家庭变化涌上心头,想着想着,竟把写信忘了。

营党委会上,大部分委员为他请功,说:半年时间里,三连变化很大,他费尽了心血。袁翰不同意,自己在一连当连长时,也是这样工作,并没有记功嘛。由于三连太差,而太差的连队开始赶队,那步子一时会显得很大,在人们印象中会是个了不起的变化,其实是正常现象。以后还能保持这样的步伐吗?连队能进入高峰线不衰不落吗?他有远虑。再说,全连干部都一样苦干,为什么把他突出起来?他的意见被大家否定了。有人说:"袁翰同志刚刚到职,两个女儿就病了,不久,大女儿死去了。他在悲痛中坚持工作,不肯回家。"听到这句话,袁翰惊痛交集:"为什么这么说啊?"他窥见了一些同志为他请功的心理,"哦,大女儿死去了……"袁翰愈发觉得不能接受这个功,也受不了这个功。但是营党委通过了,上级党委也批准了,随后发下来立功证。

颜子鹄进屋:"嗬,在写信。"他想退出去。

袁翰赶忙拉住颜子鹄:"团长,坐一会儿。"

颜子鹄拿过立功证,对着窗户翻着:"这东西越印越漂亮了。三等,不嫌小吧?打下厦门岛后,我再没得过它,倒给人家发过不少。哈哈……"他又体会到为下级记功时的快活了,那是领导者自豪的时刻。"怎么,一片空白?"颜子鹄扫了一眼桌上的信纸。

"正犯愁呢,不知道要不要把立功的事告诉她。"

"告诉了会怎样?"

"会伤心,我们失去了一个女儿,"袁翰注意看颜子鹄的反应,"而我立了个三等功。"

"告诉她!立功证上是你一个人的名字,但名字后面有你的一家,包括你那才活了时间不长的女儿。她们默默无闻的为你做出了牺牲,也是为我们这支军队做出了牺牲。不管你爱人怎么想,都应该告诉她。我们感激她呀,她承受的太多了。"

袁翰连连点头,他忽然开朗了许多。

"死去的女儿叫什么名字?"

"还没来得及起名字。"

"起一个吧,好好起一个。"

"团长给起一个。"袁翰笑道。

颜子鹄肃然地缓缓摇头:"让母亲起吧。"

这动情的声音,使袁翰为妻子羞愧。大女儿死去后,她很少来信,来信也是电报般的,像应付袁翰的询问。她一定在考虑什么,怨愤、伤感从纸上消失了,或许她已经麻木了。

"袁翰同志,准备让你担任团里作训股长,你有什么想法?"

袁翰从颜子鹄眼里,知道了他问的是什么,回答说:"想法……我还是想转业。我知道这想法不好,但是又克服不掉……请领导放心,让我干什么工作,我一定全力以赴,让我干多久,我就干多久,我是党员,又是军人。"

"能这样已经不错了。"颜子鹄思索着说,"有人想走,有人愿留,千姿百态啊。"

颜子鹄走后,袁翰找出个小铁箱,倒空里面的零碎东西,从抽屉里拿出三封电报,重读一遍,一一放进去。又拿起立功证看看,也放进去。然后把钥匙丢进去,最后再用弹簧锁锁上。这样,他再也不打开了。

一辆小车开到连部前刹住,驾驶员探头问袁翰:"团长在哪儿,参谋长让我来接他。"

"从小路回团部了。有事吗?"

"不知道。"驾驶员掉转车头返回。吴晓义正从对面走来,小车驶近时,他站在路边,严肃地向车内敬礼,他以为团长坐在里面。驾驶员还他一声喇叭,接受了他的敬礼。

吴晓义走到袁翰面前,不多说,他不想让他受窘。

"说些什么?"吴晓义挺紧张。

"调我到作训股工作。"

"当股长?正营职!"吴晓义高兴地推了下袁翰胸膛,"股长同志,我早说了,你在三连干不长,迟早要拔上去。怎样,没错吧!"

袁翰并没听吴晓义说过这话。前一段时间,吴晓义不知从哪儿听说自己可能转业,晚上,他愤愤地闯进袁翰屋里:"走就走,早晚都是个走,我早就知道。"……眼睛也潮红了。袁翰竭力宽解他。那天晚上,吴晓义对袁翰的感情跨进了一大步,说了好些知心话。

袁翰判断着:为什么突然来车接团长回去?吴晓义却另有所思,眉间浮动淡淡的忧虑。他显然是被袁翰升任股长的消息震动了。

从现在起，到下一位连长任职，他的忧虑不会消失的。

文书推开窗喊："连长，电话！"

袁翰对吴晓义道："注意，开始了。"吴晓义这才振作起来。袁翰急步跑到窗前，文书把听筒从窗内递出去。袁翰一边听一边朝吴晓义做个手势，吴晓义飞跑去摇响警报器。营区翻滚一阵巨风，战士们携带装备冲进车炮库，装车挂炮。脚步声、口令声、汽车引擎声，使人感到浑身发热。

袁翰坐在急驰的指挥车驾驶室内，膝盖上铺盖着一张军用地图。开进路线穿进一圈圈密匝匝的山岭，越过两条小河，进入另一张地图。袁翰急忙找出来，大略地拼接上，统观着。这是"战区"了，各色粗的箭头和断裂的弧形线显示：对方的"天狼工程"已经突破了我方大部防线，"战局"十分险恶。下角有许多我方炮车地和观察所的符号，其中一个，是袁翰他们的。

汽车突然减速，晃动了一下，靠向路边，然后再回到公路中心线，加速行驶。驾驶员抱怨着：

"那个女人有点不正常，走路也不好好走。"

袁翰并未留意，目光回到"战区"地图上。可是，印象中的那位女人垂在肩后的青色羊毛围巾触动了他，他急忙举起望远镜朝右后方望去。啊，是自己的妻子，她抱着孩子，匆匆拐进通往三连方向的火炮，孩子也好像要爸爸抱她。不见妻子的脸，她要是转过来，看看车辆和火炮该多好啊。"她从家乡赶来干什么？哭诉，扔孩子？……"袁翰内心掠过一个个不祥念头，桉树林遮断视线，袁翰放下望远镜，一切都要等回来后才知道。

"亲人哪，为了你们，我才离开你们。"

一九八一年冬于北京高碑店

引而不发

"引而不发,跃如也。"

——《孟子·尽心上》

1

"不打仗,连长真难当呵。"

叹罢,连长宋廷焯没合拢干灼的双唇,就沉入睡梦中。

2

有人敲门,一下,两下,三下,……声音不大,间隔均匀,像一只手固执地晃他的头。宋廷焯希望是个梦幻,微微撑开眼皮辨认这声音。灯光刺眼,哦,没关灯,该死!岗哨来提醒我呢。宋廷焯隔着蚊帐朝床头抓去,一扯,灯灭了。他顿时解放了,飘摇了。睡啊,朦胧的幸福感,好暖的被窝……就是挨上一颗子弹,宋廷焯也不愿意挪动了。

敲门声又响了,第一下轻,后几下沉着坚定。

"谁?"

"四班长西丹石。"

宋廷焯正要粗重地叹气,猛想到门外人可能听见,便噎住了,然后轻轻吐去。同时开灯,看表,零点。他想起,零点至一点半是西丹石带岗,刚上岗就来敲门,问题一定出在两岗交接中。

"推!"

宋廷焯披衣起身,对推门进来的西丹石道:"我夜里从不锁门,有事就直接到床头推我。敲什么门?深更半夜的,影响别人。"

"我原本进来了,你还在大梦里,我又退出去敲门,这样做比较礼貌比较正规,对吧?副连长就特别注意这点。有一回,我夜里去请求副连长,'该同志'偶尔忘了锁门,我也偶尔直接进去了——总不必对梦中的领导敬礼吧?好家伙,他呼地翻身摸枪。可惜枪在墙上挂着,他抓个空。我猜他两眼是轮流休息的,所以——两眼都累花了,看不清人。你说说,他究竟是梦中提防敌人?还是提防同志?军营有几千人守卫着呢!……"西丹石嘴角浅留笑意,眼内却含一堆冷气。

他与副连长不和,全连都知道。但他从不当面顶撞,总是轻谑地来段描述,酸言涩语中,把副连长送进了幽默画。这真恼人,说不清是褒是贬,丢一个谜儿让你猜。猜不着的人傻笑,猜着的人苦笑。只要你去猜了,这就上当了。

宋廷焯用力摇头,连肩膀都摇动了。他避开此话,催促道:"说事说事。谁误岗了,还是谁称病'跳岗'了?"

"谁敢误岗?谁敢'跳岗'?我们当兵的都老实正规,就是他……"西丹石看见桌上有杯茶,端过来请求道,"喝点,行吧?"

"你给我'老实正规'去吧!这儿不是哨位,更不是茶水站。"见西丹石举止局促的样儿,宋廷焯又有些不忍,气道,"傻啦?真渴就快喝。"

西丹石也许一腔心火难捺,早已口干了。他昂首吞咽茶水,喉节有力地上下跳动,咕咚咕咚的声音真刺耳真诱人,宋廷焯两眼亮闪闪地睁大了,盯着杯沿上流淌的茶汁。

"留点给我!"他忽然高叫。这茶是他昨晚睡前泡的,泡好还没喝一口就睡着了,却做了个四处觅水的梦,气人!此刻他焦渴燎心,迫不及待地伸出一只手,要抓杯子。

"光了。"西丹石有些不安地垂落目光。他晃晃桌上暖瓶——瓶口竟忘了塞瓶盖,低声遗憾道,"空的。"犹疑地把杯口倾斜给连长看,"就剩这点底子了。"

宋廷焯抓过杯子,扣在嘴上,将茶叶吮得吱吱响。放下杯子,益发焦渴,贪婪的目光四处乱看,仿佛全身神经都被一口水唤醒,期待更多的水。

"门外水缸里有,你去舀点来。轻点儿。"

"连里规定——你规定:不准喝生水。"

"舀去!"

西丹石快步舀来一瓢水,真的一点声儿没出。宋廷焯伸过杯子,冷水泡茶,灌下两杯,幸福地叹息一声,嘱咐道:"不准啰唆噢,你给我'啥也没看见'!老兵了嘛,该……"他响亮地打个喷嚏,汪着两眼泪水道,"妈哎!她在想我了,嘻嘻,她!"这个"她",是宋廷焯的未婚妻。

接着,他抓搔取暖,肩胸上的块块肌腱在坚实手指下渐渐泛红、鼓起。他双手攥拳,呼地朝左右两侧打出去,棉袄滑落了,露出浑身肉疙瘩,炫耀着:"看看,铜墙铁壁,子弹都可能碰回去,还怕什么凉水?!快说事吧。"

西丹石默立片刻,渐渐眼露愧色。他喃喃着:"不说了。说也没用,你睡吧。"敬礼出门。

"回来!"宋廷焯掀去被子,嗵地两脚踩在两只解放鞋上,裸着两条大长腿,伸出食指,急促地上下点动:"你要是没事,你就干了件错事。噢,站岗站腻了,随随便便跑来喝茶?明早班会上,你准备检讨。完了。"

西丹石急忙返回:"我说,我凭什么给他留脸子。是这样,副连长查含宇为什么不信任我,把我当……当维特那样提防?"

"事实!"宋廷焯眼睛稍微合拢,凝聚在缝隙里的目光让人心怯,声音不高,像从牙缝中挤泻出来的,"如果你说不出事实,就是污蔑领导。"

宋廷焯如此激愤,是因为他理解"维特"便是特务一类的家伙。而《简·爱》——过些天就要放这部电影了,则是简单的爱情。

"枪,我的枪呢?站岗的有一支半自动。我,带岗的,预备党员,班长,居然没枪!起初我以为是文书忘了开武器室的门。后来一想,知道了,这是怕我出事。你们把我看成什么人了?"

"谁的指示?"

"查含宇……同志。昨晚,武器室的钥匙他掌握。哼,天天喊战备,岗哨枪内三颗子弹,忘了上或是忘了退,副连长都是一顿尅。"西丹石竟然落泪,随即又对眼泪恼火,"嘻,我哭个屁!"

宋廷焯摘下挂在墙钩上的五四式手枪,打开皮套,握住枪把,一按,跳出空弹匣,啪地敲进一匣实弹,声音沉闷:"拿我的枪上岗,会用不？"

西丹石半晌才挤出一句："老兵啦。"小心翼翼接过枪，轻轻走开。在门口他扭头看连长一眼，宋廷焯只着背心裤衩伫立在冷空气中，牙骨隐隐嚼动。

3

隔壁是副连长查含宇宿舍。宋廷焯擂墙，没有回答。军营的墙，就是这么厚。当年为在这丘陵地带放下一个炮兵团，粉碎了三座石山，出了两位烈士，开采的花岗岩筑造了军营。宋廷焯有时想：那染着鲜血的石料砌在哪里？说不定就在自己身旁。从远处用望远镜朝军营一望，车库炮库弹药库，变得好似扁扁的石碑。这一片（连）与那一片（连）毫无区别。看上去真像碑群。军用地图上，偏偏从不显示军营，它们仿佛害羞地退避到莽莽山川里去了……

三年前初春，宋廷焯站在新兵行列前面，老农审视种子般，审视着这群既不像兵又不像老百姓的青年。第一遍，看个头，十分满足，今年新兵的个头比往年高；第二遍才注视他们的脸，欣赏他们眼内兴奋、拘谨的神情。不舒服的是，有个人脸太白太俊，活像从电影上走下来的。宋廷焯暗笑：像奶油糕子，应该放在机关跟首长嘛。

带新兵看炮，是宋廷焯每年必发的豪兴。他们惊叹着一二二榴弹炮；他惬意地享受着他们的惊叹，在人圈外面踱步。忽听人道："三八式的老炮，苏军早淘汰了，他们现在是自行火炮。牵引式的也有，但是能够打三百六十度，还不用调架，射程比我们远一倍。这个呢，还是咱们少不得的宝贝。唉……"气氛顿时冷却，宋廷焯却热血冲头，仿佛自己的儿子挨人一脸唾沫。他闯进人圈，呵，又是他，宋廷焯一辈子忘不了他了。"叫什么名？"他答："西丹石。"还带点童音呢，可以准确地说出了苏军七十年代火炮装备情况。宋廷焯退出人圈，感到深刻的悲哀。若是退伍老兵那样说，他能忍受。新兵入伍头一天就轻视自己的装备，这简直是塌了天哪。看，他们对火炮乏味了，缓缓走开，没人来追问自己"这叫什么？那叫什么？"

指挥排长却喜不自禁，急切地在宋廷焯耳畔央求："连长，把他给我。他聪明有才，见多识广。半年后，我准保交给你个一流计算员！"

宋廷焯大声道："不行，他必须当好一个炮手！"宋廷焯见西丹石回望一眼，心想他可能听见了。听见就听见，就该让他明白：你不比任何人特殊，尽管多读了几本杂志，起点仍然是普通炮手。

第二年，西丹石当了四班长；第三年，宋廷焯衡量再三，建议从四班拔出两个班长一个班副，去加强其他班。这样一来，全连四个战炮班都有四班的人下口令了。排长们感到冒险。首先，会不会伤害其他班战士积极性？其次，西丹石"孵"出一窝班长，那么他一咯咯叫，其他各班不也咯咯叫吗？他的影响力会超出一个排长，一旦有事，到底谁压得住谁？

宋廷焯对这等顾虑发笑。怎么，人家把自己的人才输送给你，你倒宁肯差些，也要用自己的。好像用了人家的人，自己的排便改了姓氏。这种态度怎不使班排落后？再有，新任班长的强烈愿望就是超过自己老班长，他们最讨厌老班长还用领导者口气对自己说话，这会伤害全班的自尊，你们怎么连这点心理情况都不知道？你们当排长的，如果不顶西丹石一个班长有力量，那我真要臊死了，你们也该臊个半死。……

随后，西丹石入党，介绍人之一就是宋廷焯。当他把自己的寿山石章用力盖在西丹石入党志愿书上时，西丹石在他耳畔慌叫："歪啦。"

宋廷焯急忙拿起印章看，方正丰满，油润红亮。他吁气道："见鬼，一点不歪。是你站歪了。"

西丹石匆匆接去，用手指支着入党志愿书，轻轻吹那枚印章，双唇水津津，笑叹："这下可戴上笼头喽。熬吧，……"

宋廷焯椅子在水泥地上刺耳地尖啸一声，他好不容易才把大长腿从桌下抽出来，挺直身体厉声道："你西丹石！这种时候说话还不注意。告诉你，你还没被通过呢。即使通过了，还有一年预备期。你熬过了一年，还有一辈子，党组织随时可以请你出门。"

"连长，我是开玩笑。"

"你开玩笑？你老是用些酸不溜叽的话，说光荣崇高的事。理想、党、战士义务，能拿来说笑吗？简直像……（他忍住个难听的称谓）像什么，你说！就凭你刚才那句话，就可以使这一切全吹掉。"他手指朝入党志愿书划一圈，当中又点了一下。

西丹石咔地靠足敬礼，捧着志愿书跑了。不到半小时，他又进屋、敬礼、报告，——顺序正好全部颠倒。捧给宋廷焯一纸检讨，尴尬地笑着。

"得得，来得这么快，没有真东西。"宋廷焯仍然斜眼读去，咕噜着，"把自己说得太坏了嘛，好像是越坏越深刻，简直吓人！你要真是这样的，我也不会让你钻进党。好了，这份我给你保存着。"

宋廷焯把检讨放进抽屉，一挺胸脯，抽屉被撞回去。他双肘支着桌面，手指叉入军帽里抓搔，闷声道："西丹石呀，我那枚章一扣,咱俩这一辈子就绑在一块了。我担心自己在冒险哩,懂吗?你必须像个党员样子。唔,这话错误,不是像,党员是什么样,你就得什么样。不然的话,你西丹石将来就是当了师长军长中央委员,我宋廷焯也敢撤销入党介绍,然后自请处分。哼,我也会整人,我整起人来狠着哪,你没见过就是了。"

四班战士,一行四位,背着背包,端着脸盆,拘谨甚至有点狼狈地从宿舍里出来了。从这个门口到其他班门口分别是四米八米十二米,宋廷焯却不肯含糊,集合全连,为他们的上任鼓了一阵巴掌。

西丹石没有出门,四班宿舍像遭了一阵大水,空落许多,光溜褐黄的铺板上,露出焦黑的椭圆形军用品火印。西丹石在上面睡了这些年,竟从来没有注意过它。此刻他心颤气急,跑来跑去把所有铺板全看一遍,发现它们全是五二年服役的,默默地度过了二十多年。它们承受过多少人呀?深深的火印几乎磨平了,而自己五八年才坠入人间。他颓然落座,头靠床柱,小指头轻轻抚摸火印,像抚摸一个伤口,忽然心酸眼涩,无声自语:"有谁知道这些呵……"

4

宋廷焯敲墙不应,便走去敲查含宇房门。

"谁?有事找连长去。"查含宇在屋里责怪。

宋廷焯愈加恼火:你就爱把正副分得清清楚楚,多一点不干。弄出事来,又让他找我。宋廷焯面对门板正色道:"起来,我就是你的连长。"

亮灯，嚓嚓脚掌声，锁开了。宋廷焯推门，查含宇又嚓嚓跑上床，两只脚掌对敲敲，放进被窝，伸手把床边椅子上的几本书拿开，拍一掌："坐。"望着宋廷焯嗤地笑了。笑声是从鼻孔里蹿出来的，因为见他头上端正地戴着军帽，身穿大衣，底下却是半截光腿。

宋廷焯坐下，努力把光腿往大衣襟里缩，飞快瞥一眼查含宇似乎无意地将封面盖住的书，认出是外军学术资料。它只配发到师以上单位，查含宇竟能期期到手，宋廷焯微现怨色：那东西只能帮助你当好师长，当连长可有好多更要紧的事干呐，何况还是副的。超级欲望！

查含宇又似乎无意地朝窗外望去。宋廷焯道："别看啦，正是他带岗。老兵了嘛，到上岗时候会醒来。"

查含宇先有些惊诧，很快平静了，默默穿衣，等候下文，同时酝酿答辩。

昨天晚上的二排党小组会，在四炮车上召开。车厢里最舒服的位置，是犄角里捆成一团的伪装网，不管你怎么收拾，它上面老是出现屁股坐出来的浅坑儿。通常，那是本班贵宾席。先至者坐上去了，总情不自禁地将双臂展开，大鹏浮动般的搁在身后车栏板上，放松筋骨，睥睨两旁，微微摇动臀部。然而，连首长来了，坐者一定起身让一让。绝不是想奉承谁，而是瞧见连首长坐一根镐把，自己身下软座，会变得炉盆一般烘热。若是让不来，坐在软座上的战士，身子顿时会硬直得如同一根镐把，好不困窘。这次小组会，西丹石就坐在那儿，查含宇跨进车厢时，他动动身子想让，但是又更深地坐了下去，转开脸。会议内容是讨论西丹石的转正问题，他那高人半截的位置，就越发不谐调了：我们决定他的命运哩，他竟不缩到角落里去！

一个多月来，西丹石明显消沉，工作还在干，但看得出是机械地执行命令。和他谈心，他又不暴露思想。这最让人疑虑：有啥问题，说嘛，不说，准是有大问题。军营有交心的传统，你不交，你为什么不交？在组织面前能紧闭心扉吗？有什么不可公开的秘密？唉……当然刺激旁人的思索与想象。

查含宇把西丹石写的思想汇报还给他，语调沉重："不行，恐怕你也知道写得不行！你说说，你究竟在想什么？"

西丹石望望四周，大家眼内都是同样的问题。他终于呐呐地答道："想入党……想退伍。"说完脸煞白，自己也觉得不像话：都想要？荒唐！

"入上党就退伍吗？"查含宇气极了。

旁边忽然有一声轻叹，那意思是：想归想，你别说啊，起码现在别说，想退伍又不是你一个。

"我的意见：延长西丹石同志的预备期。"

静默中，西丹石哀哀低语："要是我不说……"

"我也知道！"查含宇紧盯西丹石，声音严峻又豪迈，因为自己看准了。

"要是我不承认……"西丹石被查含宇语气刺伤，怒道。

"你？"查含宇因急恼而语塞。

西丹石苦涩地笑："我不会不承认，那太无耻了。"

"大家的意见呢？"查含宇问。

党小组长犹疑片刻："同意……"其余人相继表示同意，西丹石也低声说："同意。"引来旁人异样的注视。

查含宇和蔼地解释道："预备党员没有表决权。也没选举权被选举权，以及……"

西丹石仿佛受到污辱，涨红脸大声道："我熟悉党章！……我清清楚楚地知道自己不够党员标准！"

熄灯号的尾音像一把轻柔的毛拂，在军营内挥拂一遍。于是，门窗、草叶、战士眼睫……统统无声无息合拢了。查含宇睡前喜欢踱几步，自名"洗脑"。指导员为此曾说他不知疲倦，宋廷焯却笑他：你多干活，还能不知疲倦？怕是没有疲倦吧。他自己就是一旦决定睡觉，立刻困得要死。但又把这看成是一种毛病，常常羞愧地觉得自己不是"吃不好睡不宁"的好连长。

查含宇踏着波光一般的月色走去。蓦然，看见西丹石仰面躺在土坡下一块石板上。那石板实际是明朝万历年间一位总兵的墓碑，前天平整土地时挖了出来。当时宋廷焯嚷着"好一块桥板"，要抬去当粪池顶盖。查含宇不让："要按现在，他是员上将呢！"宋廷焯方才明白，随即气昂昂道："我说了，我们这块地方，历来是军营。再挖挖，说不定有刀枪。"西丹石却固执地恳求：算了吧，有刀枪就有白骨，埋没了更好……

查含宇感到森森然心寒。西丹石躺在冰凉石板上凝思不动的样儿，使他产生不祥预感……西丹石转过头，四目相对，便默默走开。

宋廷焯听完使劲摇头："我绝不相信西丹石会自杀！"

"当然，你是他的入党介绍人嘛，比我了解他。"查含宇极力不使自己微笑，"你还把自己的枪交给他，这不合武器使用规定；还在战士面前暴露了连干们的不一致，太傻啦，咱们应该一致口径对外，有矛盾关起门来解决，不能动不动亮到战士那里去。否则，我以后怎么工作？"

宋廷焯惊异，"你错了，还得要我替你维护形象？噢，有成绩时，咱们在军人大会上说得有条有理,有错时却想瞒住战士暗暗纠正,是不是?他们把生命都交给我们支配,可是现在他发现,掌权人对他不信任,他怎么相信你能正确支配他的生命,愿意听你指挥?这几天战备紧张,中越边境老出毛病,印度支那的地图都发下来了……"沉默片刻,他低沉地说,"要是官兵乱猜疑,你吹冲锋号吹得再响也白搭!我建议你和他交换思想,把对他的怀疑谈出来,再彻底丢开。"

"我没错,我是为了防备万一。不能说这个万一没出现,我就错了。要是这个万一出现了,倒还是你错了呢。"

宋廷焯霍然起身:"支委会上见。"

"当然。"

宋廷焯出门,忽然又在门边探回脑袋:"维特是怎么回事儿?"

查含宇略感到意外,随即不屑地笑了:"哦,他是歌德的大作《少年维特之烦恼》里的主人公,反映了一个时代的苦闷与理想。后来,维特爱上了别人的老婆,自杀了。"他加重语气,"用枪!"

"对对,想起来了。一个公子哥儿。"宋廷焯狠狠地关门走开,顿时两颊火热,心儿失重般狂动。他根本没读过这本书,却不知为什么一出口就装出"偶尔忘却"的样子,而且也知道装得拙劣。过去可从来没这样哇,不懂嘛,就直瞪两眼听查含宇吹,谁叫自个儿浅薄,今天是怎么啦?!

回到宿舍,宋廷焯朝铺上一倒,兔子入洞般蹿进被窝,一把抓住胸前肉,狠狠地掐。他紧闭双眼,诅咒着:"你怕人瞧不起你,是不是?是不是?就是!就是!"一直没把头露出被窝,后来就在里面睡着了。

查含宇却久久难眠。有些话乍一听没啥,过后一想,又吓人一跳。"中越边境老出毛病，印度支那的地图都发下来了。"此语如电光石火，灼痛了查含宇一根颤动的神经。他立刻强烈兴奋：是呵，越南小霸太猖狂，我国政府频繁的警告、抗议中，不是闪射着将帅们越来越烈的愤慨吗！万一拉我们上去……万一把平日矛盾兜到战场上去了……

"怀疑是敌意的开端。"查含宇羞愧了，情不自禁地望望紧闭的房门，深感到对不住西丹石。他控制自己，再不往那阴沉叵测的路上想了。他闭掉灯，伫立在黑暗里，透过窗玻璃，注视着好似巨型战车的班排宿舍，洗涮思路，设计明天，忽然一笑。

"应该这样，绝对应该！"他做出了个满意的决定，像洗了澡似的畅快，也有一种干干净净人才会有的舒适。

5

通常是一支冲锋枪横挎胸前，左手虎口卡握把，右手握枪托，它沉甸甸的分量与胸甲般的压迫，立刻在心上产生坚实威猛的感觉。五四式手枪，太轻了，提它上岗，胸前空荡荡的，感觉不到自己心脏在枪身下的有力搏动了。

西丹石抽出手枪，往脸上贴一下，热脸顿时爽畅，森然铁器味沁入鼻腔，也安抚着狂躁的心灵。连长的枪很干燥，不像有些干部那样涂好厚一层枪油，涂一次，可以半年不管它。干燥的枪需要频繁保养，怪麻烦的。可是，当你突然挥臂射击，枪绝不会在你掌中滑动。唉，连长，你把它给了我，把半条命给了我，特别是一个战士和你的助手发生剧烈冲突的时候。……西丹石掏出香烟，嗤地，指间跳动一朵火苗，他毫不隐蔽，吸足一口气，朝茫茫夜空吐去。

"站岗不准抽烟!"另一岗哨急步赶来。当他看清这是自己班长,看清班长脸上竟有泪光闪烁,他吃惊了,不安地退回去。哨兵的一切守则,全是班长教给的呵。他退到一株树影里,睁大眼睛四处搜寻,准备一旦发现查岗干部身影,就给班长发个信号,或者干脆向干部喝问"口令!"干部会满意这声喝问,警惕性高嘛,而班长也会趁机把烟掐死。

西丹石肩挎手枪,默默抽烟,仰望在飘渺烟影中浮动的月亮。

这地方三十年没出现过敌人,但是战士们分秒不误地站了三十年岗。如果敌人再三十年不出现,他们还要再站三十年。他们不知何日终了,敌人不知何日终了,我们的将帅也不知何日终了。西丹石入伍三年,而今两千多班岗站下来,想起这数字他却无半点自得,反觉得虚掷一笔财宝似的,怅惘地朝它沉落的地方凝望。谁不记得自己第一次站岗时的激动、豪迈和几近紧张的警惕性?而今那些都已褪尽,却获得了一肚子关于站岗放哨的经验,和一丝对以往稚嫩气的自嘲。两千班岗,两千次重复,一切都太熟,熟得发腻。闭住双眼,绕营区走一圈,也未必撞到什么,即使撞到,也立刻知道它是什么。瞧,那觅食的夜狗又来了,知道树后有人,蓦地停住抬头觑视,稍后,沉下头颅,抬起棉花朵儿般的小爪子,一颠一颠走了。它到这里从来不叫,它熟悉哨位上军人特有的气息。而且,天快亮回窝前,它还会再来,又立在老地方静静注视,熹微中,瞳仁儿珍珠般发亮,这时它会轻微吠几声,仿佛惊讶:天呐,你还不走?!

唉,岗哨,军营的摆设;军营,祖国的岗哨。

每天,从睁眼到熄灯,都交给了口令号令命令。就连夜里的梦,也好像是上级统一布置的,醒来相互一叙,离不开枪、炮、弹……那套内容。对面那座山,挖满了遮蔽式炮阵地,挖一个填一个,把土夯结实了再挖,整座山翻过来翻回去,渐渐矮去一米多。隔很远,也可闻到那山的湿腥气。晚上,腿酸麻得上不了床,只好双手把自己的腿抬上一条,再抬上一条。不是怕苦,怕苦不吃军粮!为把自己铸成一个强兵,该吃苦,该受罪!但是本领已经悬附双臂、牵掣掌中。四班可以和全营任何一个班对抗赛。接下去怎么办,依然是再把一座山翻过来翻过去。打倒人意志的不是生活的艰苦,是生活的平淡,像一杯反复冲泡的茶,又永远饮不尽,永远推不开。都说我落后了,年纪轻轻脸暮气,我承认:想振奋却振奋不起。但是,像个别人那样的"先进"法(入党前拼命干,入党后站着看)不是更让人担忧吗?给你个党员,给你个干部,给你个老婆,再给你一把岁数……那时你把自己交给谁?

西丹石觉察到另一位岗哨在紧张观望,便把半支香烟踏灭,几乎可以听见,那新兵松了口气。

新兵总会变成老兵,老兵退伍又带走一身本领,班长一个向后转,又面对一排新兵。稍息、立正、装填、发射……直到洗涮碱水从满是硝尘的炮管中哗哗流出。然后他们又脱下军装。干得好,当了排长连长又怎样,不过是把面前一排新兵换成一排班长,你再朝他们吆喝:稍息、立正、装填、发射。等待战争。哦,它在天际徘徊,生命却在等待中逝去。不知逝尽前它是否会来,它似乎遗忘了为它而存在的军人。

到地方上去!趁年轻,一竿子插到底,放弃在部队已经取得的成果,沉落到军营铁墙之外。

多少动人的故事是月色播下的。残月像一面侧立的镜子,它要真是面镜子就好了,无论亲人走多远,它都随你转去。想了,抬起头,相互看一看。爸爸,今夜你好吗,痛得轻些吗?

6

　　西丹石父亲西帆，五十三岁，但已步入人生残境了。脑造影投现出颅底瘤轮廓，像娃娃吹泡泡那样迅速增大，医生已经能够概略判定它最终压迫中枢神经的时间了。他们对西帆说：很可能是良性肿瘤，也不能排除其他可能性。当时西帆听罢闭目颔首，心里明白：这就是说恶性的。

　　上个星期天，西丹石去看他。他以为西丹石不知道真实情况，西丹石也装作不知道真实情况，因为他察觉父亲想瞒他，以求把父子间的安宁维持得久一些。每分每秒都在忧虑一件事，又万分小心地不能触动它，这让西丹石尝够了悲苦。

　　他在七号房没找到父亲，值班军医告诉他：迁移了。他随值班军医上了三楼，推开鹅黄色镶嵌透视窗的房门，走进单人小病房。

　　西帆在软床上仰卧，脸上现出西丹石陌生的神情：空虚，茫然，好似一个人知道自己错了，却不知道为什么错了。听到响动，嘴角抽紧，显然是先克制住自己，然后他转过脸招呼："来啦，累吧？"和平时没有区别。

　　"不累。"西丹石在床边白漆方凳坐下。

　　一阵寂默，两人都在控制自己的气息。要不显得激动，也不要显得严肃。目光碰一下便努力微笑，再碰一下就再微笑……后来竭力避免相碰。西丹石觉得父亲脱下军装后，穿着印有红十字、蓝道道的病员服真不顺眼，像个囚徒。而父亲清癯面庞上时恼时躁的眼神，在被窝外似摸索似颤抖的双手，都像透出嘶喊，他不甘心被囚，他想抓住一种武器冲破命运的发配。

　　"大屋乱，这里好，安静。"西丹石说罢就心知失口了。小病房，一级护理，自选饮食……恰恰道出军医们不愿启齿的结论。静呵，静寂中凶神潜行更快。军医们阻挡它，用放射线，用高蛋白，用严肃的保证，想在凶神到来前统统输入父亲体内。可惜效用已经微弱，不妨说只是在实施人的道德与感情。

"请假啦。半天，一天？"西帆问。

"一天。"

"早些回去，不要超假。"西帆叮咛毕，示意床头柜上一碗莲子羹，"热的，快吃吧。"

"爸，你吃！"

"我不饿，硬吃下去不舒服。"

西帆早已食无甘味，莲子羹是特意为儿子要的。西丹石每回来，都能吃上一道精致点心，这次为什么要例外呢？西丹石端过汤碗，用勺匙搅动，近于央求："爸，你吃一口，剩下的我吃。"

"怎么，怕不合法吗？"西帆微弱地笑了，"好吧。你先吃，剩下一口我吃。"

干嘛老笑。西丹石鼻眼酸胀，他不敢失态，遮掩着，垂首轻啜起莲子羹。

"大口吃，别像个姑娘。"

西丹石知道父亲在欣赏他的吃态，便有意现出香甜可口甚至贪婪的样儿。他眼没看，却意识到父亲伸过来，拈弄自己的军衣襟角。

"该洗洗啦，有味了。"

西丹石勉强笑："什么味？"

"炮油味，你从炮场上来的。还有……香烟味，你越抽越厉害了。"

西帆石顿时兴奋："爸，你嗅觉相当好哇！这说明你正在恢复健康。今天是炮场日，早起擦炮。抽烟嘛，我正在控制着。"

西帆待儿子说完，感谢地点下头，轻声说："爸爸已经没有嗅觉了，我是猜的。"他正视儿子眼睛，他想打碎虚假。

西丹石急忙用碗遮住脸，发出几声勺匙碰撞响，碗内只剩一些汤底了，倏忽滑落两颗泪，西丹石把它们都喝尽了。放下碗的同时，他趁势用手背擦去脸上泪痕，父亲好像没瞧见。接下来又是沉默，痛苦而不能流露出痛苦的沉默。西丹石见枕下有书，抽出来怨道："军医们也不管！"

"不。这是我争取到的，"西帆有些得意，"常读读起码可以转移注意力。怎样，读几章我听听？我今天很有精神——也许真是在恢复健康。就从打折的那页开始。哎……"西帆催促了。

它是一部记述苏联卫国战争时期前线指挥部生活的回忆录，它有逼你屏息静气的魅力，有把你一把抓走的大撩动感。西丹石读书不时朝父亲瞟上一眼，每一眼都更新了印象。西帆闭目倾听，脸庞隐然有光焰流动，呼吸深而促，咬着牙关，十指交叉，攥得很紧，搁在胸口……他在与敌对阵！直到儿子声音消逝了，儿子才回到他意识中。他仿佛睡了个好觉初醒，话音有些喑哑："你爸爸从没打过仗，这是一个军人的遗憾。特别是——他熟悉手中的一切。"

西丹石心口像挨了一拳。要是能把自己生命拿给父亲一半，两人同存同亡，那该多好哇。他感到室内气闷，便走去开了半扇窗子。乌云在山尖上蔓延，像一团墨汁在水中化开，把整个天空都染暗了。冷风扑面，凉透心肺。西丹石有些睁不开眼，正要关窗，只听父亲在床上轻轻舒叹："好风呵！"

西丹石便把另外半扇窗子也推开，然后默默捆扎好窗帘，给父亲加上一床毯子……

7

大学生西帆，在人民解放军打下厦门岛后，才被革命事业感动，从书海中爬上来。可惜太晚，战火已在海边熄灭，以后也再没给他机会，只给他一支压满子弹的枪。三十年来，他没立过一次战功，这使他在阅兵、典礼时，总站在胸悬功勋章的军官后面。他的档案中，家庭历史材料很厚，历任职务只有寥寥几行，使得干部部门在研究提拔他时，总绊在前面，而将后面很快阅完。

西帆和儿子西丹石同在一个军内，他借工作之便来连看过儿子一次，平时，他甚至禁止儿子给他通电话。

连队接到营部通知，说军里参谋长马上就到。

一辆小车在炮场边缘刹住，西帆从后座下来。正在炮场组织训练的副连长查含宇，知道给高级首长的第一印象非常重要——他可能一辈子只见过你这一回，以后全靠听别人汇报来了解你了，查含宇有力地发出"立正"口令，健步跑至西帆前方五米处敬礼："报告参谋长……"

正在站岗的西丹石双颊火热，窘迫地移动到炮车后面去了。爸爸只是个参谋呀。

西帆面色不改，眼含一缕讥嘲的笑意，平静地听完查含宇全部报告词，答道："我是作战处参谋西帆，你重新向参谋长报告。"他示意身旁一位比较年轻的军人，声音传遍整个炮场，没朝西丹石看一眼。

查含宇慌乱地转向，重新报告时，报告词错了几处。西帆低声批评他："作战处只有十个参谋，全军却有二百四十多个正副连长，我认得你查含宇，你为什么不认得我西帆？我们在教导队打过交道呀。何况……"他本想挖苦：何况我儿子还在你手下，你对下情也太寡知了！他摇头作罢，只对参谋长笑道，"看来还得要军衔。此类误会，我并非第一次经受。"

查含宇知道西丹石父亲是军里参谋，不知道就是他这老头——军事干部的"煞星"。早听人说了：西参谋主考，你别想考个好成绩，他严得要命！诡得要命！首长面前好过，参谋眼下难挨，他知道得太细，瞧得见你骨头缝儿。他要给你四分，你干脆当五分看。……也有人拿回五分，那时他会四处说与人知，"西参谋考我的！"仿佛注明产地。

西帆陪伴参谋长踱到儿子面前，注视他的军容姿态。西丹石笔直立正，枪身与身体以一个很正规的斜角挂在胸前，从头到脚都无可挑剔。参谋长满意地点头，西帆却上身朝前一探，当着参谋长厉声责问："你刚才为什么脸红？"

西丹石不敢看父亲，又竭力昂起失色的面孔，屏息咬定牙关。

"站岗吧。我不该在你值勤时候问这些……"西帆摇摇手，沉闷地走开，步履滞重。他在被人误认为是参谋长时，无半点窘迫。但儿子惶然藏身的样子，他看见了，他受不了，好像自己给儿子带去了什么耻辱。

渐渐地，西丹石从受过父亲指导的基层参谋口里，得知父亲多年来都是军司令部主力之一，业务娴熟，知识精深，能笔译两门外文（三十年未和外国军人交往，口译差了），视野开阔，常持独到见解，在全军参谋群中地位卓越，是军长倚重人员。西丹石自豪呵！但仍然是一团凝重的、稍感压抑的自豪。

西帆对面办公桌，原是副处长的，调职后，一直空着。这天西帆提前到位，他惊讶地、轻轻地在自己桌前坐下，看到对面桌后伏着一位新调来的参谋，脸庞像通信员那样年轻，度其年龄，自己可以当他的父亲。可是——他朝墙上瞟一眼，作战值班顺序表上，两人姓名却挨在一块。这么年轻，就参与调拨全军部队了……年轻参谋推开椅子，像晋见首长似的，朝西帆立正敬礼。西帆平生头一次没有回礼，甚至没有动动身子，他充满感激地点点头，眼内有些潮湿……

那参谋局促不安地坐下，呐呐地，想说些什么，又担心西帆不屑于交谈。西帆心中涌动强烈的爱怜，他双手把作战值班簿递过去，又将墙上顺序表上的红色箭头移下一格，微笑着："今天该你啦。来，咱们里里外外看看这个处，好不好？"

这还用征询意见吗。年轻参谋欢喜地起身跟随。步履小心，既不迈到西帆前面，也不落后太远，保持着半个身子的距离。谈话时，西帆才明白：自己原来是他心目中的"偶像"，敬仰多年了。他从新兵开始，就亲眼看到西帆怎样训练、考核、斥责、淘选基层军事干部，怎样呵呵大笑和冷冷逼视，以及才学、仪表、步态……都引发了他的心愿：做一个作战参谋。他渴望西帆多方指导他。

"昨晚为什么不上我家？"西帆问。

年轻参谋又讷然了，他还不习惯去比他高好几级的人家中做客，情愿早早到办公室来，等待一个机会倾吐心愫。西帆暗中叹息：他们脚下绊索太多。

年轻参谋像一面镜子整日处在西帆对面，西帆把浩荡心潮紧锁在平静的神态内。三十年哪，旧牌大学生，下连锻炼，军校干校，支左，生产建设兵团……他的精力与时间，相当多地耗费在军营以外，他期待有一个静心研究未来战争的机会，也暗暗期待获得一个负更大军事责任的权位。现在已经接近愿望了，伸手可及了——他的档案材料再一次呈报军区，但是面前有一面镜子，活脱脱就是当年的他。唉，什么都可以重新来过，只是生命的年轮一圈圈增加，一圈圈箍紧，像树的年轮那样牢牢锁住树心。该把自己放倒了，该把自己化为养料了，该把阳光、氧气和空间谦让出去了。这天下班时，他有些气喘头痛，口内发苦，舌尖微感麻木。他对此甚为意外。

数日后，呈报的材料退回，和西帆预料一致：超龄了。他要求休息。党委中产生一场争执，最后还是满足了他的要求。不过，随之而下的第一道命令是任命他为作战处副处长，其后才是关于他"病休"的决定。

西帆把离职的消息告诉了西丹石，对自己的升职却只字不提。

休息了，忽然拥有这么多时间，不能不让人吃惊、犯愁。他试图捡起抛置了三十年的地质专业，他在大学是高材生呵，多少个闪烁奇异光彩的念头没来得及完善，就匆促从戎了。当参谋时，他在军事地形学和地下工程方面让同行吃惊的造诣，居多得力于地质专业。军人生涯里，他走遍战区和农场，许多有趣的地质现象也引他思索，现在他可以解剖它们了。

第一批论稿发出去。编辑部退还了，随稿寄来几本地质学基础知识的书籍。指出：他的观点太陈旧，没有研究价值。他们把他当成一个青年地质爱好者了，鼓励他继续努力。

西帆读毕喃喃自语："这又是说'超龄'了。"于是他断然放弃。

他开始悬腕习字,越写越自得。草书一联:托酒时看剑,焚香犹读书。并且裱成条幅挂在书案两旁墙上,退几步看看,分外惬意,仿佛数月积郁一洗而尽。他背手晃悠悠地踱到办公室去读报,临走还整整军容。

稍过会儿他又惶惶然赶回来,司令部管理科正在分发剥宰好了的鸭子。那是军农场饲养的,价钱比外面便宜一半,定期供应机关在职干部。看报嘛,为什么要赶这时候去呢?既然去了,为什么远远一望就退回来?

西帆训斥自己一顿:真是老来雅!随后固执地注视窗外,他非要看看有没有作战处的人给他送来。照规定:他物质福利方面待遇不变,可是人家该不会忘了吧?不是没有这样的事,你瞧那家属就匆匆赶了去。一只鸭子算个啥,计较起来真叫人好笑,一辈子不沾鸭味照样活得愉快,但他仍旧不安地期待着。

来啦,不是分管内勤的参谋,竟是作战处长。西帆松口气,赶紧离开窗口。他忽然为自己刚才固执地期待而羞愧了。

处长进屋,随便地放下鸭子,抬头就被那两幅立轴惊住了。叫道:"好字,好字。老西,给我来一对!"

处长望着草书反复吟味,眉头微蹙。两人相继落座,半盏茶后,处长叹道:"老西,你退下后,处里头真是紧张,我也有些支撑不住啦。我看你是不是申请重新工作?教导队啦、靶场啦,我们跑不过来的地方,你多跑跑,辛苦一点嘛!对,你不必吭声,我向党委提。"处长将剩茶饮尽。

西帆慌忙道:"不不!绝不能提。如有用我处,直说好了,我一定尽力。但你绝不要向党委提要求。"他不慎碰翻了茶盏,愧笑,"看看,老了不是?"

处长走后，西帆摘下条幅，自怨道："病休就像个病休样子嘛。"……一天早上，左臂忽然失力，针扎都不疼，下午又好了。他入院检查，外科却把他转到放射科，让他躺在一张特制的床上，从各个角度为他大脑拍片。

8

西丹石把回忆录放回父亲头旁，西帆的脸庞隐约感觉到书页散发的温热，那是儿子手掌遗留的。他缓声说："一般人会觉得这本书枯燥，专业性太强。而你读起来有感情有气势！名词术语、代号称谓，都不打磕儿，这显示着一个人的气质、兴趣和知识面。看来，你配吃军粮。"

西丹石淡淡应道："是吧。"

"当然。一个人很难正确判断自己的长短优劣，他的爱好和他的优势有时并不一致。常看到小青年立志学诗，其实他们大部分只有愿望而没有当诗人的优势，结果用很多时间和精力作代价，才明白自己在这方面是笨拙的，他的作为应当放在另外一方面。你既有热爱又有素质，是统一的士兵，理想的士兵。"

"是吧。"

不知不觉中，天越发昏暗了，乌云几乎是堵在空前，舔尽了天空的光芒。空气也潮湿窒闷，有一股幻化淡薄的火炮发射药气息。西丹石要去开灯，西帆用手势阻止。

"我们来看看闪电，这是雷区的一景。"

一道白光猛烈迸射，瞬间挤满了苍穹。西丹石暗暗记数，一二三四……雷声炸响，他随即报出："一千一百米！"这是从他身躯与闪电的概略距离——知道了声音在空气中移动的秒速度，判断闪电与雷声的时间差，加以计算与修正，便是炮兵常常使用的：声光测距法。它要求观测者对时间、气温、风向有敏锐感受力，西丹石无数次凝视着远方的炮口、枪口训练自己，此刻他不是向父亲炫耀，而是下意识所致，像耳朵痒了便要抓一抓。

西帆动动眉，不出声。也许他也在算。

又一道闪电，炸响后西丹石说："八百五米！"

西帆注视着闪电消失处的乌云："近啦，也许是友军。"

"这是一场战争呵！"西丹石兴奋地扑到窗沿。天空布满了变幻不定的云阵，在突击，在冲撞，在抢占高度；阴电子与阳电子四处窜动，沿着山峰云团，极力寻找接触位置，一旦相遇就闪射出一道火线；风在发威，日月星辰不知跑哪去了，各道火线此起彼伏，巨雷从这里滚到那里……一种残酷的、壮丽的美！

病床上传来父亲冷静的声音："在闪电到来的时候，你看见了什么？"

西丹石头也不回地回答："我看见几支大军在殊死作战，我希望冲到闪电中去。"他感到从未有过的畅快。

没有回答。西丹石转过身体，思索着又说："我看见有些人在不打仗的时候挤到军队里来；有些人在没入党的时候比党员还要肯干；有些人总把别人往坏处想；有些人贪生怕死却以为人人都和他一样；有些人……"

"够啦！"西帆忍不住起身大喝，继而放缓语气，"要是把世界上的灰尘都打扫到一起，它们也会比一座山还高。你刚才看到的，是你自己的诗。"

"爸爸讥讽我了，"西丹石委屈地想。他反问，"你看到什么呢？"

"在闪电到来的时候，人们什么也看不见。"西帆沉吟片刻又补充着，"眼前只有猛烈的白光！像战争刚到时一样。"

西帆合眼休息，西丹石伫立思索，闪电退缩到天际，天空渐渐亮了。"它们走了。"西丹石遗憾地告诉父亲。

西帆眼望天际，正巧望见最后一道微弱闪电。"走了？还会再来吧？现在的距离是两千公里。"

西丹石对"两千公里"不解。西帆笑笑，示意枕畔的书，他常常从对手的成功之处研究对手。

哦，父亲脑海里有一张地图，按照这个距离从我们驻地推过去，正是北方边境（他没想到父亲可能同时暗指另一方向），那里排列着千里铁甲，那里有百万强兵。不过你们要是敢干——让我们较量较量吧！

西帆有意沉默，不去扰乱西丹石的激动思索，他希望自己的儿子和其他士兵不一样。

"对了，你的党员预备期已经满一年了，我记得就是今天。好啊，以后就是正式党员，和爸爸一样。要总结一下……"

西丹石有一瞬间想欺骗父亲，很简单，甚至不必说谎，保持沉默就行。今年不转正，明年还不转正？！父亲不知道也就不会伤心，生命垂危时，为什么还要刺激他？但是他狠下心肠，说："支部研究了，延期半年，继续观察考验我。"

"你好像不难过，也不惭愧？"西帆对儿子的表情吃惊。

"我想退伍。"

"就在半年前，你还盼望被提干部，现在怎么了？冷热病！"

"不是冷热病，爸，是一股说不清楚的情绪，闷闷的，好像待在蒸笼里。当了干部又怎样,你干了三十年,也只是个参谋(西帆一瞬间也想纠正儿子:副处长。但他咬住牙关)。我的前景可能比你好,也可能更糟,因为你比我能忍受!说我有军人素质,不全对,爸爸。我缺乏服从和耐力,我受不了自己所不喜欢的人来指挥我,好像天天在做某种牺牲。'准备打仗。'你准备了三十年,打了吗?要真有仗打,赶我都不走。我想自己驾驭自己。"

"不对!丹石,既然参了军,就要决心把自己交给军队,你不想交也得命令你交。"

"就冲你刚才那句话,也证明自己是属于自己的,否则,就不存在交给谁的问题。爸,我军事技术拔尖,他们想留我长期干。过去我得意自己的军事技术,现在它倒成了我退伍的障碍。我想了个没办法的办法:气他们!特别是那位口衔宇宙的副官。气来气去,你猜怎样,他们准会命令我退伍。"西丹石凄苦地笑笑,额头渗出细密汗珠,清澈的双眼缓缓转向父亲,"爸,我很坏吧?……"

西帆心颤了,脸上出现病态红潮,双臂支撑着想坐起身,西丹石急忙按住他:"爸,真对不起你。我原本什么都不想说,那一场闪电战争把我的心搞乱了。爸,你不用说服我,说也没用,我定型啦。"

"青年人还在变,总爱把话说死。老年人死也不变了,却爱把话说活。"

"爸,时间到了。我再不走就来不及了。"

西帆骤然无力,低语着:"要走吗,好,走吧,我们暂停。"他知道儿子要在路上奔波近两小时。

西丹石从地上拾起书——父亲起身时推落的,塞进自己挎包。"别看了。下次来,我接着为你读。"

西丹石含泪走到门口，告别使他激动，激动得难以忍受。忽然他大声问："爸，我回去干什么？擦炮，班里人早擦好了；生产，班里人也全干了；开班务会，副班长完全可以组织；……几十年前是那些事，现在还是那些事，离开我也能搞下去！我回去心也在这里，可是又不能留在这里，这是为什么，有必要吗？你以为我不知道你的……情况？你难道不希望我留下？"他意识到自己的话太残酷，眼泪流下来，父亲的身形、病床在泪水中昏花了。他心中涌动强烈爱怜，几乎要扑到父亲床边大哭一场。

"归队吧，不要超假！"西帆眼望天花板，目光与身姿都凝然不动。

赶到连队，已是晚饭后，西丹石超假整一小时。副连长查含宇没有批评他，目光却在手腕上的表上停留十几秒钟，然后摘下表来上劲。"西参谋怎么样？头痛病好些了吧？是不是高血压引起的？"

西丹石恨这种随随便便刨问旁人痛苦的"关切"。他浑身酸软，克制道："他很好。"

"那好，那好。唔，吃饭去吧。"

班里同志也争先恐后围住询问，西丹石终于发火了，吼开他们后，独自闷坐一旁抽烟。为了不刺激父亲虚弱的身体，他的烟瘾被禁锢一天了，此刻加倍凶猛。而父亲的病，是他心上的一个伤口，不愿意被任何人动问。

9

尽管睡眠不足，宋廷焯还是提前十五分钟醒来，着一身单衣跑进户外的冷空气中。几下准备运动后，跃上单杠，完成三个练习，再一个自己改编过的"大回环"落地，顿时浑身通畅，颇有点自豪：刚才可是个危险动作，当着战士面万不能做，跌下来会沮丧士气；独自一人冒险，居然成功，嘿！……他格外喜欢看见战士们在单、双杠上翻滚，自己为他们叫劲："上啊，上啊！这是男子汉该玩的。底下那么厚的沙子，鸡蛋都跌不破，还有我哩。上！"把胆小战士引诱上去。

着装、整容、扎腰带，宋廷焯到门口来回迈步，等待着。操场尽头的大喇叭醒了，播出徐缓渐而高亢的起床号。宋廷焯立即止步，如果房内传出蜂巢受惊似的一声"轰"，他便满意地走开，这个排的战士在号响的同时全从床上蹦起来了。如果听不到"轰"，而是杂乱拖沓的动作声，宋廷焯就迈进屋：装束严整，立正注视，目光犹如挥舞的银鞭在他们身上飞旋闪射，这形象是个刺激。因为——且不论什么原因，今天这个排的情绪，准定比有声"轰"的那个排要低落些。

战士们提着腰带，手臂往袖管里伸，涌出房门。他们眼睛还有苦涩余味，要睁不睁的，却能够方向准确、步履匆忙地赶去抢小便槽位，撒尿的同时还腾出一只手来扣风纪扣。宋廷焯已经立定在大操场中心线上，值星排长哨音一响，他不需挪动分毫，那立足点正是全连排头兵位置。

呵！出个好操，清晨的精神面貌会牵动全天！

宋廷焯总比连队快一步（不能多，就一步。快太多战士们不追你），逼得周围人总处在追赶状态，无形中加快了连队生活节奏。他并不知道早起十五分钟会这么带劲，只觉得是小小不然的习惯。来连寻找经验的机关干部，也没把这习惯看在眼内。战士们清楚——他们是从下往上看的，最暴露水中游鱼的是它身下的白肚子，从上往下只能看见与水色一致的鱼脊梁——如果不是连长带操，换其他任何连干，那么任你一脸威严，任你把口令喊得震天响，战士们虽有严肃的外表，心劲儿可悄悄松弛了一分。

出操完毕，各班靠拢，全连再次以连长为排头兵列队。

查含宇跑至队前，标准地向后转，两眼如同细小的闪电朝四班掠一下。"同志们，……"

全连立正。

"稍息。利用这个机会，我啰唆几句。昨天晚上，我见西丹石同志过于疲劳，情绪……不高，就免了他的岗哨，关闭了武器室。事先没和他打招呼，有点小误会，但是他不顾疲劳坚持上岗，应当予以表扬。我在这里，向西丹石同志检讨。"

宋廷焯没料到查含宇会有这个魄力：不但敢于向一个战士检讨，而且是当着全连同志的面！他暗暗为查含宇欢呼：坏事变好事了嘛，你的威望会因此更高。

四班战士挺得一溜笔直，连首长在向咱班长检讨呢，这可是个了不得的荣誉，比得个表扬难十倍！查含宇也看出效果很好，比自己预计得还好。战士们眼神闪耀着信赖，精神饱满，嘴角含笑。队伍行是行列是列，没有一丝错乱。他又感动又诧异：以往表扬他们时，他们脸庞上只漾动喜色；此刻只向他们之间的一人做检讨，可他们全体似乎都克制不住感激的心情了。

唯独西丹石保持原样，挺胸收腹，目视前方，呼吸稍稍紧促。既没有羞怯地垂下目光，也没有感谢地转脸看查含宇。你可以说他正在恪守队列条令，也可以说他不理不睬。查含宇看在眼内，热情越发高涨，讲完话，他竟半边向右转，朝西丹石咔地靠足敬礼。

西丹石脸突然烧红，上身略微一歪，像要躲闪，随后又强力站定。静默数秒，宋廷焯带头，全连响起热烈掌声。宋廷焯出列："同志们，副连长的态度，我很感动，值得我们大家学习。下面……大家有什么意见？"

"没有。"众口一呼。

"到底有没有？"宋廷焯似乎嫌回答不够响亮，瞪大眼寻找。

"没有！"这回是西丹石一人高声回答，声音太响了，简直是对抗。他知道连长实际上是在问自己，是期待自己出列给副连长一个呼应，一个衬托，相映成辉嘛。他不！

"西丹石留下，其余同志解散。"宋廷焯下令。

四班战士的步子也比平时短些了，他们犹疑着，最后退去，远远散立在操场边缘，朝这里观望。唉，连长饶不了班长呀。

西丹石迎着宋廷焯目光上前两步，无言立定。

宋廷焯强忍怒气："领导在全连面前向你检讨，你就没点儿'态度'？"

"我没受感动！"

岂止是没受感动，西丹石还有满腹怨气。噢，原来你是关心我"过于疲劳"才扣了我的枪呵，你为什么不把对我的怀疑说出来？你又凭什么产生那种怀疑？噢，你检讨了，大家都被你的检讨感动了，反显得我固执不语太不应该了。叫我说什么，当面揭破你的怀疑吗？可你为什么不说真话？……

"西丹石同志，要警惕，这样下去不好哇。"

西丹石有些激动："连长，我过去就没那么好，你要把我看得那么好，我实在对不起你。今天我又没那么坏，他又要把我看得那么坏，我……我不是英雄也不是狗熊，我就是我！"

值星排长在饭堂门口吹哨，随后噗地把哨子吐掉，有腔有调地喊："各班小值日分菜喽。"这里大有蕴意：喊出操，声音要刚强；叫开饭，则要富于悠悠然的韵味。

10

连部饭桌位于饭堂一角，质料漆色与四旁饭桌无二，位置倒像个指挥所。连里干部在这儿议论，其他桌儿听不见，而他们一抬脸就可以望见各饭桌战士面容、举动及至食欲。你若不是冒牌连长，循此追思，便能触到战士心绪。瞧啊：他老和班长说"这疼"、"那疼"，可是吃起来像员健将；再瞧他干活拼命，吃饭却阴沉沉的，病在胃脏？病在思想？还是病在三千里外的老母亲身上？可要小心探索——如同在雷区一样小心，因为那里隐藏着更炽烈的内核：战士的尊严。

操场尽头的喇叭正在播送《新闻与报纸摘要》，近一个月来，每进饭堂，宋廷焯都要提醒大家："轻点噢，边吃边听。"他扒着饭，咀嚼条条报道，用心嗅辨西线飘来的火药味。他还察觉，查含宇也在谛听"警告""抗议"，这时，他忽然会对查含宇产生兄弟般亲近的感情。

今日播音员口气更加严峻：越军朝我境内村庄发炮，炸死炸伤……查含宇嗒地敲下碗边，凑近宋廷焯说："连长，西丹石要是不服从命令怎么办？战场上得多流多少血？我对他没把握，非得治一治。"

"你过分担心了吧……"宋廷焯止住话，西丹石端着饭碗走来，往桌上一放，不满地道："这怎么吃！"声音引来四面目光。

一碗病号饭，做得实在粗，面疙瘩有乒乓球大，三五根葱棒，老厚一层油花。看看就知道，炊事员炒完大菜后，锅也不刷，便把残余煮进病号饭里，让人见了就腻，能吃下这碗病号饭的人绝非病号！

宋廷焯夹起一个面疙瘩塞进嘴，嘴立刻鼓满，他费劲地嚼着：咸了，里头似乎还没煮透。"我会找炊事班的，这个你先端回去。"

查含宇是分管炊事班的，他也伸过筷子，夹起一个嚼着，很快吃尽。"质量差点，不过还可以吃，克服一下吧。中午另做。你父亲是老革命，他们当年……"

两个连长的示范、劝解，意思都是：吃喽，父亲当年能吃，干部此刻带头吃，你西丹石为什么不能"克服一下"？

西丹石说："我父亲不是老革命——根本轮不上他。今天也不是当年，真到了啃树皮的时候，请首长放心，我能啃。"

查含宇似乎忍不住，嗤地从鼻孔笑出声，又坐正了身子埋头吃饭。这副姿态告诉人：我不管了！可是他那声笑，同时刺激了宋廷焯与西丹石。

西丹石恼道："副连长有什么好笑的？"

查含宇把嘴里饭咽下去，扬脸不看他："西丹石啊，你这碗病号饭的意思我还不懂吗？连长还不懂吗？都懂！一碗疙瘩，唉……还不是指我们连官兵关系等方面，存在疙瘩吗。干吗不直说，端着它来让人猜。"

宋廷焯又看一眼病号饭，判定：就是这意思，多亏副连长敏感啊。他忍气正视西丹石，看他如何说。

西丹石根本没那个意思，但查含宇一"指明"，倒把那个意思推到他面前，躲都躲不掉（躲就是没勇气承认）。他冷冷道："副连长那么能猜，当然一猜就中，我是有那意思。"

查含宇用力推开凳子，起身洗碗去了。宋廷焯恼道："西丹石，有意见就提，不许含讥带讽。"他喜欢连队的一切都和口令一样明白。战士嘛，对领导说话怎能掖三藏四。

"那好，我请假。"

"看父亲去？"

"到团里提意见去。"西丹石斜视查含宇后背：你凭什么扣我的枪！

宋廷焯稍怔：连里不能提吗？但他偏偏大声说："准你去！时间自己掌握，意见没提完就别回来。"

西丹石敬礼，宋廷焯昂首不动，西丹石快步出门。饭堂内异常静寂，碗筷声消失，咀嚼声消失，气氛是惊恐的、沉重的。四班长是连长最喜爱的班长呵，现在分裂了，还要到团里告状，这意味着不信任连里干部了。政治处会惊讶：九连来了个越级上告的，还是个班长，预备党员。他要告什么且不论，光是"来告了"这件事实，就够议论的了。饭堂里的人除开宋廷焯，都紧紧盯住西丹石，他们还不信他真会去告，他们希望他出门前突然站住，就是略为犹疑地左右望一下也好啊，那样准会有人上前把他拉住，剩下的事就好办了，但是西丹石几乎是闯出门的。……从西丹石手下拔出去的几个班长，伤感地发呆。四班桌旁的人，顿时矮下身子，班长和连长，都待他们挺好呵。

西丹石走至窗下，猛听饭堂里宋廷焯撂开筷子，很响。"四班副！"

"有！"墙角跳出一位战士，面对连长立正，满面通红。

宋廷焯厉声下令："四班工作，由你负责。"

西丹石暗想：好，撤我了。他垂首走出九连营区，沿途来人，看不清他遮掩在帽檐阴影里的潮湿双眼……

宋廷焯悲哀多于愤怒，仿佛被人出卖了，许久才稍稍平静。饭堂里的人大部退去，简直不知道他们是怎么出去的，听不到声音。宋廷焯重新端过饭碗,刚吃两口,嘴中咯嚓一响,牙根酸麻,赶紧捂住嘴,吐出个黄豆粒大的石子,他嘘口冷气:"炊事班长!"

"什么事,连长?"炊事班长从打菜窗口探出头,惊讶地朝这看。

"你和伙食值班员,拿扁担筐子,立刻来报到。"

炊事班长连忙喊上人,肩着扁担提着箩筐赶到宋廷焯面前:"来啦,抬什么?"

"你把它,"宋廷焯指着桌上石子,"给我抬回班里去,晚上开个班务会,谈感想。"

"啊,大!"炊事班长忍住笑,拈过石子,小心地搁入筐内正中央,不让它从缝里掉了。对另一炊事员说:"严肃点,拿出劲头来。注意,起!"两人快步抬走。

宋廷焯等待着,炊事班长竟不再露面。"这鬼,晓得我要怼他。"扭头喊:"出来,我还没完哪!"

炊事班长笑嘻嘻出来:"连长,谁都有失误嘛。有些是不可避免的,不可避免的就是正常的。"

"你看这病号饭,正常吗?"

"唉,没刷锅。"

"看清楚,一个面疙瘩足有半两,从什么时候起,面条改成了面疙瘩?病号饭的标准给我再复诵一遍。"

"来不及啊,班里人少。再说……"炊事班长竟顿住。

"说吧说吧。"宋廷焯烦道。

"班里人说——当然是个牢骚:有些人老吃病号饭,其实根本没病,怕苦怕累还尽吃好的,懒鬼真有福呵。我批评他们了:我们得想方设法让大家满意,包括懒鬼。"

"你练出来了,一嘴油!"宋廷焯声音沉重,"如今好些人都兜着圈子说话,假话兜圈子,真话也兜圈子,像躲棍子似的。病号饭,你要按照规定保证质量,中午重做。"

"谁病了?"

"西丹石。"

"四班长?老四啊,新鲜。"炊事班长意外,"卫生员没说清。"见连长尖锐的目光,他忙说:"当然重做,不管是谁,我都一样对待。"

11

像有一把火在背后烧他,西丹石咬紧牙关去做他所不齿的事:告状。他向来把这种事和背后拆台同等看待。尽管满腹道理鼓动舌根,自信一状可以把人告倒,但是要让他选择的话,他更愿意和人当面干。可部队纪律不允许啊,而越级上告,这条路可是从党章军规直铺到每个人脚下。他狠心上了路,不过临行前一定得打个招呼:对不起,我要去告状。他觉得这么一来,自己就高尚多了。

西丹石爬一道大坡,身体越来越高,像上天摘一颗果子。到顶,视界豁然开阔,一眼可以望见地平线,他惊讶地连嘴也张开了。山风在身后用力推他,飘飘前行中,他感到左右无靠(行进在队列里,永不会有这种感觉)。高耸的山脊上,轻响着自己一人的足音和心跳,更显得山的深邃、风的豪意。入伍三年来,西丹石头一回执行自己下的命令,而且不受时间限制,愿意什么时候归队,就什么时候归队。忽然失去久已习惯的约束,倒像失去了什么依托，而过去，可是极力想挣开约束呵。他不知道此行将得到什么，甚至不知道自己到底要什么。

要正式党员？要抗议查含宇的怀疑？要自己的枪？要一碗合乎标准的病号饭？……要到了怎样？要到就够了吗？要不到，就甩手不干了吗？我西丹石会甩手不干？他苦笑，没意思，一切都会照旧。

"西丹石，好大架子！看都不看就过去了？我还差点给你敬礼呢！"

西丹石循声望去，团部到了。军长的警卫员站在石阶上，肯定老远就看见自己了。他俩老家都是山东海城，但西丹石是在军营长大的，说话没半点乡音。老乡们便奚落他：北方种南方苗，半个老乡。

"你上哪？不急吧？来，坐坐。"警卫员坐下，同时拍着石阶邀他。

西丹石巴不得拖延时间，便走去并排坐下："军长来干吗？"

"找你们团领导开会。"警卫员示意远处常委会议室。

西丹石心内一动："你干嘛不跟去喝杯茶？可怜巴巴的坐在这儿。"

"没那个必要，连你们团参谋都给撵出来了，公务员更不准靠近。"

"哦……其实他们研究什么，你也知道。对吧？"西丹石朝老乡亲热地笑笑，内心十分紧张。

"不能那么说，嘿嘿，不能。"警卫员惬意地摆手。

"给点启发。咱俩爹妈都是喝一条河水长大的，别忘本。"

"不能！"警卫员坚决摇头，然后沉吟了。心中藏个消息，多少人往外撬,自己不能说,本来就是个折磨,而老乡还会以为自己笨得啥都不知道呐。警卫员忽然直盯西丹石面孔:"说实话,你怕不怕死?……这儿没别人。"

西丹石茫然:"你呐?"

"我?废话——当然不怕!现在说你。"

西丹石认真想想:"不知道,我没经过死亡的考验,不敢吹牛。"

警卫员大为不满:"啥话呀,你这人真够呛!"

西丹石神情剧变:"是不是……打仗,我们团要上?"

"我啥也没说噢,连点启发也没给噢。"警卫员反复叮咛。

"要打仗!"西丹石低低吼叫,眼望西天,整个人顿时凝定。万没想到,上级挑选我们团迎上前去。他想跳、想喊、想哭、想飞到医院三楼,重重跺一脚,向病床上的爸爸宣告:我要上战场啦!

西丹石浑身酣畅,急步返回连队。

唉,我,居然是我,在这种时候来告领导的状,太可耻了!"对不起呵,副连长。"你怎么看我,让不让我入党,都不要紧,只要我们团上,我上!战火会烧毁人的表面,战火会照亮人眼和人心。等我的一生结束后,再给我下结论吧。……唉,到那时,看你怎样参加我的追悼会,怎样向人介绍我的过去,怎样痛悔自己的过失……

西丹石饿了,悄悄跨进饭堂。左右望望,没人;轻步跑到连部饭桌前,端起那碗冷透了的面疙瘩大口吞咽;眼睛透过窗玻璃,注视炮库内四门一二二榴弹炮,最右面那门属于他。它再不是一堆冷铁了,它整齐地穿着炮衣,戴着炮口帽,炮管升到最高仰角,仿佛昂起脖子轻视一切——西丹石爱死了火炮这股傲气。

炊事班长听到响动,从打菜窗口探出头,惊叫:"放下!我给你另做，快放下。对不起哟，早晨卫生员交代我时，我还以为是二排那个老病号，那家伙一顿能吃半桶，从不嫌粗。来吧，有肉有蛋，你吃什么，自己挑！"

"蛋！"

"几个？"

"六个。"这可是病号饭标准的三倍。

"行。考虑到你从来没吃过病号饭，我赔进去了。"炊事班长慷慨地朝天挥手。

"你不赔，我报答你一个消息。"西丹石在炊事班长耳畔热切低语，"老炊呀，要打仗啦。"

"呸！……哪有那么美的事，有也轮不到你我头上。都快退伍了，嘿嘿，打仗，好像怕咱们白干了几年。我告诉你，仗都是突然之间来的，喇叭里天天警告、抗议反而没打仗，懂我意思吧？和小越南有什么打头，那是吓唬吓唬它。你看像真的，实际上是假的，懂我的意思吧？打仗嘛，最倒霉的是炊事员。送不上饭，官也骂兵也骂，只有死人不骂。累断脊梁骨，立功也比别人低一等。猛然间碰上敌人呢，你还得拿扁担拼命！碰不上敌人呢，你得老背口大黑锅。"他用锅铲敲敲锅台，盛出一碗荷包蛋，却不端给西丹石，因为他还没说够，"有本外国小说里讲，他们去送饭，当官的不让送，结果呢……"

西丹石夺过荷包蛋，吸嘘着紧忙吃。炊事班长跟着讲道："吃吧，吃吧！"他手里锅铲一上一下，像要打人屁股，"结果呢，当官的一脚踹翻了饭桶，命令他们送弹药上去。他们拼死拼活送上去了，到阵地一看，天！弹药多的是。士兵们可两天没吃喝了，见他们没送吃的来，差点把他们掐死！……"炊事班长居然说不下去了。

"嘻。老炊,你太稀落了。"西丹石听了笑。

"我稀落?告诉你,平时稀稀落落的兵,上了战场可能冲锋在前。懂我意思吧?"

"当然懂。"

"为什么?"

"因为对这些兵来说,平时严守条令条例,比战时、冒死冲锋更难!"西丹石把碗撂进水槽,不看炊事班长气得发亮的面孔,快步走开。

四班在115.4高地土工作业,练习挖"全射向发射阵地"。西丹石赶来,脱下棉袄绒裤,从副班长手里夺过钢镐,粗声说:"我来干,你上去指控。"埋头猛挖。

战士们都住手看他,想问他又怕刺伤了他。西丹石猛挖一气,扬脸道:"锹上,去土!"

执锹的战士应声上前,呼呼把浮土铲尽。西丹石挥镐又挖,冷空气在他齿缝中丝丝流动,神情阴狠,动作幅度大,下手重,奋力和脚下大地拼斗。全班都被带动起来了,不说笑,只听得镐头挥落声,脚下地面微微颤动。忽然,身后战士不慎失手,镐尖挖到西丹石小腿上,惊呼中,他那条腿跪倒了,停几秒,又笔直地站起来,衬裤破一条大口,腿肚有一道很深的伤痕,泛白,随即淌血。他撕下半截裤腿,扯开,把伤处绑住,朝失手的战士宽慰地笑:"你挖得不重,保留了我一条腿。不过,也证明你干活不用劲,对吧?要拿出干劲来,阵地就快用上啦。"

战士被西丹石气势镇住,答不上话。

西丹石见两条裤腿不一般齐,便把另一条裤腿也撕下半截,扔给他："包在镐把上挖，快！"他可怜那战士手嫩。

一条新衬裤啊，就这么撕啦？不过日子啦？……战士们又惊又畏。西丹石再度挥镐，根本不看别人干没干，自个儿干得真痛快，连腿上的伤也疼得不轻不重，正感舒适。苦活亢奋着他，寒风为他驱热，身旁所有的人都是自己的小弟弟，而他胸中则冲动着大鹏般豪气。

"班长，你到底怎么啦？"副班长问。

"要打仗了！"西丹石呼地将钢镐钉入土中，直起身体揩汗。

"你怎么知道？"

"深山里的气味，只有狼闻辨得出来。"西丹石得意地笑了，"现在，我先向你们检讨：平时人是一个样，战时可能是另一个样，我怕到时候控制不住自己，会发狠会骂人，你们可原谅点，回来撤我党籍都行（他觉得自己已是正式党员），但那时候要绝对听我的，叫上叫下，死也得办！我讨厌一窝人乱出主意。"

"班长，上了战场，一条命交给你了。"失手的战士激动地说。

"我和你一样，把自己交给排长，排长交给副连长，一级一级交上去，组成——"西丹石话语突然乏力，他瞥见查含宇拿着两页薄纸，沉思着从不远处踱过，像寻找失落的东西，那副走路姿态都让西丹石反感。他收回目光，班里人也懂事的转回脸庞。

西丹石说："你们都知道我对副连长有意见，刚才还想到团里告他，是我错了！我向你们保证：从今天起，我从思想到行动，百分之百服从他。上了战场，叫冲就冲，叫死就死，绝不犹豫。等会儿，我就去向他检讨！"

西丹石心里却悲怆地响起父亲写在绿色日记本上的两句话：试玉应烧三日满，辨才需待七年期。据说是一位元帅的诗句。

12

西丹石乘坐营里派来的摩托,急速赶到九〇三医院,刚刹住,他跳下车斗,摸一把风纪扣,蹑足跑上三楼。浓郁的药水味扑面,比以前又有异样,西丹石霎时心寒。

"爸,你怎么啦?团里让我来看你。"西丹石奔到床边,细致察看父亲面容,发现神色竟比以前好。他稍稍放心,这才感到房内温热。

西帆身下垫三个软垫,头发全部剃去,裹着白纱布。声音从来没像今天这样兴奋:"医院考虑给我动手术,要征求亲属意见。我觉得是个积极方案,就同意了,没和你商量,不反对吧?"

"有危险吗?"

"大概有一点。没有危险,成功也就没啥意思了。"西帆笑笑,手术是他努力促成的。

前几天,一阵大痛过后,他朝主任军医说趣:"别给我镇痛剂,给我氰化钾吧。"

主任惊奇地扬眉毛:"为什么?"

"听说一克可以毒死几百头牛。我信任它。"

"人道,同志!同时也要求你的耐心。"主任提醒他。

"比如说:某人没有希望了,他的病是当代医学解决不掉的。他为病痛苦,亲人为他的痛苦而痛苦,你们为不能扫除他们的痛苦而痛苦,却又束手无策,老把一些面粉似的碎末塞给他以安慰你们的'人道'。你们有更多要紧的事要做呢,干嘛老围着他共同等候不可改变的结局?他若是个理智的共产党员,就应该勇敢地给自己的篇章画一个句号。你若是个人道的主任医师,就应该偷偷地把句号似的东西放进他手心，彼此眨眨眼睛……"西帆手伸到主任面前。

"精彩！但没人实施。"主任把西帆的手塞进被窝，在里面抚住他的脉搏。

"有点急，是不是？"西帆摇头，"你既不人道，也不勇敢！你不肯做第一个吃螃蟹的人——以为那是个大蜘蛛！你没出息！"

西丹石肯定道："爸，上手术台吧，会成功的，我有预感，不能完全不信预感。"他心想：比如这次战役。

这类手术的成功率历来不高，尽管院长和主任显示着很有信心的样子，西帆依靠自己的知识判断出：他们已被逼到最后一步了。如果手术失败，自己就要进入另一间冷寂的大房子了。死算什么，对于革命者——甚至对于一部分敌人，死亡也从来不是最严峻的考验。他踌躇，是因为窥见了比死亡更可怕的结局，那就是：活着，但丧失了记忆、丧失了思维，没有痛苦、没有欢乐，不认识亲人、不认识敌人，只作为一段能吃喝会呼吸的木头而活着。……这种活法比死亡残酷呵，它降低了人的尊严，它给亲友带来几倍痛苦。正是这活法，几次动摇西帆的手术决心。啊，儿子来了！父亲看见儿子，忽然坚定起来，他意识到父亲的责任、荣誉和神圣。儿子永远是弱小呵，在他们面前父亲永远强大。犹如天空出现了乌云般翅膀、钢叉般利爪，母鸡把鸡雏紧紧收进身下，仰天愤怒地伸出短短嘴壳……它无法抵御，但它在鸡雏面前绝无怯懦！

西丹石坐下，上身前倾，两只拳头支在双膝上。西帆对儿子这副战将式坐态感到意外，只听他道：

"爸，我要上前线啦！"

"好哇，你有你的战场，我有我的战场。不过，你比爸爸幸运，我总在沙盘上模拟战争,却从来没打过一仗,祝贺你呀。"

"我替你打,我们都会胜利。"

西丹石不解,父亲竟没有喜悦。门开了,军长走进来,身后跟随着一位青年军人。西丹石连忙起身立正,西帆力图坐起来,军长急忙上前按倒他,双手握住他一只手,仔细看他脸:"我代表军党委来看你。医生不让你多见人,手术完后,他们再来看你。"

青年军人朝西帆敬礼:"西叔叔,我代表妈妈来看您的。"

"谢谢。"西帆与青年军人握手,凝视着,"我猜,你应该是炮兵连长。"

"副的。"青年军人抱怨地盯军长一眼。

西丹石终于认出,他是军长的大儿子,在军炮团榴炮营工作,比自己大五岁。小时候他只是个细高挑儿,现在,乖乖——好壮,都有胡茬了。

"丹石。"军长儿子一下认出他,朝他动眉毛。

西丹石走近笑问:"你们这回怎么样?"

他悄声道:"准上!"

"好,我们会碰头的。"西丹石用力握他的手。

两个后辈退到屋角坐下,军长和西帆在床前低低交谈,西丹石见父亲感动地点头,他的手一直握在军长手里。

"军长,局势越来越紧张了,恐怕会打一场吧。他们?……"

"有希望,很有希望。"军长直起腰肢,"快出兵啦!"

西帆示意西丹石:听到没?这是专为你问的。他回忆着,无声地笑了一下:"军长,这是我唯一没有交请战书的战役。1953年,我想去朝鲜,没去成;1960年我想调到前沿海岛,又没成;1963年,我想随高炮团援越作战,竟然是你勾掉了我的名字。不,……

我知道是你!"

"哈哈。那时我是师长,我们全师差不多走到战争边缘了,你却打报告要调到什么军高炮团,我气呀,'打仗嘛,在我姓陈的手下不能打?'又不能告诉你上级意图。结果呀,我们师没去成,也断送了你的参战机会,惭愧。"

"每次我请战之后,你都在党小组会上鼓励我一番。唉,你的鼓励才真使我惭愧呵,因为我的请战动机并不十分纯洁。我总想:像我这样出身的人,应该多到前线去作战,用血洗净家庭带给我的污垢,以及个别同志眼内那客客气气的神情,这比写什么思想汇报、心得体会都更有用。是的,那时候我一上战场,可能非常冲动地去作战,甚至不躲避当面子弹,……哈哈哈,幼稚吧?后来我看清了,我是在怀疑周围人看差了我,我想用战功或战死使他们后悔。"

西丹石睁大两眼。见父亲目光扫来,他惶然避开。

军长说:"那最初是你们知识分子的命运,后来是我们共同命运了。不过,你献出得更多。有些是你本该得到的,有些是你可能得到的。比如:你档案第一面就注明了你是地质专业高材生,你如沿着那条路走下去的话,起码能成为地质师。"

"只要领导上明白了这一点,我就满足啦。看人,原本不该只看他现在是什么;还要看,他原可能成为什么。"

"你干嘛要参军?"西丹石莽撞地插嘴,军长儿子扯他一把,他也不睬。

西帆说:"那一晚上,我读饱了书,出来散步,看见一位负了伤的军人躺在担架上,指挥好多人,在一块会下沉的海岸灌注永固式炮阵地,泥浆和沙子比例也搞错了,我就来了……"

"一来三十年,你没后悔吗?"

"当然后悔过,特别是接到病休决定时,心慌意乱了好几天呵。因为明白,一生实际上是到此为止了,剩下只是一种惯性滑行,一行省略号罢了。我踏上这条路,一直是相信能够进入未来战争的,为此抛弃了专业,强迫自己改变爱好,养成了另一种习性和气质,又拼命加固它们,以示能适应未来战争。根本没想过,战争会不出现,军队会保持在'引而不发'的状态中,几年、几十年、一代人、两代人……谁也不知道何时放箭。这种状态,要比一支支放箭更难熬、更费劲啊。它不给人放射的快感,只让你时刻准备放,一口气都不敢松。所以说,你比我们幸运。唉……一个人可以不主动承担牺牲,但选中了他做牺牲时,就不应该推辞啦,何况,我还有点自尊。"

军长感慨地拍着膝头:"我们都是老顽固呵。"

"我的力量有一部分取自你,说句不敬的话,我研究过你,像解剖一块隆起带,也像解剖一场战役,反反复复,花了好多精力呀。最后,你胜了。"

"我知道你的厉害。你能打仗!"

"我也自认为能打仗,我把自己和外军的作战参谋做过比较,我有自信!但是……没有经过实战检验呵。所以,尽管我为打仗准备了几十年,可我算不算'能打仗',自己并不知道。"他叹息了,"军长,我能看到军里战报吗?……我是离职的。"

"我交代司令部留守处,让他们在每份战报来之后,都送一份抄件给你!"

西帆声音发颤:"丹石,代我敬礼。"

西丹石上前一步,靠足敬礼,脸上淌落两行泪。

西帆眼角也偎依两颗小泪，稍一动，不易察觉地没落了；嘴角飘忽一缕伤感的、讥讽的笑意，仿佛自己不满意自己："这大概是知识分子的酸气，啊？"

西丹石哽咽着："爸爸，我要归队了。"

"上次超假了吗？"

西丹石点头："一小时。"

"你来。"

西丹石走到床边，握住父亲的手，静静等候嘱托。

西帆沉默着，两只手都在出汗。他想起儿子报告"打仗"消息时的狂喜，想起这些天照顾他的小护士常常激动地笑。他问过：笑什么？她答：您当了几十年兵，还会不知道？随后哼着：有位年轻的姑娘，送战士去打仗，他们黑夜里告别……他很想告诉她：不，孩子，不要笑。军人看不见自己毕生构思的作品在战场上成功，这固然痛苦。但是，一个富有人类良知善感的军人，在战争到来时会狂喜吗？不会的，他仍然是用痛苦默默磨砺着他的剑，他是不得不把它砍出去呵。我们为了帮助他们驱除邪恶而流血，现在又要为抗击他们的邪恶再次流血。不，孩子，不要笑！

"丹石，我们是哀兵出击，不夸耀战果，不枉斩一人。抵抗者坚决消灭，顺从者放其还乡。正义之师和那些恣情杀戮的师旅相比，有时会冒更大的风险，你可要控制好自己的枪呵！他们民族已经承受了几十年战祸，他们政府依然不珍惜人民的生命，但我们要珍惜他们的后代，即使非要等他开枪之后才能判定他是敌人，也望你把放第一枪的机会让给他……爸爸请求你啦。"

西丹石和军长儿子，笔直地站立两旁，倾听这沉重的声音，激动不语。

"但是……要小心,要辨清可怜的和可恶的。"西帆忍住脑内剧痛,"去吧。"转过头去,以便让儿子出门。心里暗暗盼望:不要回头。

西丹石没有回头,他直奔楼底下轰响着的摩托车。

中午十二时,西帆在一群医护人员簇拥下被推进手术室,接受冷冻麻醉。手术时间会很长,医院遵从他的要求,没有通知西丹石。因为,他不愿意儿子不吃不喝不睡,站在廊道里拼命抽烟。让他去吧,自己有自己的战场,儿子有儿子的战场,战场统治着儿子的心。

13

宋廷焯开完连以上干部会,匆匆返回九连。

事情总是在最后关头发生变化,团长宣布:上级党委决定了,全师在将临的行动中没有战斗任务,各项工作一概不变,师党委要求全师干部战士仍然保持高昂战斗热情,不松劲,不麻痹,转好思想弯子。……九连呐,倒是要小动一动,拉到三十里外军炮团驻地,替他们看守营房,因为军炮团将受命出动。明天,宋廷焯就要带领连里干部,去军炮团驻地熟悉情况。

宋廷焯沮丧极了:军炮团凭什么上,炮管粗?马力大?这般受重视!难得的作战机会,让它给霸住了,而自己的连,被发配去给未来的英雄们看家。不管你团长把任务说得如何重要,旁人都忍不住发笑。真的,那么严肃的会议上,就有人笑出声。宋廷焯在众人目光里恼怒地涨红脸。敢抱怨吗,军人嘛,命令你高兴,你就得高兴得笑出声来;命令你不想"那个",你就得把"那个"忘干净,而且必须达到这种境界：好像不是被迫、不是衔命，是你自己的心愿。看团长下达任务时那副严厉声色吧，多少情绪窝在他起伏不停的胸膛里？宋廷焯说不出地怜悯他，自己不过指挥四门炮，他却得承担一个团的苦恼和怨言。唉……去吧去吧，你们是老大哥嘛。你们去同小霸作战，我们来同自己的求战情绪作战。等你们载誉归来，我们把你们的破烂营房收拾好啰，把镶着露珠的瓜菜以及显得年轻了的营区，在祝贺声中奉献给你们。说："你们辛苦啦！"——好像我们歇息了许久似的。然后，你们饱吃慰劳，瞧遍大戏，欢迎四方来宾，接受电视报刊记者采访……我们的战士呢，惊羡地瞪着同年入伍的老乡，一个个竟成了连排长。然后全连拉回老窝，扯掉房梁上蜘蛛网，扫出一屋子灰，开党团小组会，整肃思想杂念，和心底闪动的不服、嫉妒情绪作战，反复学你们的英雄事迹，把那块报纸都读烂了……请拍着良心说说：我们这种作战容易吗？要知道我们根本不比你们差啊！咱两家只需在此刻对换一个番号，你们将有的一切，统统会被我们获得，甚至更多，你们就得替我们看营房啦。哼，说出来谁信，说出来不是骄傲自大吗？连长骄傲自大，连队怎么办？老实憋着吧。叫卧在这儿，我们就卧在这儿；叫卧在那儿，我们就卧在那儿。

"窝囊！有了儿子绝不让他当兵！"宋廷焯发誓般自语。

查含宇听见房门被人撞开，回头一望，宋廷焯跌坐进椅子里发痴。查含宇全明白了，不慌不忙地在纸上写完最后一行，才转过身来。

"给口水。"宋廷焯活像伤兵呻吟。

查含宇倒杯水递到宋廷焯掌中，又退回桌旁坐下。他看出宋廷焯有满腹苦楚，正等人挑头，可他偏偏不语。微笑着，欣赏着，暗暗满意自己的沉着。

"完啦，副连长。一切都准备好了，准备明天就打，现在却让你向后转，看大门去。"宋廷焯摇头，"我当了十年兵，才打不到一百发实弹，这样的连长不丢人嘛？在战场上，一百发不够一个小时打的。"

查含宇将桌面轻轻一拍，亲切地唤："老宋啊……"

宋廷焯暗惊：怎么不叫连长啦？他嘴里从来没有过"老啊小啊"的……于是想起，查含宇前天接到团里通知，要到华北某著名炮校培训一年半。喜事啊，等于明白通知你：只要圆满完成学习任务，带一张好鉴定回来，不是连长就是作训参谋。尽管那是一年半后的提拔，而且不能说死了，但查含宇此刻就没有部下口吻了。

"老宋啊，我非常理解你，所以不想安慰你。把看营房说得再重要，也比不上打仗，对吧？关键在于我们自己要想能——从理论和实际的结合上。"

查含宇从宋廷焯掌中端过杯子喝一口又放回宋廷焯掌中。"一个完善的军人，应当有两种准备。第一，准备明天就打仗；第二，也准备一辈子没仗打。"查含宇并不在意宋廷焯脸色，摆摆手，"后一种情况正是许多军人的苦恼，同样是为和平献身了，但不是一颗子弹打中他，而是一点一滴地付出生命。他们是战场外的烈士，不同的是他把山一样的功劳铺得很平很远,所以看起来很平常。对不？"

宋廷焯用力点头。

查含宇巴掌朝前一推："我们看前几十年：朝鲜战场，中印边界，珍宝岛，抗美援越，全部军队都上了吗？没，只一小部分，还有几百万人没动窝呢。现在的营团长大都没打过仗，拔得快的师长也只擦个战争边儿，事实上已经产生一代和平军人。你急什么？就你熬不住啦？我们再看后几十年……"他扭头看门窗，提醒宋廷焯，

"我们可是关着门说的噢，出门不算！你汇报到领导那儿，我不承认！"门窗是紧闭的。

"当然。"宋廷焯大来兴趣：在一起待两年了，从没听他说过"大观点"，临走才丢些下来。

"后几十年会不会有世界大战？我看没有。干嘛我们就不能分析世界大局，老等上面把结论塞给我们?!有些人确实不愿坐看我们大起来，老宋啊，我们大起来了不得！谁要亡我得趁早——代价小。但我们不好对付啊，人多啊，干起来不要命啊。苏美争夺的重点在欧洲，谁敢傻呵呵踏进中华大地。今后几十年，和平是压倒优势，军队多了，裁！"

"既然不打仗，全裁了！省下百亿军费，给大家长长工资。"

"别赌气嘛，军队放在这儿，人家才怕打你。全裁了，马上就没你了。放在这儿，就是威慑！就是门神！孙子说：战而胜，不如不战而胜。想想看这话深得很。"

"你天天喊'准备打仗'，原来是一句空话！你明知是空话，为什么还要喊？"

查含宇急道："又偏激了！军人不讲打仗不行啊。不讲，军心就涣散；不讲这个，战士就讲退伍，讲老婆，讲收录机。早晨出操喊什么？喊一二一，不喊，大家就走不到一个点上。领导喊，我也喊，喊出一片战斗气氛，这是军人的氧！不过，战争喊不来——喊得好了还可能把它吓跑，这回虽然来了，逗你一个，又溜了不是？"

宋廷焯指指床下捆扎好的两包书，冷冷地说："准备带到炮校去吧？你研究它干嘛，不是浪费时间吗？"

查含宇十分不快：干嘛老盯住这些事儿死抠，没修养。他嗤地笑笑："知识嘛，越多越好……"他迟疑，不是怀有见不得人的事，是怕说出来被人误解。

是啊，将军们，你们当年提着脑袋打仗，国民党提着钱袋打仗，当然打不过你们。我们今天需要接下的是你们的拼命精神，不是那种原始打法了。瞧人家外军一个师长多少岁，你们多少岁？算啊，正视自然规律和战争规律吧，退出场地当教练吧，别又当教练又打球。因何知道我们就那么嫩？哪次战争证实过我们的嫩？……

查含宇悠然道："老宋啊，谁都有个嗜好，有人……承不承认？"他看着连长的脸色突然问。

宋廷焯点头，查含宇放心了："我喜欢翻翻军事著作，看看'国际版'。你喜欢早晚翻翻单双杠，星期天和战士甩扑克。我俩都是本分人家呀！相比起来，我的嗜好是不是……"

"比我的高级！"宋廷焯不抬头。

查含宇安慰他："不是高级低级，是目标上有点小区别。"他从宋廷焯掌中端过杯子，呷一口，又要往回放。

"不喝了。"宋廷焯忙抽手，再不肯让自己掌中老托着查含宇的杯子。

查含宇踱两步，臀部倚住桌面，抱着膀子俯望宋廷焯："相处两年了，你处处待我好，我才敢向你献丑。怎样，给打个分吧。"

宋廷焯也起身："我大土兵一个，没资格给你打分。你不是要去炮校吗？那儿天才、将才、人才、鬼才都有，让他们给你打分。"

"嗯，你别说，土兵有土兵的厉害。"查含宇咀嚼着，"我是要去请教他们，不管他们是什么'才'。补充一句：能给一个军人打分的，应该是敌人。"

话虽对，但眼内傲气逼人。宋廷焯气呵……忽然不气了，安详地问："副连长，你说说上级为什么送你进炮校？"

"有选择地培养嘛。"

宋廷焯见他没听懂，换个问法："你说说，炮校为什么在这时候紧急招生？"

"呀！"查含宇满脸涨红，窘极了。这么明显的事实，以及事实后面的事实，宋廷焯看见了，自己竟没看见。

"没想到吧，为什么没想到？仗就在你身边，你应该想到，炮校要帮你们从'理论和实际的结合上'学会战争！你好有点……那个，不说啦。我可是羡慕你们这批学员，我情愿让出连长位置给你，换我去学习。好吧，只请你记住，你是党员军人，是我们九连出去的！"宋廷焯大步出门，唉，战争偏偏选择了他。

"连长，等等！"查含宇追出来，机警的眼晶亮，"你刚才想说什么，全部说出来。"

"没必要吧。"

"有。你想说我：一心想当官，又是个怕死鬼，对吧？"

宋廷焯不语，这意思就是：是！

"说我想当官，我承认有点儿；说我怕死，你就是污辱了我！我们一起待了两年呐。我……我……"他激动得气息不匀，好像豁出命也要弄清自己是不是怕死的问题。

宋廷焯道："急什么？一个人是不是怕死，有时候自己也不知道。上了战场再看嘛。"停会儿又道，"你从来没有这么急过。"

查含宇为自己的冲动发窘，转脸回避灯光。

14

西丹石看见连长身影投在副连长窗户上，他差点奔去。又一想,人家说不定在研究战前人员配备。等等吧,三年都熬过来了,几分钟等不得?他怕听到不该听的事,有意退到操场边缘,耐心朝那里望。他以为天都快亮了,实际上才过去一小时;他以为走走时间会快些,谁知越走动时间越显得长。

宋廷焯终于出来,西丹石快步迎上:"连长……"烫嘴似的,想问的话竟抖抖索索问不出来。

宋廷焯拍拍他的肩:"我们团不上,军炮团上,我们去守护他们的营区。现在把打仗的事全忘掉,最好的办法是睡觉。"

他无心多说,赶去查哨。走出几步,忽听后面一片粗喘。他不放心,回头看,西丹石已经蹲在地下了。宋廷焯忙过去蹲下,近身便感觉西丹石在发热,声音很低。

"我知道会变,我早知道了……给他们,给他儿子看营房?"西丹石抬起两眼,死盯着天际。他凭什么得到那么多,连作战的机会,立功的机会,牺牲的机会也比我多……

"别这么想。你的求战情绪很好,但别急。有些事一日三变,我们还要有作战准备。"

"急?"西丹石几次张嘴,才悲哀地说出,"急有什么用呵。"他呼地立起,跑到连部电话机旁,停立几秒,脑中飞快思索。已经激动得够了,此刻是平生最冷静的几秒。他抓起话筒:"请接军长!"

总机员反问:"什么军长?"

"我们军的陈军长。"

总机员对来自连队的狂妄要求吃惊,他怀疑错线了。"你是谁?你在哪?"

"别管,接!"

怔在一边的宋廷焯夺过话筒,捂着,紧张地问西丹石:"你考虑好了吗？"

"放心，我要是有一句不敬，你处分我。他说过我们会上的，我要问问他。"

宋廷焯对话筒说："我是九连连长，我批准了，你给他接。"他跑进隔壁房间，抓起一架线路分机，合上线路闸。

细微杂音跳过后，耳机里传来滞重话声，不像是，但分明是："我是陈军长。"

"我是西丹石，向你敬礼了！"

"哦……你讲吧。"声音渐渐迟缓，似乎有预料。

"陈伯伯，"刚出口，西丹石眼泪也流下来，"我爸爸跟你二十多年了，请伯伯讲，他向你要过级别吗？要过军功章吗？要过平方米吗？"

"没有。"

"没要可不是不想。我是他儿子，我知道他有要求，他不愿说，我可要说了！"

"你说吧。"

"他想让我去打仗！我要求伯伯，立刻把我调到军炮团，就调到你儿子手下！我跟他一块上战场。"

"你等等，我考虑考虑，十分钟，行吗？"

西丹石感激道："我等着。"

军长放下话筒，拿过搁在烟灰缸上的半支烟，继续抽它。其实他已经决定了，是在考虑怎样使西丹石服从自己的决定。当然，一个命令就够了，可是单靠命令的力量支配下属，正说明领导的无能。下命令也用不着自己下嘛，排长就可以命令西丹石。再说，人家开口唤"伯伯"，不是喊"军长"。几天来，电信够多了，不少是询问儿子女儿上不上。话不明说，意思明白：不上的话，希望上，让孩子锻炼一下嘛。也有人意思正好相反。军长只好在大战前夕分出精力对付友人。走后门撤走，绝对不行；走后门打仗，我看也不好，哈哈，你用心良苦哇。他更喜欢子女在部队，但自己一声不响的父母。

西丹石是最难办的一个，有片刻，军长苦恼得直想答应他，因为拒绝他就是拒绝两个人，父亲一生没得到，还要让儿子失去吗？失去的岂止是一场战斗。

根本没到十分钟，话筒就吱哇响了。军长拿过来，听到西丹石叫："军长！军长！"

军长横下心，既然你这么叫，我就做军长吧："西丹石，我先问问你。如果我没良心，如果我驳回你，你怎么办？扒军装不干了吗？给自己一枪吗？你说。"

没回话，军长平静些："有一本书，像是叫《你到底要什么》，我儿子看了，推荐给我看，我没工夫，只觉得书名有意思，借来问你，你到底要什么？"

"要保卫祖国！……你们天天教导的。"西丹石冲他。

"这个我知道。我是问，你在'保卫祖国'的后面，还有什么？"

西丹石心神俱乱，还有什么，太多了，说不完。

"不好回答吧，允许不回答。这个问题很怪，它没有尽头。你要是敢于彻底地把自己要的东西说出来，马上就明白自己绊在那里。许多人不敢全说出来，只说出冠冕堂皇的那一部分，他怕全说出来就得不到。还有人根本不知道自己要什么，只知道要！你父亲就敢统统说出来，因此他是光辉而勇敢的人。西丹石，我相信你上战场不是英雄就是烈士，恐怕你也有这个自信。你有理想，又勇敢,知识丰富,某些方面,比你父亲当年还高明。对你来说,目前更困难的,是打仗还是守营房?作为伯伯,我恳求你做更困难的事;作为军长,我就要命令你做更困难的事……"

军长接过值班参谋递来的电话记录:

九〇三医院院长来电:手术失败,西帆同志于二十三时零七分去世。脑瘤是良性的,但丝毫没有减少手术难度。我们非常难过,非常不安,正在洗理遗体……

值班参谋举着另一架电话话筒等待,说明院长也在另一头举着话筒等待。你们等什么?告诉我这些难道还不够吗!……但是西丹石也在等待呵。军长想好的话全给这噩耗打乱,他抑制不住,他由着胸中哀潮滚动,气息粗重地、吃力地低吼了:

"丹石呵,你听好,谁都有陷入绝望境地的时候哇。我们当年打仗,最怕孤立无援。电报拍出去了,飞回来两个字:坚持!失败啊,沮丧啊,指挥失误啊,还有敌人一次又一次冲锋,……怎么办,只有坚持。咬着牙坚持,硬着头皮坚持,趴在亲人遗体后面坚持(多少回了,战友的尸体是他的掩体),阵地不能丢!今天,你有你的精神阵地,在那块阵地上,你又是战士又是元帅。当你献出去很多而得到很少,甚至献出去的东西被人退回来;当你受委屈被误解,老是失望……怎么办?只有坚持,坚持就是援兵!你要站稳了精神阵地抵抗,自己号召自己冲锋,一寸一寸和人争夺!……站着顶不住了,就蹲下;蹲下顶不住了,就趴倒;趴倒也顶不住了,你就把自己埋在阵地里!军人就要有这个气魄,任凭打击四面八方来,老子就是不后退,老子就是顶天立地!"

最后一句迫于喊,军长按下电话,强使自己冷静:我刚才和他说什么?……哦,他要上战场,我要把他拽回来。我说清楚没有呢,怎么好像战争动员那样喊?……

他靠住椅背,两掌按住桌面,对值班参谋说:"你去吧,我在这。"

值班参谋低着头:"这不是你的位置。"

军长不再坚持,他瞥见电话簿,拿过蘸水笔批示:

1. 传报党委成员,研究治丧事宜;
2. 机关全体人员,明日上午八时到医院,向西帆同志遗体告别;
3. 通知西丹石同志,明日八时前来军部报到。

……

他把簿子推给值班参谋,出门进入夜色,思考着:明天,要和西丹石一起去向西帆同志诀别啦。西丹石看见父亲遗体时能支持得住吗?要是他突然扑到自己胸前,哭喊着,冲动地顽强地两次要求上战场,我该怎么办呵?西帆的生前战友,要是流着泪期待地望着自己,又该怎么办呵……

西丹石放下电话,一瞬间竟动不了身子。他和宋廷焯同时从两间房出来,面对面站住,彼此都是脸发白,额冒细汗,经受强烈感情冲击后的脸庞,仿佛瘦些。

"现在该睡了吧?"宋廷焯低声说。

"睡不着。"

"那就代同志们站岗吧,让睡得着的人去睡!……我也有过这种情况。"宋廷焯径直走到单杠下的沙坑边缘坐下,微微昂起头,把自己交给寒意沁骨的夜风。啊,风从西方来,波动两千里,战场还在地平线后面酝酿,军人的脑海已经变成战场。……就在刚才,他还抱有最后一丝希望,一丝侥幸。他的心完全飞去了,才彻底明白身子根本动不了,只好……只好强迫自己把飞翔的心一点点收回来。

西丹石进武器室挎上冲锋枪，疲惫地沿着车库、炮库、弹药库绕巡一圈，不用数，仍然是二百一十步。建筑物的明暗部分，由门扉隙里渗出的钢铁气息，每棵树的喧语，他都能清楚辨别。风来了，这棵树叶浓，响声密实淳厚；那棵树枝稀，响声便清亮些。蓦地有一声细微鸣啭，西丹石知道是一只鸟儿在风的摇曳中紧紧抓住枝桠。……

唉，只有二百一十步，太短了。但它首尾相连，因此又长得没有尽头。路上没有铁蒺藜、反坦克雷、功章勋章，你只能平淡地走过去，连冲锋枪也几乎成了装饰。走在这条路上，常常失去许多荣誉，许多擢升机会，许多姑娘的娇笑和青年的妒羡……这条路原本就是艰难的，然而许多人并不承认它艰难，于是又给艰难的路上平添了许多痛苦。

月更残了，像一张扯满弦的弓。箭呢？落到云海里了。世上哪有一张弓能满弦三十年而不松丝毫？不，弓不可能，人却可能，像爸爸。

爸爸是珍藏着一个炽热的梦——战争，走完这三十年崎途的，那个梦毕竟给了他很大支持。而自己刚刚起步，就已经明白那个梦在自己一生中也可能不会实现了，就已经看清脚下这条路的尽头和没有尽头……还要走下去吗？明知是梦还要重新燃起它吗？唉，真不如看不见那一切，只遵循命令前进，走起来会轻松得多。

西丹石面对方位角45度，在两座高山的夹隙里，他看到墨海般的平川和微白的天穹，那是正西，是战场。此刻，天空肯定有卫星旋转，地面肯定有履带痕伸展，许多将帅——敌人的和我们的，亚洲的和欧美的，正从胶片上、密码上、沙盘上凝视那儿。锁紧你们的眉头吧，眼睛会因之更亮！

太阳是从那儿沉落到地平线后面的,它把天空奉让给星星和月亮,于是,才诞生了如此美妙的夜空。太阳在静静地等待它的舞台,它还要在天幕跃起,用强烈的光华与热情,吻大地,吻海洋,吻人们的脸。

哦,西丹石还没有吻过一个姑娘,但他渴望吻自己的父亲,轻轻告诉他:"爸爸,我刚刚经历一场战争,好累啊。……"

15

军长小车闭灯进入炮团驻地,接连穿过两支连队,竟没有受到阻拦。小车在团部办公楼前刹住,司政后三家值班员也没有一位从梦中惊醒,匆匆奔到面前……他在车旁恼怒地等候片刻,看见有两间办公室没有闭门关窗,"哼!也不怕丢了文件。"他就近朝榴炮营走去。

军装在夜气中挂在铁丝上,忘了收回,走近看,四个口袋,干部的。两辆汽车没有倒回车库,车上东西零乱,显然是装了又卸,卸了又装,车尾垫着三个空炮弹箱……团长参谋长带着四位营长快步赶到,军长从后面一位营长身上闻到隔夜的酒气。

垮了?全团像吃了一场败仗。累趴下啦。松弛就是垮!这个团一向是全军骁勇强健的团队之一呀,最后几次战备检查,他们的临战状况竟比军炮团还好。只不过昨天晚上来了一声"没你们份啰",全团就好似被一拳砸散了。失望后的沮丧,极度紧张后的疲惫,淹没了他们。军长直想斥责:还没流一滴血呢,还没上战场呢,你们先就经受不住战争带来的情绪考验!一个刺激就把你们放倒了。我知道过两天你们能恢复过来,可谁会给你们两天时间？几十年不打仗，神经又过敏又衰弱，自制力都减退了……他命令发出战斗信号，让团营长认识一下这时候的部队。

第一阵警报器声消失，没有动静，人们似在疑惑地倾听。第二阵警报器声刚响，全营驻地蓦然泛起嘈杂声，黑暗中人影窜动，排长们什么都不要了，只抓起手枪及指挥包奔到连部急问："又该我们上了吗？"连长们也带着同样的问题飞跑到营部，直到看清堵在路口上的军长团长营长们，才明白又是一场演练。反应快的连长立刻飞跑回去指挥连队，不甘心的连长还怔怔地等，最后只等到他的营长跺脚呵斥。

一切都比平日慢了，乱了……

东方的山岭像轻轻吐了口气，吐出一片朦胧白光。九连在抢占阵地。山坡勉强称得上平坦，土壤却像发面团那么柔软，炮轮在重压下陷入半边，西丹石和他的四班战士几乎是拥抱大地一般低低俯下身子，用肩膀顶着炮轮、炮尾艰难地移动。所有的腰肢都在统一口令中一弓一直，再一弓一直……战士们青筋毕露的脖子，好似负重的泥龟一样长长伸出去，张大嘴，喉中发出沙滞的"嗷嗷"声，像要扑出去咬！解放鞋陷进了泥里，拔出时常听到鞋缝断裂的嘶啦声。炮轮压出两道深深土沟，随即又被坍塌的土壤埋没。假如这时炮轮突然撞上一蔸树根、一块石头，强烈震动力会通过火炮钢铁骨架传遍战士全身，使他们感到挨了电打似的……

查含宇放下电话，把头伸出发令所掩体，寻视着。他烦透了：自己下午就已经告辞，每件衣裳都洗干净了，脚上的解放鞋换上了皮鞋，那套专门穿着对付训练时的旧军装早交给了司务长，身上这套是刚从箱底拿上来的。团里现在却通知按照一级战斗装备做入校准备。看来连长估计对了，真烦人啊！穿这身衣服在这片乱糟糟的山坡上,别露出怕沾怕碰的样子——军长他们在远处盯着哪。他尽可能待在发令所里,探身出去时,用十指支住胸墙。看见西丹石正在死命推炮,四炮正在通过最后一道土坎。他高声叫道:"四班长!"

西丹石转过身,喘息着努力立正。

"连长叫你立刻去。"

西丹石摇晃着身子走下山坡。查含宇大喊:"忘啦?阵地上三步以上就得跑!"

这是炮兵团延续了几十年的战场纪律。

听到副连长刺耳的口音,西丹石一惊:怎么,不打仗我就不听他的么?不打仗我就不跑了么?……他将冲锋枪狠狠甩到身后,飞步跑下山来,一边跑一边迅速整理着装与军容。

军长慢慢对连长宋廷焯说了几句什么,然后从兜里掏出三个白纸袋,把其中一个交给惊愕的他。

宋廷焯轻轻撕去纸袋封口,从里面拿出一条黑色臂纱。忽然听到跑步声,他惊慌地抓紧黑纱藏到身后。

"报告!"西丹石全副武装地向他敬礼。

宋廷焯泪眼求救般的转向军长。军长捏着另外两个白纸袋在远处沉思地凝望山坡上推炮前进的战士们。宋廷焯手在身后发颤,右掌攥有一条黑纱,黑纱坠住他的手臂……

条令规定:当上级回礼后,下级方可礼毕。浑身泥水的西丹石,没有察觉异样,他严格遵循条令,凝聚全部力量,保持着严整的敬礼姿态,静静等待连长回礼。一秒,两秒,三秒……

一九八二年春写于福州铜盘

第三只眼

"班长，讲人鬼的故事吧。"
"你不怕吗？"
"怕，可我又怕又想听。"
"好累呵……"

南琥珀和司马戍合拖一具无齿木耙，并肩在海滩上跋涉。他们身后，木耙拖出一道宽约两米、不停地延伸着的平滑沙带。沙带紧贴着海，海水却够不着它，又一鼓一鼓地老想够着它。南琥珀和司马戍手坠在背后，像被紧缚着，这使他们浑身涨满力气。上身前倾，负重乌龟般的头颈长长探出去，似要从身上跳开，似要扑前去咬。

任何上岸或者下海的生物，都会在沙带上留下足迹。

沙带执拗地要把大海裹住。

1

南琥珀不用回头，凭手掌的感觉就拿得准身后沙带合格：深约寸许，不偏不斜。左边是太阳，右边是大海，潮水爬到距沙带几寸远的地方，伏身退去，抛下一大片泡沫噼噼噗噗熄灭。面前沙滩上的脚印，全是人们白天留下的。他从这些乌七八糟深深浅浅的脚印窝子里，不费劲儿就能瞧出是男是女，瞧出孤独者的沉思：跛的倾斜、老人的疲乏，还有好些肥臀坐出的坑儿，随意推起的沙枕头，融化的烟蒂……老瞅着这些，真丑。丑得久了，他就发木。倒是狗的足迹好看，一只只小酒盅似的，挺规矩。

大耙把所有的足迹统统耙平，随即流出一条轻软沙带。

南琥珀的解放鞋掖在腰里。每一步，他都把脚趾努力张开，深深踩入沙中。若有一着踩中蓄透海水的细沙，那舒服得要叫娘，脚像是化掉了，仿佛另有一样东西在下面偷偷动。他和司马戍配合得非常协调，以致他觉得竟是自己一人在拉沙带。换个人来配合就受罪了，步子短半寸，沙带就歪。落脚深浅不一呢，那沙带就成了鬼啃出来的。你没法让他明白自己的步子有多利索，那得花半辈子工夫。与其花那工夫，不如自己也迈他那种蠢步子，也能拉出条合格的沙带。配合嘛，你若老去纠正人家，才蠢呐；你若会适应他的蠢，倒是个小小乐子和两两谐调。和司马戍拉沙带，就是和自己另外一半嵌合，听他的呼吸就知道了。

"歇会吧。"南琥珀说。

两人同时在右脚站住。似乎感到热，彼此站开些，竟有些不自在起来。

南琥珀回望沙带，薄暮中，沙带恍惚在动。那是海水动的缘故，把沙带推来拽去。但愿明天早晨这条沙带上没有脚印。

"八班的防区比我们起码短二百米。"他说，并不指望司马戍回答。

最好别从我们这段下海。妈的,足足比他们长二百米,军犬还归他们用。而逃犯呢,倒可能从这块下海。明天一查到脚印,祸事就来了。放跑了一个,哼哼,上头要把我们敲打一年。不,不止一年。非得等到你立功,人家才不提以前的事。

"今夜不知谁立功。"南琥珀一笑,仍然不指望司马戌回答。

"就剩一支了,你要不要?"司马戌掏出个瘪瘪的烟盒,口朝上,递到一半不再递了。

"要!"

南琥珀不想抽烟,但是司马戌那讨厌的姿势惹得他非要不可。他说:"要,早想抽支烟啦。别掐断,轮着抽吧,少出个烟头,每人可以多抽两口。"

司马戌手一扭,把烟卷掐断,递给南琥珀半截。

南琥珀想:他才不愿两张臭嘴在一支烟上抽来抽去呐……

"你裤袋里放什么东西老碰我大腿?"司马戌望着大海说。烟卷沾在他嘴上,怎么说话也不掉,烟缕从鼻孔钻进去。

你那宝贝大腿碰不得?南琥珀想,老碰我大腿。哼哼,大腿!

噗,南琥珀把熄灭的烟头吐掉,从裤袋里掏出只鹅蛋大的铜龟,托在掌中:"喔——"

司马戌两眼顿时凝定,盯住它,舌头在半张的嘴中冒热气,夕阳停留在脸上,海水似的放光。忽然,他两眼变得极其温柔了,喃喃地发出些惊叹,脸上现出少有的痴色,微微摇头。

南琥珀把铜龟举到夕阳同高:"我探家时带回来的。……二姐出事后,家里想把它当废铜卖掉。那能卖几个钱?我偏偏喜欢这丑东西。我拿来了。"

南琥珀手掌一翻,让它跌落到沙滩上。几乎同时,司马戌也跌坐到沙滩上，倾身看它："活物呵，小乖乖……"

"你别想太多。"

"班长，我拿我最好的东西和你换。"

"说了，别想得太多。"

司马戍捧起小铜龟，呆片刻，仰面道："我拿我换它！怎样？"

"什么意思？"

"你懂。"

"就算我懂，你也得再说一遍哇。"

"在我服役期间，整个人都交给你了，死心塌地！你叫我干什么我就干什么。绝不……"他轻轻道，"和你为难。说实话，我这个兵还是不错的。"

"假如我不把它送你，你就不听我的吗？"

"当然也得听，你是班长嘛。"

"是不是？你没拿任何东西和我换。"

司马戍面容冷硬："两种听法不一样。"

南琥珀抓住木耙把手。司马戍急忙捧着小铜龟站起来，兴奋地望他。

南琥珀侧身道："放我裤袋里。"

铜龟又落入他左边裤袋。两人又拉起沙带。小铜龟钟坠般在两人中间晃来晃去，每一步都碰到司马戍那条碰不得的大腿，他呼吸低且粗，弯着铁似的头，半闭眼。

小铜龟活物般在袋中乱扑乱跳。两人都死撑着不语。

"你拿去吧。"南琥珀说。

他们没有停步。南琥珀感到一只手伸入他裤袋。倏地，重物感没了，小铜龟被司马戍取走，放入他自己的另一边裤袋，那里离南琥珀远些。南琥珀的心裂开似的呻吟一声。

又走了许久。司马戍道:"班长,老书上有句话'大赠无谢',知道吗?"

南琥珀几乎是愤怒地问:"你干嘛那么喜欢它?"

"说不清楚呵……"

脚下沙滩渐渐变硬,泥土从沙中凸现。他们走到防区尽头,把木耙从沙里提起来。一尊半人高的水泥碑竖在他们面前,正反两面都锲有中、英、日三国文字:军事禁区,非经允许不得入内。中文字大,红漆,占据水泥碑上面一半;英文日文字小些,白漆,占据水泥碑下面一半。南琥珀瞧出它有些倾斜了,顶部破去一角,被人零打碎敲的。他心里怪凄冷,它有何罪呢?没它时,这里只是块普通海滩,人迹不比别处多。自从把它一立,沙滩上的脚窝儿反而多起来了。它阻挡人也诱惑人哩,让人一见心头便突突的,挤着命也要进来一游。随后才知道这里头和外头一样寡淡,结果水泥碑要被人敲两下:进来时一下——因为它挡道;出去时一下——因为失望了。

2

南琥珀刚刚分到这里,有位老兵就将二指并在一块指向大海,低低地说:"喏,就在那!"

南琥珀觉得更可怖的是压在耳畔沉重的声音。他久久望着凸起的大海,那冷冰冰燃烧的蓝色。海流趴在它下面。涨潮时,它悄悄活转来。越挣动越长大,积聚整个大海的力量,朝这边冲撞,把沿途抓住的一切都扔到岸上来。退潮时,它又以同样的力量和

第三只眼

速度扑向敌岛。要是你落入其中,你就甭想再回来。海流会把你咽进去,到那边敌岛才猛地吐出来。那时,你就不是现在的你了。即使你许多年以后侥幸生还,别人也不会把你当成从前的你了。

于是这片弧状海域被划为军事禁区,你若陷入海流远去了,只得对你射去一发子弹。这也是拯救你。

这个秘密藏在大海肚子里,附近的人们都知道,却又搁在自己肚子里,宁可烂掉,也不轻易吐给外人。其实,谁也不清楚海流究竟在哪里,它一日三变,色儿似的游来游去。然而老兵们都执着地对海湾拐角伸去两根指头:就在那!——十几年的传统了。

南琥珀极想用手去碰碰那亮光光的海水。在别处,太容易了,只是没那兴头。在这儿绝对不行,人却时时涌动老大兴头。大海那么温驯,潮头随着他的心思走,白亮亮的舌片伸到他脚跟前,似抚似舔的,而他只能退后几步。

夜里干"潜伏",南琥珀全身比礁石还硬,眼睛几乎没用,全凭感觉。你有感觉浑身都是眼,你没感觉浑身肉乱跳;不要担心后面,即使身后站着一头恶鬼,你也得坚定地对自己说:"没有!"这样你才能牢牢守住当前一面。否则,前后左右都是鬼,你哪一面也守不住;如果还不行,你便将冲锋枪从胳肢窝里伸向后面,大拇指倒压住扳机,注意力全用到前方,别怕羞,黑夜遮盖着你。这样,也能获得镇定;还有,帽檐要压低些,肯定能多点安全感,还会觉得自个儿两眼很有力气;千万别踩上枯枝败叶,它们会昧地一响,把你心脏刺穿。万一踩上了,那你就踩住别动,一动它们又昧地一响;冲锋枪是个安慰,你得牢记住它只是个安慰,千万不要搂火!因为你认准的趴在那儿的敌特十回有十回不是。你只需把眼睛转开,过一会儿再转回来看,就会庆幸自己刚才没犯傻。万一你走火,你在前沿就会被臭翻,侮得你直想让那颗子弹打在自己手板上;你千万别信老兵们瞎咋咋的惊险故事,他们是在把老辈人割碎了一块块零卖,他们自己可啥也没有;你一定得学会使自己放松,身上每处都软软的,随便挨住一株马尾松,脑中回想白天这里的地形地貌,于是这个黑夜才会归你所有;最后,你得体会敌特的心情——这太重要了,如果你想赢了,你就得和他们交心,就得有那么一会工夫恶狠狠地把自己想象成敌特,便会大悟:妈的,真正害怕的是他,这儿每棵树每个石头都够他怕的。你好悦意呐,竟有些盼望这儿每棵树每个石头都够他怕的。你好悦意呐,竟有些盼望敌特爬上岸来。哼哼,动的怕不动的,在乎的怕不在乎的,大眼圆瞪的怕半眼微笑的⋯⋯

还有一绝:

当夜越缩越紧的时候,海风忽然变味,硬得像只榔头敲你的嘴脸。海面上涌来猛烈声浪,如同大海站了起来,轰轰隆隆摇摇晃晃地翻筋斗,那声音把四面八方塞得水泄不通,天地间容不下这头巨皮——国民党的心战武器:大喇叭,六行四排二十四个,每个都和波音飞机的喷气口那么大,功率或许更大。它用惊天动地的声音和你悄悄谈心,震得人简直站不稳,活脱脱是天塌了,掉下张大嘴。它从你双耳钻进去,再胀破你身躯钻出来。它把黑夜夺走,再掷来砸倒你。你若有种,就和它对骂,站不稳也要骂!它一句,你一句,发狂地同它对撞;否则,你会在令人窒息的声浪中缩成指甲盖那么点,甲虫似的在海滩上乱钻。⋯⋯夜复一夜,年复一年,你渐渐宽容它了。倏忽发觉:那声音不怎么震耳嘛。夜里,在那边,你还有个伴儿,和你一样辛苦。唉。

3

最初，是日子啃噬南琥珀。后来，便是南琥珀有滋有味地咀嚼一个个日子了。这儿一切都非同寻常。活着，力气把浑身骨节胀得咔叭响。携枪在沙滩上走走，俨然是自己垄断这片海域。再后来，日子被嚼得太透，复又寡淡起来。蓦地悟到：不是自己垄断这片海域，竟是将自己配属给这块海滩哩。像那块礁石，像那株歪脖树，像树腰间那块疤节，像极目无数什么都不像的东西。他情愿把白天留给战友，夜里去海滩上岗。在黑暗中，他觉得轻灵、干净、快意。他违反执勤规定，把解放鞋脱下来，掖进腰里，赤脚深深地踩进沙中，享受沙的流动。他把海风吞进腹，再吁出去，犹如一遍遍涮洗自己。

……黑影刚刚从桉树林带里出来，南琥珀就捕捉到了，尽管像极一株树影。刚才那里可没有东西，现在突然多了它。

肯定是人。黑影不动，南琥珀知道他在观察，所以也不动，甚至不把脸转向他。稍过一会，他感到那黑影朝海边移动了，顿时兴奋得发抖。他从雨衣下面慢慢抬起冲锋枪，无声地拨开保险，屏住气息，待黑影移到海水旁边那个废弃的地堡处时，猛然喝问："口令！"

声音响得要命，连他自己也吃了一惊。随即胆更壮，今夜要开晕吃。他隐隐期望那人不回答，自己才好开枪呵。一团火塞在喉管里。他想再喝问一声，却发不出声音。他拼命抑制射击的欲望。

那黑影碎在沙滩上，瞬间又跳起来扑向大海。啪啪啪，脚踩得很响很急。接着传来溅踏海水的声音。南琥珀端枪狂喊：

"傻瓜，回来，我开枪啦……"

这不是胸环靶、海漂物什么的，是人的血肉之躯呵。南琥珀迟疑了片刻，突然感到又愤怒又快活：干吧！他概略瞄准，稳稳扣动扳机，将二十五发子弹全部射出。枪托猛烈撞击他的肩胛，他的心脏跳得比枪托更凶，火舌刺花双眼，大团热气散去，面前更黑更静。他确信命中了。擦亮防水手电筒，提起冲锋枪，强撑着两条软面似的腿挨到海边。他看见一个男子躺在浅浅的海水中，面部露在水面上，身着短裤背心。旁边蹋着一个尼龙网兜，里面有两瓶白酒，一只充了气的橡皮球胆。男子胸、腹、颈有四五处贯穿弹孔，有的在喷血，有的只是渐渐渗红。男人还没死，他两肘在腰后一撑一撑，眼睛和嘴吃惊地张好大，拼命地喘，喉间"咕噜咕噜"。

南琥珀朝他弯下腰，又不敢碰他。

黑暗的海里忽然传来一阵嘶喊。南琥珀大惊：喔！还有一个哇……他朝喊声举枪，扳机却扣不动，子弹打光了，他慌忙换弹夹，意识到另外一人已经下海逃生了，休想再抓住他。在黑暗里，什么都看不见，子弹也难击中水里的游动目标。

不料竟传来踏水声，越来越急，越来越近。南琥珀忘了隐蔽，径直用手电照去，顿时心颤不止。

一个女人，上半身几乎裸着，缠两条充了气的自行车胎，散乱的头发蒙在脸上，歪歪倒倒地奔来，近了，一扑，抱住海水中男子的脖颈，脸贴在他额上，一下下地碰，伤兽般凄号不止。

男人凸起的眼球直对着南琥珀的手电筒，不眨，断续道："饶了她吧……她没甚罪……咱是没法子，才上这……求你们饶了她吧。"每一挣动，身上的弹孔就突突冒血。话未了，气已绝。他脸朝旁歪去，两只眼球在海水中凸露着。不闭。

女人伏在他身上疯狂地哭唤。南琥珀听不清她的话，隐约感到：她要求他开枪打死她。

战友们从各处杂乱地奔来。枪托砰砰相碰，互相厉声催唤。到跟前，猛地站住，个个都呆了。

连长举腕看表。然后对两旁人大声说："退弹！"

战士们默默卸下弹夹，彼此离远些，朝天举枪，依次响起空膛击发声，最后关上保险。

连长对南琥珀道："你？"

"光了。"

南琥珀忽然想起刚才又安上了一个实弹夹，便发狠地把枪扔到一边。枪管插入沙中，似要立住，过片刻又倒下。一个战士替他把枪拾起来，卸下弹夹。

卫生员咣咣当当提着药箱跑来，蹲下就用牙撕急救包。

连长道："卵用！"

连长朝暗影中伸出手，接过一只军用水壶，旋开盖递给南琥珀："喝三口。"

南琥珀举到唇边，嗅到猛烈酒气，直觉恶心，知道是给自己压惊："不喝。"

"喝！"连长凶一下，又放松语气，"天冷啦。"

南琥珀吞进一口，觉得一块火炭掉进肚里，随即在体内乱窜。

"还有两口。"南琥珀又呷了两下，渐觉身子松活。

"还有她！"

南琥珀把酒壶伸到女人的嘴边，"喂。"女人惊恐地躲避着。

南琥珀把酒不分嘴脸地向女人倒去，女人初时又叫又躲，后来口里进了些酒，她竟张开嘴凑了过来，双手拢住水壶，贪婪地狂吞,那姿态惊得人们直往后退。

连长说:"扶她起来。"

那女人喝完酒,又抱住男人的尸体,碰头碰脸,似醉似疯在哭唤着。

南琥珀把手伸到女人腋下,用力一拽,好重!那女人和男人尸体同时动了下,仿佛长在一块。再一拽,又动了下,还是拽不开。南琥珀刷地抽回手,这是女人呵,而他的手却伸到乳胸上去了,软软的,裹着自行车胎,……他不干,让别人下手吧。

连长弯下腰,双手扳住女人肩,用力一掀,将女人和那尸首分开了。女人翻个身,忽然痛极地惨叫,头乱撞,身子一忽儿挣成只弓,一忽儿缩成只球,在海水里翻来翻去,两腿扭曲。接着,血水从腿间涌出来。她小产了。不再惨叫、挣扎,只不停地呻吟、痉挛。

"你别,你别……"连长慌乱地朝她跺脚摆手。傻了片刻,看看两旁。"让开。回去睡觉。"他脱下军棉袄,将女人拦腰裹住,湿漉漉的眼睛瞪住南琥珀,"抬呀!"

南琥珀和连长抬起女人,朝营部狂跑。他两脚老往沙里陷,臂间沉甸甸的,一股股腥热的液体顺着他手腕流下去,他竭力昂起头,不敢吸气。

"你干什么吃的?要快!"连长回头吼道,"步伐统一,听口令:一二一,一二一……"

南琥珀踩着连长的口令,迎着敲击面孔的有节奏地跑离海滩。一路上不知道摔倒多少次,但他浑无知觉。

第二天,那女人也死了。

大约一个月后,南琥珀被连长叫到连部。关上门,连长不看他,说:"桌上有封信。团里转下来的。"

信摊开放着。南琥珀看到信的末尾盖着一枚鲜红的圆印,他匆匆读去。信是陕西汉中某公社革委会写发的,大意是,感谢亲人解放军帮助他们消灭了两个外逃的反革命,他们谨致无产阶级的战斗敬礼。

连长边点烟边说:"会给你记功的。"

"我不要,"南琥珀吓了一跳。又嗫嚅着,"不要……"

沉默一会。连长问:"抽烟吗?"

南琥珀接过一支烟,笨拙地吞吸起来。这是他平生所抽的第一支烟,以后再也没戒掉。

两人对坐。南琥珀见连长久久无语,便壮起胆子小声问:"连长,想什么事哪?"

连长手碰碰桌上的信封,喃喃地:"想家……"

南琥珀记起,连长的家乡正在汉中地区。

4

南琥珀和司马戍往回走。司马戍肩扛木耙,一只手还将那小铜龟转来转去,口里不时发出叹赏声,步子竟有些踉跄。

经过废弃的地堡,他站下了:"哎,班长,好像就是这儿吧,你打死个人。"

南琥珀最讨厌类似的话。什么叫"你打死个人"?如果说"你干掉个反革命",听起来舒服多了。

"吕宁奎好羡慕你呐。老说'老子在靶子上穿过百十个眼,从来没见血。班长哩,当兵才半年,一梭子就把通奸犯打穿了!

乖乖乖——棒。'啊！"司马成将吕宁奎仿得妙绝，那咬牙切齿、不甘不让之态，活活是吕宁奎附到他脸上。"我看他有点嗜血欲。我担心今晚放'潜伏'，他有鬼没鬼都要搂火。抢着打，打成了扇面！我们可得把他勒紧点。要我，就把他扔家里，留守。"

南琥珀想：那小子仗着枪法准，技痒难熬哇。果真让他打上一个，难保不上瘾，以后动不动就打。我说了多少次，是"反革命投敌犯"，他总叫什么"通奸犯"，狗屁毛病！两眼尽瞅住什么事嘛。

"我和吕宁奎说过：我要是班长啊，就让那对狗男女过去。"

南琥珀盯住司马成："哦？"

"过去混混，就知道苦头了，敌人利用几天，就会把他们踢开，绝对不会有结果。人家要的是整块大陆，懒得养一对痴男女。听说前几天也有家渔民偷渡过去，人家用枪打，根本不准靠岸，只好回来坐牢。傻子呵，下海过去的统统是傻子，其次才是反革命。"

"要你，那天晚上就不开枪吗？说实话。"

"当然开，不过我枪法不准呀。"

都是事后的想头，南琥珀心里冷笑着，目标猛地出现，你也不会这么平静！哼哼，臭我吧，就算我干掉了一个傻子，还有好些"吕宁奎"吹乎我哪。你哩，就他妈一个。

南琥珀立功后，也结结实实地得意过。无论往哪儿一站，总有人悄悄指他，"干掉过一个……"于是他们呀地静下声，朝边上让让。他哩，占据着较大的空间，有意把身子放松，目光软软地望天望地，仿佛什么都认识，就是不说话。他们偏偏服他这副样儿。

司马成悠悠地道："如今，下海过去的比上岸过来的多喽。"

"胡说八道。"南琥珀随便驳一句,并不认真,因为他知道司马戍讲的是事实。

"就算吧。要是一点都不胡说八道,你活着试试?……咱们这儿呀,是个垃圾口,两边的垃圾都挤过来挤过去。海流呀,瞎帮忙。瞪什么眼?要打我反革命吗?说实话,班长,我们家已经有个反革命了,再多一个又怎样?"

南琥珀欲言,牙齿忽然咬到舌头边儿,疼得他举舌无语,口角直扑冷气,愈使他恼火。他打量司马戍,猜测他是真言还是假怒。他想:今日他怎么这样兴奋,半年后的话加在一起也没今日这一会儿多。把我当傻子吗?我不过懒得张口罢了,我把舌头窝在肚子里。你知道那些屁事我哪点不知道?要论说嘴我比你还敢说呐。唤,都是这只丑东西闹的……

南琥珀上前从司马戍手里抓过小铜龟,厉声道:"你也别要,我也别要!"挥臂扔进大海。

司马戍一呆,跳起脚去追。南琥珀大喝:"站住!看脚下!"

司马戍在沙带边站住。这条沙带一旦形成,任何人不准逾越。

司马戍气得一扭一扭地回来:"你凭什么扔我东西?"

"让它在海里歇着吧,原该是它的地方。"南琥珀对自己很满意,"你知道海里藏着多少东西,再多一个又怎样?"

司马戍道:"你就怕人提那天夜里的事,提了你就火!其实我今天并不是有意要提,是你送了我东西,我一高兴话就多。没想到你,你……"司马戍脸泛青。

"回去。"

"今日黑得早,告诉你吧班长,和你那夜一样!"

"跑步。"南琥珀先跑起来。

"一二一，一二一……"司马戍跟着他，故意喊口令。又把连长的声音仿得妙绝。

南琥珀想：今夜非放他"潜伏"，看他怎样？我的防区比八班长长二百米呐，那家伙完全可能从我这块下海。来吧，最好来，他敢放他走？

5

十号距海边五百四十余米，地形略高。这样，人朝海边扑去时，一路全是下坡，自己就有离弦之箭的感觉，速度越快，胆气也越猛。当扑到海边的时候，你就比你刚出门时厉害得多！十号是一幢花岗岩筑就的班哨所，半截隐入地下，四周有矮松、堑壕、几株夹竹桃、老大一片生产地。十号门扇大，窗户小，顶部平。——这很要紧。

南琥珀坐在电话机桌旁——这位置专门属于他。他摘下军帽，朝膝盖头摔两下，去去沙，感觉到人们都看自己，便昂然道："全班集合。"

吕宁奎、李海仓、宋庚石……迅速靠拢，在近处铺位上坐下。南琥珀不作声，等着，还差一人。听到角落里有合书声，司马戍最后走来。

"早说了，"南琥珀停一下，好让人们想想他"早说了"什么，"没事别开那些灯。第一，容易暴露目标；第二，你在灯光下待久了，猛然有事冲进黑，就屁也看不见。……"他又停一下，让人们把这话吃进去。

越靠近前沿，大地上的各种规定就越密集越有力，一条咬住一条，把日子绑得十分硬实。你触动一条等于触动一片。大部分规定，条令本上没有。不过团里会压上几条，连里再压上几条，……你只说：这是前沿。大伙心里自然接受。南琥珀是班长，因此他不但心里要有，手里也必须攥住一把，好勒人。前沿一个班长，权力比后方大三倍，所以他也准备承受三倍的灾难，啪，电灯灭了一盏。他接着道："任务下来了，夜里放潜伏哨。由司马成负责。其余人随我放第二班潜伏哨。现在班里安排一下。司马成、吕宁奎、李海仓、宋庚石……"他又点了两名战士，"放第一班潜伏哨。第一班潜伏时间，零点至两点，……"

"乖乖乖，赶上退潮。"吕宁奎道。

"要是对自己没把握，可以留守。"南琥珀不看他。

吕宁奎扬脸道："别别别，我去。我枪头准。"

"第二班潜伏时间是两点到四点，潮水还在继续退。四点以后，全连转入正常执勤。注意：除非万不得已，不准开枪。要求抓活的。"

吕宁奎问："逃犯有枪没？"

"不确定。"

人们顿时有些异样。

司马成对吕宁奎说："发现目标后，我先上，不是让我负责吗？要是目标开枪，你就痛痛快快扫它个扇面，把梭子打空。满意吧？"

吕宁奎想想："打到你怎办？"

司马成不屑地："抬呀。把我往卫生所抬。像班长那样，一二一，一二一……"

大家笑了一阵。南琥珀不窘不怒。

吕宁奎道："就怕又是空忙。唉，回回通报，回回不来。还是班长福气大，事先没通报，嗨！来了，双的，一公一母呐。"

6

南琥珀被枪声刺醒，呼地从床上翻下来，低吼一句："不许开灯！"他在黑暗中一切都看得清清楚楚，而一开灯眼就花了。他双脚往下一踩，准确地踩入两只张开口并排放置的解放鞋里。他随即朝枪架熟悉的部位一把抓去，牢牢抓住自己那支冲锋枪枪把。他用肩头撞开门板，冲向海滩。他不管屋里人能不能跟上来——他们没用，只要他赶到就全有了。他闭眼也不会跑错道儿，凭这只脚落地时的感觉，就知道下只脚该往哪儿踩。他边跑边收拢枪背带，免得被树枝挂住。他轻拉枪栓再顺势一送，枪栓复位的饱满声音告诉他：实弹上膛。他指头肚子稍稍脱离扳机但又不完全松开，奔跑时容易走火。他竭力弯腰运动，这样可以充分利用大海的微光衬出目标身影。他根本不在出事的海滩上停留，而是穿越海滩径直冲进大海，到水齐腰时才端枪往回搜索。他永远不会忘记上次的教训：子弹射完，海里却冒出个漏网的女人……

"吕宁奎！"南琥珀首先发现一堵大块身影。

吕宁奎大惊："班长？你啥时摸到我们后头去啦。"

"快说情况。"

吕宁奎哇哇吐去口中沙和水："我们发现晚了，目标已经下海，乖乖，司马戍头一个扑上去！我想，我能落后么？也随他扑上去了。妈的班长，逃犯有枪！小子抬手就打了司马戍一枪……距离太近啦，我……我狠狠揍了他一梭子。"

"人呢？"

"打死了，拖到岸上去了。"

"我说司马戍！"

"我们在找。"

"他中弹啦?"

"我看是中了。"

"中哪儿?"

"胸脯了,这儿。"吕宁奎用手指怯怯地戳住自己心窝,"我看见他捂住这儿倒下水的……"

"你看清楚没有?"

"清楚。清清楚楚。距离太近啦。我干了逃犯一梭子。"

"快救司马戌。"南琥珀翻身又扑进大海,拼命往深处游。用手用脚用头用身体各部位在水里触摸碰撞。出水换气时,他听到吕宁奎喊:"小心海流……"

滚你妈的,老子从来不信!南琥珀愤怒地想着,在浅水里救个屁人,我得冲到海流前头去。我有枪,要是我回不来,就他妈给自己一枪。到底有没有海流?在哪儿?!……他深深潜入水中,手摸到沙底,耳膜被水敲击,待他再出水换气时,听到岸上响枪。连长在厉声发令:"全体上岸,立刻上岸!"接着又是数枪。

"找到他啦。"南琥珀两臂一松,吃进几口海水,费劲地往回游。脚踩了好几次,总不着底。终于挣到岸边了,刚站起来,便觉身子软了,又倒入水中。他就趴着在水里歇一会儿,才拖着双腿用力上岸。他看见宋庚石抱膝蹲在沙滩上,也过去跌倒在他身旁,呼呼大喘。

宋庚石伸来一只手:"班长,我摸着这个,是你的吧?"

天空倏忽跌下一派月光,南琥珀随之长了些精神。他看见宋庚石手中有只灼灼发光的小铜龟,心头便酸酸的。接过来,似乎比以前重些。他问:"司马戌呢?"

"不知道……"宋庚石声若游丝。

"还没找到?"

"没有。"

7

追悼会一再推迟,因为干部们都不死心,总想把司马戌尸首寻回来。沿海渔民全打了招呼,水兵也出动了,却老没结果。每夜,都会有几个干部凸石般呆在滩头上,执拗地等、担心地等。万一尸首漂到敌岛,那边的大喇叭就会播出一大堆故事:兵变、造反、投诚……还会把尸首裹上一面国民党旗,放几束纸花,搁到舢板上让潮水送回来。连长来去总是一句话:"司马戌是咱连英雄,宁肯让鱼吃掉,也别叫国民党得了去。"

谁知竟真的捕上条八十多斤重的黝黑大鱼,它刚出水就敲断两块船板。大嘴一张一合,发出风箱般的呼呼声。尾叉乱劈乱吹,六条枪刺一齐上,才把它钉住。连长说它不吃肉,专吃海带海草。于是拖送炊事班,使大斧劈开,用猛火烹透了,全连改善一顿,略补几日来的疲苦。之后,人们更加怀念司马戌。没他,吃不上这鱼。

然而追悼会是不能不开了。

指导员沉重地跋到十号,将一只手掌按住南琥珀肩头,又将另一只手掌按住他另一肩头,两边同时拍了拍:"司马戌是你班的人。给你一个重要任务,把他的事迹写一写,追悼会上用。你也要准备上去发言。"

"他的事迹,连里头全知道哇。"

"我们知道是我们的,你们应当谈谈你们所知道的。不光是他牺牲的经过,主要是他以前所显示出的英雄品质。你是他班长,平时没受过他一点感染教育？对嘛，见微而知著。现在大家已经知'著'了，却不见'微'，我们要回头寻'微'，引导大家弄懂弄通他是怎样成为英雄的。这比一味悲哀重要得多。你忆一忆吧，忆的过程就是学的过程。司马成同志活着时，有些话我们不好说。现在他已经牺牲了，我们可以把他说足说透。高一些不要紧。"

南琥珀点点头。

指导员手在军装两边口袋摸索："知道当前精神吧？"

"批判政治骗子。"

"不完全。是批判假马克思主义政治骗子，第三季度教育要贯穿的。司马成不是很能读读写写吗……可以联系起来。最终嘛，还要落实到战备上。"

南琥珀使劲点头，正要离去，指导员呼地打出一拳："感情饱满。"收回来又伸起一根指头，"突出一个'爱'字，对祖国对人民对海疆，都是爱。他老父亲也要来参加追悼会，什么是对前辈最好的安慰呢？好，忙去吧。"

南琥珀又坐到电话机桌旁，把闹钟拿开——滴滴答答声音催得人难受，铺开一打口令纸。班里战士见了，陆续出门。只吕宁奎坐在铺位上用火柴杆掏耳朵，全身不动，昂首高声问："班长，写什么哪？"不见回答，偷瞅几眼，顿时矮下身子，轻得仿佛是对自己鼻端说，"写吧，写吧。"拈着那根火柴杆儿，悄无声息地挨出门，到外头才扔掉。

司马成一死，南琥珀便坠入痛苦中，总觉得欠他一笔无人知晓的老大的情债。然而苦想一气，他又说不出自己有何错处。你看哪，司马成活着时，总闷头不语，人们谁也不把他看重。这一死，倒统治全连了，人人眼内都盛着他，郁郁的，极像司马成神情。南琥珀把过去与司马戍相处的日子一段段忆来,脑子都酸了,也淘不出他的英雄品质。他火得要命:哼哼,他要不是牺牲了,能被人捧成英雄么?要不是成了英雄,他过去那些事啊,一件件都是毛病!都该搬到班务会上互助一番,叫党支部吓一跳。说不定还布置我几条预防措施呐,防他下海。幸亏我没早汇报上去,要不还得算成我的毛病。如今他一切都是对的,我一切都是错的,得感情饱满地向他学习。哼哼,逃犯一颗子弹,把什么都打颠倒了,噢,打光彩了。司马戍真正好福气。

"吕宁奎。"南琥珀朝外头大喊。屋里空空的,真受不了。干嘛都往外让。

吕宁奎进屋,面容很严肃。

"叫大家进来,咱们开个会。"

南琥珀把指导员交代的任务大致说说。道:"我一人不行,大家一块忆忆,司马戍英雄品质。别扯远。"

吕宁奎道:"忆什么,张嘴就是嘛。"

"张啊。"

"司马戍同志,"吕宁奎眼望一旁,"床位和我挨得最近。那天夜里潜伏,我又和他挨得最近。真他妈感动!"见南琥珀不动笔。他掏出烟来,每人递去一支。他从来没这么慷慨,"那天夜里上哨前,司马戍向我要支烟抽,我装作没听见,因为我也不多了。现在想想:不就一支烟么?人家把命都献出去了。我是个什么东西呀……"

南琥珀用笔杆敲敲口令纸。吕宁奎忙道:"别急,我还有。司马戍成天不爱开口,可他完成任务呱呱叫,这是不是品质?"见南琥珀记了几笔,他立刻捅捅旁人,"该你了。"

宋庚石望南琥珀，南琥珀鼓励地点头。宋庚石小声道："六次了，司马成陪我上岗六次。我怕黑，特别是在海边。还有，只要是晚上，我只要问他：'解手吗？'他准保陪我去。我们的厕所太远了。"

南琥珀倾身问："既然他常和你夜里出去，有没有说点什么？人啊，在夜里最容易交心了。"

"没有。我们虽然常一块出去，可路上都没话说。他虽然肯帮我，可我觉得他又……讨厌我，不和我说什么。"

吕宁奎一掌击在宋庚石大腿上："早说了，人家不爱说话，关键看行动。我和他一样，顶讨厌呱呱呱。"

南琥珀道："再热烈点。"大家却静下来了。他一个个望去，盯住李海仓道，"你想说什么？说呗。"

李海仓满面紫红，吞吐道："那三十块钱……咋办？"

南琥珀笑了："司马成欠你三十元钱，是不是？"

"不不……"

"没什么不好意思的。谁欠钱都要还。放心好啦，我和连里说，连里会处理的。"

李海仓拼命摆手："不要，不要！你千万别和连里说。我是坚决不要了，杀了我也不要！"

"不要？那你干嘛说。"

"我本不想说的。"李海仓往后缩身。

大家又议了半天，南琥珀脑子也清亮起来。问："差不多了吧？"

大家齐声道："差不多了。"

南琥珀点点吕宁奎："你把大家刚才说的，拣重要的写一写。别别，你不行谁行？你俩铺位挨得最近，那天夜里，又是你俩挨得最近。我们大家信任你。信不信任？"南琥珀大声问。

大家齐声道:"信任!"

"决定了。你写好后交给我,我再加工。散会。"

吕宁奎坐到南琥珀位置上。数数口令纸,不多了,便拿本《红旗》垫在下面。又把钢笔芯旋出来,对着太阳照了照,有水,再旋进去。歪头对屋里人说:"轻点噢,最好让一让。"

抓过电话筒,听到里头咔嗒一下,接着传来"提高警惕",他应道:"保卫祖国。听好:没事别响铃,我们正忙。"放下话筒,他又把闹钟拿回来,上足发条摆在自己面前,他喜欢"滴滴答答"。最后,他把一盒烟堵在鼻下嗅着,仰面苦想。两眼渐渐湿润……

傍晚,南琥珀进入十号,直觉面前烟味又热又浓,他夸道:"好大劲头!"

吕宁奎不待他伸手,忙用胸脯压住桌面道:"还没写完。"

"让我先看看。"南琥珀拿过口令纸,匆匆读去。先一呆,紧接着哈哈大笑。这是几天来全连的第一声大笑。他笑得扬脸弯腰,浑身发软,眼泪哗哗淌。吕宁奎写的根本不是东西。他揉眼再看,忽见吕宁奎眼泪汪汪凶怒满面。他强忍住笑,"不错。唔……感情饱满!你休息去吧。"

他决定就用它,看连里能把他怎样。

8

南琥珀爱听哀乐,偷偷地爱得了不得。哀乐在人心上打雷,极缓慢极沉重的雷。他听了整个人就跟化了似的软下来,就想朝一样东西——随便哪样东西轻轻跪下去。他每每恨哀乐太短,于是他早就背熟了它。每逢衔冤、含愤、所遇不平又无法反抗时,便从心里吐出哀乐,一遍遍吐给自己听,背着人流泪。慢慢的,他感到哀乐是天下最长的曲子,它送走了那么多死者,它却不死。它那么美,美得令人不能举目。又那么冷,从谁胸口流过去,谁就冷静下来。他想起那弧状海域里的海流,想起柔软的、似在搏动的海底,想起越缩越紧的黑夜……哀乐尽让人想这些东西。

乐止。南琥珀朝前方望去。司马成父亲穿一身黄军装——却无领章,脚踏方口布鞋,臂上的黑纱边比旁人宽些。司马成母亲比他年轻得多。南琥珀不舒服了:后续的?不知司马成是不是她生的。王副司令和赵副军长,还有几位不认识的首长也到会了。他们不站在亲属那一边,站在悼念人员这一边儿。他们不是来追悼司马成——牺牲个战士,有个团干尽够了,他们是陪着司父追悼司马成的。可见司父是大官,起码是军级。哼哼,你司马成为什么不说哩?非瞒到死不可?好像我还没把你看透似的。南琥珀瞧不起把爹烟卷般翘在嘴上的傻子,也瞧不起把爹宝贝似的掖在兜里的"小老百姓"。他望望司马成遗像,指导员说,这像要进团史。他觉得遗像上的司马成比活人好看,全无平日那股阴郁、老态,还笑哩……这像不对头,真正的司马成不是这样,他不笑。即使笑,也绝不是因为快乐。这像和追悼会气氛也不对头,我们大家正乖乖地悼念你呢,一抬眼,你高高的笑。南琥珀还是爱看司马成父亲,儿子死在他头里,他怎样应付打击。司父头发剪得很短,比当兵的都短,硬硬的脸,又瘦,两眼很平静。身边的司母却痛苦得站不住了,但没忘记时常瞥一眼司父脸庞。其他儿女呢,怎么都没来?他又不是高知,生一两个就不干了。他是将军级,准保生过七八个。南琥珀见司父动了下,那一瞬间的神情极像司马成,轻蔑中隐着些自得,半昂首半合目。他刚从关押中放出来的吧,连军籍还没恢复呐。司马戌只是战士,却为他开这么大的追悼会,比死个连长还大。干吗?……南琥珀早听得些风言,是为司父鸣不平,是闹给关押他的人看呀。

哀乐又起,南琥珀随着人流前去,向司马戌父母敬礼告别,司父无法还礼,只微微向来人颔首。南琥珀到面前时,已经有人在司父耳畔介绍他的身份了。司父凝视着他:"你是司马戌的班长?"

"是。"

"我想和你谈谈。"

9

伏尔加轿车在十号近处停住。南琥珀率全班在车前列队。司父刚出车门,全班刷地立正。南琥珀敬礼报告,司父挺立不动,将队列看了许久。司母一会看队列,一会看司父脸庞。

司父上前与战士们握手。

"叫什么名?"

"吕宁奎。"

司父似在心中默诵,记下了才回答:"我叫司马文竞。你呢?"

"李海仓。"

"司马文竞。你呢?"

"宋庚石。"

"司马文竞……"

全班十一人,依次同他握手报名。他也把自己的名字重复了十一遍。最后,他从排尾走回来,声音陡然有力:"我们来,是拜访同志们,感谢同志们。"

队伍略微动乱,大家不知如何作答,过去没训练过。要是问"同志们好",那就不一样了。

司马文竞对南琥珀说:"看看你们的家吧。"南琥珀朝队伍喊声"解散",领着他步入一道短堑壕。

进屋,司马文竞迅速看了眼武器装备:"可以。"

"这是英雄的床。"吕宁奎抢先指点道,"边上是我的。"

这张床是室内最整洁的,被子方正,床单一平如水,鞋子并列靠住一只床腿,蚊帐收拾得没有一丝皱折。让人见了,竟不敢碰。

司马文竞笑问:"能坐吗?"

南琥珀不自在了:"能啊。"

司马文竞坐下,蹾一蹾:"可以。"司母也挨着他坐下,眼圈立刻红了。

"首长,请抽烟。"吕宁奎又抢先了。

"什么烟啊?"司马文竞接过来看看,"可以嘛。"他吸烟吸得很慢。默默地把一支烟吸完,在面前小半截铜弹壳里掐死,站起身。司母也随他起身。他不满意了,说:"别担心。你在这里和同志们坐坐。我哩,和班长出去走走。不远,就在海边。"

"你有病。"司母目视南琥珀。

司马文竞道:"要有事呀,班长还背得动我。对吧?"

南琥珀忙道:"背得动!"说罢暗骂自己口笨。

司马文竞出门,望望前方,被远方海滩上的地堡吸引住了,径直朝它走去。

钢骨水泥地堡直径八米多,胸墙厚约一米,平顶上可坐卧十余人。东半部下陷得最厉害,外壁布满灰褐色凹凸弹洞,几十年风雨来去,它还没风化尽。手指触摸去,缺损处的水泥碴儿依然如刺如刃。司马文竞靠近细看。

"我们班的防区从这里开始，直到北头水泥碑，共八百五十米。地堡是国民党遗留下来的，早废了，每年下陷五毫米。"

"国民党192师的工事。"

"首长熟悉192师？"

"岂能不知。他们的工事有个特点：射口多，还分上下两排。立也能打，卧也能打。该师师长司马晓还是我族中二叔呐，可惜我没和他对过阵。192师在这一带全军覆没，算是能打的。司马晓战死了，他妻小还在台湾……"司马文竞不经意地看一眼南琥珀，"有什么奇怪的？父亲在国民党，儿子在共产党，或者丈夫跟国民党去，老婆跟共产党来，这种事多的很嘛。"停片刻，"如今有些人居然奇怪得很呢！"

司马文竞环绕地堡踏步，忽然朝一处俯下身："呃？……"

南琥珀对司马文竞的观察力大为惊讶，他不敢过去。

"现场是在这里？"

"不是。"

司马文竞又俯身看："是不大像，弹孔已经旧了。不过，你这里是多事之疆啊，总出过什么事吧！"

"我在这里打死过一个下海投敌犯，子弹穿过那人身体打在地堡上。……"南琥珀把那天夜里发生的事情全部说出。

司马文竞听完，叹道："一梭子弹，三条人命。"

南琥珀觉得非问不可了，他憋了一年多，现在非问不可："你认为该不该开枪？"

司马文竞摸摸领口："我是没有领章帽徽喽，随便说说。如果我是你，也会开枪的。哨兵嘛，一是口令，二是枪。不然要你何用。

如果我是他，宁肯烂在这里，"他跺跺沙滩，"绝不活在那边！你可不要见血就觉得有罪，是非功过，后人自有公论。现在是说不清楚的。"

"司马戌说：这几年，下海投敌的比上岸投诚的多了……"

"干嘛非挂上小戌，你的看法呢？"

"他说的是事实。"

"不是事实！"司马文竞大喝，"下海的大多不是为了投敌，而是想找条活路。这里头大不一样。"

南琥珀呆了半晌，后低语着："要是上岸的比下海的多就好了，我们站岗也有劲。"

"唔。也许有更好的。你刚才说它每年下沉多少？"

"五毫米。"

司马文竞估摸地堡的高度，算计着："它完全沉下去，需要四百多年。四百多年呵……一只龟的寿命。现在的人，谁也看不到那一天。"

南琥珀隔着军裤一把抓住袋中的小钢龟，想往外拿。又忍住了。

"坐坐吧，好沙呀。"司马文竞快活地呻吟着坐下了，"起来时请你拽我一把，不然我起不来。现在我呀，倒下容易，站起来难，要是你不在，我想坐还不敢坐呐。呵，好沙呀。"他挖起一把，让细沙从指间流下去，流完了，又深深挖起一把，再流。

南琥珀想起自己深夜赤脚踩在海滩上的味道，脚下的沙子，也是这样流，流。

"咱们不谈小戌，好不好？来了后，人人都往我耳里灌他，太多太多，真是不必。现在，你的战友肯定又在和她谈小戌，她是听不够的。咱俩不会，对吧？这几个月，我所知甚少，哦，什么都不知道。你随便谈谈，就像刚才，谈什么都行，我听着听着就觉得活过来了。沙呀海呀骂娘呀，哪样痛快你就谈哪样，天不黑咱们不回去。怎么不说话？是不是觉得你谈的东西对我来说没意思？错啦，你觉得没意思的东西最有意思了。你就当我是个石头，是那个地堡，是那串弹洞，面对它们，你不会没话说吧？随便谈。比方说班里同志：吕宁奎、李海仓、宋庚石……"

他缓慢地把一个个名字说出来。

南琥珀抓下军帽朝面前一摔，兴奋地道："嗨！他们呀，我太清楚了，跟放在我手心里似的。随便谈？"

"当然。"

10

你知道吕宁奎为什么抢着给你递烟？想救救自个儿。司马戍牺牲前的晚上，向他要根烟抽，他没给，后来悔死了。刚才你抽他一根烟，一下子把他解放了一半。他要请人烟了，不是心中有愧，就是心中有鬼，再不就是烟快发霉了。你知道他抽烟怎么抽？每开一盒烟，先数一数，看够不够二十支。数，就是个乐子。他每回只掏出上回吸剩的半支，谁好意思向他要？他把这半支点着了，再掏出一支烟来下劲顿，把顿过这支烟接到那半支上，除他谁也接不上去。这不成了一支半吗，他吸去一支烟，掐死。不就剩下一根新的半支烟吗！收起来，留下回续了再抽。当兵快两年了，天天抽烟，却从来没有过烟头。一个烟头差不多一公分吧，一支烟也不过六七公分长。你说他在烟上省下多少。这还是第二位的问题，第一位的问题是：他找到了多少快活？每回抽啊续啊都是快活。干这种事时,他嘴唇湿漉漉的,两眼精神得要命。他有个好处:不把烟给当兵的抽,也不向当官的敬烟。当然,对我例外,他不敢不给。你从他这支烟上想想,我们有多少闲工夫。一大堆政治学习把大家压在一张小板凳上,想方设法找话说。当兵的最不能闲呵,一闲,就出毛病。

吕宁奎还有点猪八戒思想,好谈女人。晚上睡觉,呱呱拍自己大腿:"要是换条腿放这就好喽……"全班就他有过未婚妻,老说老说,可不是当未婚妻说,是当女人说。他说那女人热乎乎地追求他,他看不上,把她甩了。后来那女人嫁给县革委会副主任,他神气得要命。"看咱老吕淘汰掉的也是县一级。我不忙,越到后来越有好的。"我问:"你亲过她没?"他说:"她巴望我亲。我不亲,一亲,不就是要她了吗?她不就赖住我了吗?你知道被女人赖住有多大劲?她就成了你耳朵,你不听也得听,你撕都撕不开!"

11

司马文竟大笑:"深刻。要撕开,非见血。"

看见他笑,南琥珀舒服极了。他想,他还担心我背他回去呐。又道:"首长,今天我专揭人短。我这人心狠,揭人短总觉得特别痛快,不然的话,我要闷死了。"

"揭短揭短。我也来两句臭话:人啊,是两头冒气。上头说话,下头放屁。堵住任何一头,五脏都会被胀破。所以啊,既要发扬上头,又要振奋下头。"

"继续说!"

"说!破破闷气。"

12

　　李海仓裤腰带上总吊着一大串钥匙，差不多有半斤重。走路，哗哗哗，出操也哗哗哗，整理军容，人家从上到下，军帽、风纪扣、腰带，三项就够了。他多一道手续：提裤腰。我让他把钥匙串摘下，他不。说了一千次，他终于摘下了，又放在裤袋里，弄得裤袋里老像有只拳头。其实，他那串钥匙里只有一把有用，就是开班里工具棚的那把——归他管。其余的钥匙，都是他捡来的。捡来一把，他串上一把，绝不扔。后来，钥匙环满了，可废钥匙还时常能捡到哇，我想他总该扔了吧。不，他开始淘汰。取下小的铝的，挂上大的铜的，还是满满一大串，更沉。生产时间到了，他把钥匙串摘下来，套在手指上，一路走一路转，哗哗哗，我们听到这声音，就出来跟他去生产地。还不能走到他头里，要是有一人敢走到他头里，他偏偏落到全班最后头，哗哗转钥匙，步步磨蹭，让先到的人开不了工具棚。

　　他来了，打开工具棚，把钥匙和锁往门鼻子上一挂，别人还不许动。

　　要说搞生产，他真是头老黄牛，良种的。生产地名归全班，其实全是他一个干。他把粪桶拼得那么大，重得叫你受不了。我说种瓜，他偏种豆。结果，豆绝对长得比瓜好。我知道我在这方面外行，就再不管了，也懒得去干。他就叫："嗅，我一人干，你们大家吃。旧社会也没这么黑暗哪。你们不干，我也不干了，牵头牛来嚼光。"

　　我们要干呢？他又叫："让开让开，不是这样，全乱套啦！"

　　后来我知道他了，前一种叫唤是假的，后一种叫唤是真的。他不愿意我们插手，也不愿意我们走开，我们得乖乖地蹲在田埂上，抽烟聊天吃萝卜，怎么都行，就是得蹲住那个位置看他干，不时夸他几句，就足够了。他到田头时，我得赶紧劝他歇歇，他绝不会歇下。但我要是不劝他歇歇，那他又会不高兴。最后，要记着向连里汇报他的事迹。

不过，看他干活是个享受，一瓢水泼成个透明的扇面，他口里道一声："小乖乖。"菜叶湿施泥摇晃，过道里从来不会积水。啊，你没法体会他对粪便的亲切感，一掀鼻子就知道哪儿有粪肥。连里的厕所，常轮班值一个星期，周末把粪挑回自己班的粪坑储存起来。要是抽起粪板，粪便海潮似的涌出来，他就高兴地大叫："发了、发了。"下去把粪便刮得干干净净，害得别的班骂我们贪。因为，粪便要积满半尺后才往上提。老规矩是：下面半尺粪属于不动产。我们刮到底了，人家就少捞半尺粪。人家班里没有李海仓，不会站在大粪里刮大粪。

生产搞的好，连里奖毛巾。他先后得过十几条毛巾，用不了，又不肯送人，就把四条毛巾一拼，粗针大线地缝成个比背心大比麻袋小的东西，套在身上说是"汗衫"。结果，他胸前竖着四行大红字：提高警惕。背上横着四行大红字：保卫祖国。毛巾是军用品嘛。穿着它，他热情更高了，把班里生产地扩大了一片。上个月，挖出一堆坛坛罐罐，里面全是死人骨头。按我的心情，该换个位置另埋下去。没主，可以瞎埋。他怎么埋？他用锄头把骨头砸成碎末，全施到菜地里去了。剩下一颗骷髅头，他不敢砸，怕！便用大石板把它压住，闭嘴闭眼地往石板上一跳，叫声："老财！……"骷髅头压碎了。

我气坏啦，问："你爹在吗？"

"在。"

"你娘呢？"

"也在。"

"你爷爷呢？"

"不在了。"

"那就是你爷爷的骨头！"

他也跳起来："地里缺钙，要补一补。"

唉，他就是那块地的爹，外加一串钥匙。

我们班两个党员，一个是我，一个是他。他在菜地里这么伟大，其他方面呐，你可想而知。连里呐，先进班长总归我，优秀党员总归他。

13

司马文竞听着，一忽儿沉思，一忽儿微笑。手里捏着沙，慢慢搓。待南琥珀喘息时，他道："连营干部都跟我说过，你们这个班，是一流的，看来不假。关键么，我想是因为有你这样个班长。"

"太对了。我和所有班长都不一样。我从来不用全部力气干，七分劲头就足够了！告诉你吧，我要用十分力气干的话，反而当不了先进班长，反而会惹出祸事。哼哼，一个破班长有什么难的，好的坏的我全会当。"

"此话怎讲？"司马文竞惊道，"教教我。"

"别说教，这些东西根本没法教。我说就说个痛快吧！当中被卡掉，比不说更难受。"

"说。"

"一个好班长，就是一个将军加一个爹。注意，不是加娘，是加爹！首先，你得军事技术棒——将军有一半了吧？其次，你得会拾掇人心，坚决当家长——爹有一半了吧？算算算，说好的没意思。简直没意思透了！还是说坏的吧？痛快。"

"行！痛快——有痛才有快嘛。而且痛字当头，快在其中。"

"坏班长也相当厉害。他也是一个将军——这非常必要，外加半个阴谋家。比如：你怕死，这不要紧，关键要让别人觉得你根本不怕死。你猛然大吼一声刀山热血什么的，心里头却空空的，也不要紧，只要吼出个气魄来，人家自然觉得你心里有底。再比如：别人一颗手榴弹失手了，落在你跟前，你该怎样呢？绝不能跑开，那会被人臭死，臭得比臭虫还臭。你应该很冷静地把距自己最近的战友抱住，两人一块滚开。冒烟的手榴弹呢，让别人处理，反正你已经救出一位战友了。还比如：你批评人，要当着全班批，狠狠地批，劈头盖脑地批，理由大不大不要紧，班长绝对有大道理。批哭了批炸了批躺铺了，更好！别人会留下相当深刻的印象。晚上哩，再独自向那人做检讨。须知，白天树立起的威信，所有人都看见。晚上丢掉的，夜幕替你遮着，别人看不见。……"

司马文竞做个手势，止住他："你说起坏的来是说不完的。我想插一句：你属于哪一种班长？"

南琥珀想了好久："说不清楚呵，对待班里人，我想我还是不错的。对付连里其他班长们，我常用坏班长那一套。唉，实在是说不清楚啊……"

"好沙。"司马文竞又挖起一把轻轻搓着，"细得很。"

南琥珀道："司马戍死后。班长当得乏味透了。"

除去悲哀和烦恼，南琥珀只有一丝不敢示人的遗憾。以前，他捏拢班里十人就和捏自己十指一样随意，他们都乖乖地服从甚至崇拜自己。唯独第十一人司马戍，他四肢服从，脑子从来不服，使得南珺珀更渴望征服他。意志、情感、计谋，统统兴奋得凸动起来，这种凸动又使他快活。他有时得逞有时失着。司马戍在边上，他就得盯住他，不能大意。后来他死了，他偷偷庆幸过：以后轻快啦。然而仅过了几日，他就感到他的日子蹋去了半边，剩下的战士，太乖！他简直恨他们为什么这样乖。对付剩下的日子，太容易，没个对头，不由人身子不软，半睡半醒的。

司马文竞道："如果你想谈谈司马戍，请谈吧。不过，要像刚才那样：揭短，痛快！越痛快越见真情。别顾虑我是他老子，还把我当那个石头吧。唔，此心若石，早硬了。"

南珺珀心头突突的，胀得厉害，一时竟吐不出那股淤积许久的浊气。他觉得司马戍这小子浑身长毛似的长满臭毛病，真想一棍子击断他最要紧的骨头。他相信只要自己击准了，再狠点也不怕，司马文竞不会动怒，只会微笑。可是，司马戍太阴，不容易抓住他的毛病。

南珺珀蓦然高声："他说我有三只眼。"

"哦？"

"小时候，我常被放在一间黑屋子里，没有窗户，也没灯。屋顶上有块玻璃瓦，透光。我老看它，把眼看斜视了。现在，你以为我看着你的时候，其实我不是看你。你以为我不在看你的时候，实际上我正看着你。就连班里人也常常弄不清楚我是不是在盯他们。哼哼，我分裂出了第三只眼。司马戍把我那只又有又没有的眼叫'鬼眼'。他背后和人说：碰到这种人啊，你可得小心。他看似不看，不看似看，多一只'鬼眼'，心狠手辣。不成朋友，便是对头。……"南珺珀朝司马文竞转过脸，似要让他看一看自己的眼睛，"我和司马戍一开始就不和。一直到他死，我们也没好起来。"

"我料到了。"司马文竞微微颔首,"对此,我无话可说。"

"回去吧。"

"好,回去。再次感谢你,我确实活过来了。真想干点什么,随便什么。到你手下当兵也好。……拉我一把。"

南琥珀两手从司马文竞腰侧抄下去,用力扶他起来。手碰着他军装口袋,感到里面有沉甸甸的沙子。

司马文竞忽然呻吟,身子歪斜,又跌坐到沙滩上。

南琥珀惊问:"怎么啦?怎么啦?"

"别动我。"司马文竞费力地说,"一会儿就好。……不是,它骗了我。现在没事啦。"他笑了,"我以为我出了这座门,就要进那座门呐。"

海面上传来浑雄的乐曲声,盖过水喧。随着海风的强弱,声音也时大时小。南琥珀熟悉它,国民党军的一支进行曲,节奏急快,军鼓味儿很重。

司马文竞凝神倾听,低语着:"没完没了啊。……他们还在干,为什么不准我干下去?!"

南琥珀又呆了。过会儿,他掏出小铜龟递去:"首长,送你吧,闲时逗它玩,能破破闷气。"

司马文竞托起它看:"好东西。它在爬呢。是嘛,不准人走,还不准人爬么?爬也是运动。你别为我担心,刚才说了,我确实活过来了。以后的日子会好过些吧,我想。"

南琥珀想,是嘛,儿子都牺牲了,他们对他最少也得客气点。他扶司马文竞起身。

进行曲结束。南琥珀听见海空传来异样缓慢又异样熟悉的

声音:

"连长,排长,班长,各位战友,我是司马成,我是司马成。我在这里和你们说话,我在这里和你们说话。我离开你们已经二十一天了,我没有死,海流把我冲到滩头,这里的人在给我治伤,这里的人在给我治伤。既然来了,我愿意说几句话,在那儿我不能说。首先,我郑重声明三条,郑重声明三条。第一,我脱离解放军,脱离共青团,加入争取自由的行列;第二,我放弃马列主义、毛泽东思想,信仰三民主义;第三,我宣布:与父亲司马文竟、母亲吴紫冰解除一切关系,解除一切关系。我的一切言语行为,均与他们无关,均与他们无关。你们不能虐待他们……"

司马文竟忽然摇摇晃晃地朝海边走去,他仿佛边走边打太极拳,四肢伸展有力。左一步,右一步,东扑一掌,西送一拳,一忽儿弯腰,一忽儿曲膝……走近地堡了,他一手扣住射口棱角,一手抓住旁边那株弯脖小松,双腿叉开,站成个大大的"大"字。小松深深弯曲。像要从根部断掉。他面对海空,头颅颤动,低吼着:"杀不尽的……"

司马成母亲在海滩上疯跑,她头发贴在耳后,怀抱枕头大的氧气袋,手抓个发亮的金属盒,凄厉地朝这里喊:"那不是小成……你要镇静!别信他们……不是小成。他早死了!不是他……"

吕宁奎他们跟在后面追,居然追不上她。

到司马文竟身旁,她从金属盒里取出东西往他嘴里塞,塞不进,想把他放倒。她个子矮,摇不动他那抓住小松的大手。她钻到他臂下,用肩头顶……于是,一个大大的"大"字,轰然倒地。

司马文竟早已气绝。

14

　　南琥珀死盯着沙滩上幽亮的小铜龟，司马文竞掉落在那儿的。涨潮了，潮水扑来退去，每次都扑得更近而退得更慢。他不动身，他要看着它被吞没。浑浊的海水越逼越近，它身下的沙子渐渐困陷，随海水流走。它倏地沉没。再露出时，它只剩一只昂起的头。又是一阵潮水，它连头也不露了。

　　南琥珀走去，从水下沙里捞出它，久久凝视。灾星呵！二姐出事后，母亲要扔掉它，他留下了，偷偷带到部队，视作爱物。他把它送给司马戍，又送给司马文竞，却都没送出去。它还在他手里，纹丝不动。他想扔进大海，又想，几十年几百年后，也许，又会被人捞回来，带去灾难。他决心留下，一辈子不送人了。到他死时，和它一块火葬。他化成灰，它化成铜汁，同归于尽。他不信小小铜龟能吞掉自己。

　　他握着它走向十号，感觉是握着一只小手雷，总接不住投掷的欲望。半道上，他见吕宁奎傻傻地站在那儿，不动。他上前，用铜龟头儿猛地戳住他心窝。怒喝："打在这儿，呃？太近啦，看着他倒下去……都是你说的！你这孬种害死人呵，你干嘛不一梭子把那小子干掉?!"

　　南琥珀狠狠一拳，击中吕宁奎下巴颏，听到他嘴里嘎地一响。他感到手指关节剧痛。

　　吕宁奎直直地翻倒。起身后坐在地上，喘着，一口口往外吐。吐出又红又白的东西，用沙埋了。眼泪又掉在沙上。口里含混不清："班长，我不会和连里说。"

　　吕宁奎和宋庚石合拖着一把无齿木耙，并肩在海滩上跋涉。

木耙在他们身后耙出一道歪歪扭扭、不断延长的沙带。吕宁奎脖子上挎一柄冲锋枪,枪托时常撞击宋庚石肋骨,但他忍着不出声。两人步子很不相配,各走各的,又都抓住木耙柄不放。沙带弯曲着跟随他们爬。

15

黄昏。闷人哪,还要挨好久,大陆才会冷却,才会生风。风向和白日相反,仿佛海上刮来多少,就要还它多少。不亏的。

南琥珀见指导员在松冈上踟蹰,后又歪入一曲小径。那里常常是连里干部找战士个别谈话的地方。只要有两人踱进去了,旁人一般不再进入。海边空旷处多得很。

现在,只有指导员一人进去,南琥珀想,他明明看见我了,却没叫我。要不就是看我的态度,你爱来就来,不来就算。指导员的日子难熬啦。

南琥珀进去。指导员回头问:"找我有事吗?"

南琥珀好气:是你想找我还是我找你?正欲说"没事",指导员又说:"既然来了,就一块走走吧。"

南琥珀只好和他一块走走。

"声讨现行反革命司马成的大会,定了,后天上午八时,团部大操场。"指导员摸摸风纪扣,"参加者都要全副武装,带语录,不带小板凳。除战备值勤人员外,一个不留,都去。下午在营部操场再开一次,上午值勤的都去,一个不漏。"看看南琥珀,"你这条军裤就不行,膝盖头破了,换条新的吧。哦,干脆上身也换,一致起来。你要上台批判,注意着装。"

南琥珀摸摸膝盖头，没破，只是薄了点，这地方最不经磨。"换。"

"走上台时，两眼要正视前方，用余光注意脚下。台上有好几条电线，要不留神，就会绊你个马趴，把话筒都扯下来。台下人看了会笑。几千人一笑，气氛就没了，怎么批判？有一回我……"指导员摆摆手，"念到关键段落，可以用拳头砸一下讲台，震动全场。"

"我砸。"

"发言稿我看了，仇恨很饱满，就是罪行部分太空。司马戍之所以叛变投敌，不是偶然的。要对他以前的思想意识开刀，让同志们见微知著，警惕自己。你呢，把司马文竞气死在海滩上的过程写了一大段。……是感人！但容易导致同志们对他的同情，离开大会主题了。特别是那句，司马文竞临死前想要工作。你到底听错没有？"

南琥珀阴沉沉地："没听错。"

指导员迟疑片刻："那就更不要写。同志们会往上面乱想，知道多了不好。"

"批判大会，别派我上台吧。"

指导员大声道："你不知道这句话多严重，说都不敢说！"

"我担心控制不住自己，又担心忘词。昨天我试了试，一提到海滩，话就乱了，声音都变。要是和司马戍面对面就好了，我准保呱呱叫。"

"唔，事前练练兵，是个好办法，不打无准备之仗嘛。还有什么顾虑？"

"没有了。"

"南琥珀啊，如今，连你也不和我说心里话了。"指导员一只巴掌落到南琥珀肩头，按他往下坐，接着又是一只，"现在情况下，我们党员对党员，更要说心里话呀。"

南琥珀在一堵墓碑石上落座。这里东凸一块墓碑石，西凸一块墓碑石，都不大，石间也平平的，不见坟包，更不埋人，最多埋两样渔人衣履。猜那石上消磨了的字迹，总有百多年。这里也是军事禁区，外人足迹罕至。纵然有，也是恓惶的。连排搞战术，这些矮石正可供大家架枪、隐身，或当作障碍物练扑跃。休息时顺势往上一坐，初时会觉臀下冷硬，不免心中忐忑。久了，体温将石碑温过来，反送上一脉惬意。再久些，笑骂几声鬼，更觉得自己胆壮和很有些寿数。不过，谈心时到此落座，四下望望，就想和战友挨近些，就不禁从腑内很深的地方淌出言语，往往是真诚的。

南琥珀先坐坐，不舒服，便又滑坐到地上，整个脊背倚住墓碑石，抓下军帽就手往后一扣，随之一气长吁。道："追悼会上，我上去说了。声讨会上，还要我上去说？任务呢，彻底倒过来。才隔多少天哪？"他想想，"八天！我恨的就是这个。要批，连我们一块批，谁叫我们瞎了狗眼。现在好，参加声讨会的人，不少是参加过追悼会的人。上回戴黑纱，这次全副武装，噢，'带语录，不带小板凳。'人家抬头一看，发言的还是你小子。岂不寒透了心！"

"这油怎么不管用啊？"指导员手捏盒清凉油。在南琥珀说话时，他已经朝两边太阳穴上涂了厚厚一层，昂首等凉气透额，半天等不到动静。"卫生员给什么鬼。"看看仍是清凉油。于是低头深深闻一回，把它摔掉了。又在袋中摸，没有摸出结果。就用两根大拇指使劲揉两边太阳穴，手放开时，额头两侧顿时红凸凸，似有血往外冒。

"你说的那些，早在我肚里烂透了。你算什么，上次会上，我还出洋相呐。……"

南琥珀记起指导员军容严整、面颊泪水潸然、两手执住悼词、一句一抽的模样。当时他催落了多少人泪啊，指导员的威信也陡然大涨。

"司马戌在那边一开口，我就料到有今天了，也料到我完蛋了。可是，反革命出在你班，你班长敢不上台批？反革命出在我连，我指导员敢不声讨？人家怎么看我，臭呗！你在台上举拳，几千人照样跟你喊口号，震破天。下台来，人家拿眼皮也能压死你。连长住院啦，胃出血，真的胃出血，呕出的饭粒都是红的。他走了，就得我一人去受辱。我要出名喽，只要这块坟地还在，我的臭名声就会一代代往下传，退伍都带不走。南琥珀啊，我知道你在连长和我之间，靠我近些。我也知道你是又帮我又看不起我。我是不行，只会把你们捺在小板凳上，满堂灌。可我小时候也读过几本老书，知道土里的爷爷们（跺脚）怎样做人。哈哈，骏马弯刀，是男子汉。受胯下之辱，也是男子汉啊！现在，该着我从人家裤裆底下钻过去了，我就钻，我不躲！我知道钻过去后就成了块臭肉，我又没韩信出将入相的本事，快四十啦，一辈子翻不上来。即使这样，我也要上台吼一吼，把我这块臭肉扔出去，我日他司马戌八辈祖宗！狗杂种害得我好苦哇……"他昂起木头般瘦脸，下意识地摸摸风纪扣，眼球不动，直对着南琥珀，但早已不是看他了。

"知道你嫂子说什么吗？她两天两夜没开口——这就是话啊。今天早晨，她脱下涤纶，还敢再穿吗？换上我的旧军装，踏上一双解放鞋，去给战士们拆被子、洗衣服了。下午，又到炊事班帮厨，淘米、洗菜，还特意和老兵说笑，找亲近。炊事班长给她加个菜，拉她在那里吃饭，她一口没吃，回来就躺下了。这是为什么呀？她知道我在连里要完了，她在替我做人！总不能等免职命令下来后再去做人吧，现在就得做，命令下来后还得做！一直做下去。她已经有三个月了，老乡们都算准是小子，让她无论如何保重。她呢，出去做人流了……"指导员任凭眼泪下落，不擦，"再说呢，再过几个月，我又多了张嘴。我的经济情况，大家都知道。但只要我在连里当指导员，斤两上总不会亏我。如果我不是人了呐？她靠谁？还不是得靠老兵们，靠炊事班照顾呗。一把菜、几棵葱，还得靠你们躲躲闪闪地从地里拔了送来。那时候，她真是缺不得这些。她又不愿人家提我意见，揩兵油喝兵血什么的，宁肯不吃。怎办呢，只好现在就去做人。南琥珀啊，你我都是七尺须眉，哦，革命战士，莫非不及一个娘们？"他停一下，有所悟地，"不及不及，娘们在这世上流的血，真真确确比我们多……"

南琥珀早已呆定。许久，才挣醒过来。齿间吱吱响，嚼着司马成名字。道："指导员，我跟你上台。"

"晚上回来，到家属房喝几口，让你大嫂弄两个菜。现在不一样啦，有人来串串，她会快活的。"

"真会给你那么重的处分吗？不会啊。"

"上面还没说话。我懂，这不说话也是话呀，在等我自请呢。其实不请也来。我也处分过别人，有经验，知道自己会得个什么，轻不了。还有，跟你打个招呼吧：我，连长，心里都有数，希望你也有个数。你是党员班长，严一点，有你。松一点，没你。总之要有数。挂上了，别发作，更不要躺倒。"

"处分我吧，哼哼，翻翻将军们的档案看，哪个不是一串功劳加几个处分？人一辈子，要是一个处分没得过，准没有大本事。本人不佩服。"

"这话别人不敢说。"指导员笑了。

"还有，司马成究竟是蓄意投敌，还是被海流冲过去的？他那番声明，是自愿的还是被迫的？领导到底分析清楚了没有，怎么个结论？"

"这话可不敢说！上级已经定性：叛变投敌。其余的，都不许再说。你要紧记。"

南琥珀沉默一会："我担心连队会垮，起码会乱一阵。"

"你有建议吗？"

"目前情况下，你们干部是连队一条腿，我们班是另一条腿。只要这两条腿站住，不出毛病，连队就不会垮。"

"南琥珀啊，当班长真是可惜你了。"

"我向地里的爷爷们（跺脚）保证：我这个班绝对不垮！"他望定指导员，用猝然而至的沉默遏制他接下去说。

指导员道："做人吧。啊？"

16

曾经有过一个通报，某部副连长为了检查战士执勤情况，采用摸哨的方法接近哨兵，结果被哨兵误为敌特，开枪击毙。他死了，还补个处分。有鉴于此，上级传下严令：任何干部，均不许用摸哨方法探查哨兵值勤情况，严防恶性事故发生。……通令到达连里，新兵不晓事，一团儿悲怜。老兵们满面喜色：就是嘛，我们上夜岗够紧张的，你还装神弄鬼，明明是不相信我们嘛。干部们都挤在连长屋里，长吁短叹。

恰巧也在那天，连里公布了另一道命令：任命南琥珀为一班班长。

南琥珀在队列中咔地立正，以为全连都在看自己，兴奋得不行。

其实谁也没看他。一个班长上任，在连队就跟换岗一样平常。但是南琥珀夜不能寐，步枪换成冲锋枪哪，终于获得点指挥权。部队嘛，枪越小官越大，最大的官不带枪。今后他头一甩，就不是甩臭汗了，而是道命令：上！班长——军长，只一字之差，另一半完全相同。

他忽然想起不幸牺牲的副连长，他和他都是同一天编入命令。他很伤感，因为他认得他，还很佩服他。他曾经是个人物呐，战术技术极棒，几次通令嘉奖都有他，但死得多冤。……"妈的，我去摸哨！"他忽然想试试这一着。他说不出为什么要这样干，抗命呵！可他忘不掉自己佩服过的人，他非干不可，要不，他就对不起他。

当天夜里，南琥珀匍匐探查了本班哨兵。后来几夜，他又探查了邻班的防区。有一两次，他都爬到哨兵影子旁边了，都没被发觉。而他，却惊讶地捕捉到许多不为人知的秘密。

吕宁奎怎样站岗的？他把雨衣蒙在一株小树上，鼓鼓的，像个人。自己躲在石窝里，隔会儿探下头。他以为自己很聪明，其实笨得发硬。他两眼全扣在雨衣上了，等敌人往上扑，他好开火，却丢开了其他三面，怪不得有雨没雨，他上岗总带雨衣。

李海仓怎么站岗的？他不上刺刀——违反规定，他怕刺刀反光。真不知从哪里拾来的破见识，日本鬼子的三八大盖刺刀才反光呐，国产步枪刺刀两面磨毛，不反光。南琥珀后来借个由头和他说了，但他不信，以后照样不上刺刀。这种人啊，专和你拧着，高度自信。南琥珀思索出了对付他的办法：想叫他信什么，就先逗弄他不信；想叫他不信什么，你就先逗弄他信。

宋庚石呐，十分钟内喝问过两次口令。头一次是问一堆礁石，第二次是问一只空汽油桶。

规定：弹仓可以压弹，绝不许上膛。南琥珀凭着他们下岗时细微的枪栓声，料定他们上岗前统统推弹上膛了。还有，所有哨兵撒尿时，都像女人那样蹲下，警惕地朝后看。没人教过他们这着，绝对没有！所有哨兵上岗从哪儿走，下岗准保还从哪儿回来，像山兽那样规矩，连脚印都重叠，这是什么心理状态？南琥珀还为自己早先上夜岗时的恐惧羞愧过，现在他大怒，原来自己当新兵时，就比他们现在强。

干部也一样。三排长怎么查岗？亮着手电脚步很响地走来，显然不是为了寻找哨位，而是让哨兵早早发现他；别误会，是我呀！……

南琥珀大悟，死去还背个处分的副连长多么不寻常。只有他，敢在黑夜探查一线哨兵的临战状态，摸索手下士兵的心思、神经、胆量，捕捉住他们天一亮就会消失的缺陷。而这种探查，迹近敌特，时时冒着弹击的危险。黑夜把人的警惕性扩大了三倍，每支枪一碰就响。这就是你为了熟悉自己士兵所必须付出的代价。

副连长的血白流了——严禁摸哨。南琥珀偷偷地不让他的血白流，宁肯自己再流血。他匍匐接近战友的时候，感觉自己竟是在接近敌人。

他看透了人家夜里的毛病，于是，他白天看人时的眼神也不一样了，总歪着，将人家白天黑夜对比着看，心内蠕动拳拳妙意，脸上全是自得之色。至于看到了什么，他从来不和人说。

再听到领导重复"不准摸哨"的禁令，他坚决赞同。回来对班里人笑道："傻瓜才去摸哨哩，你们要是发现异常，就走火。"

他照样摸哨，把全班人都"摸"过一遍后，他又弄出其他手段。比如对刺。南琥珀最少进攻，他总是守，他觉得守比攻有味道。对手蹦跳得天高地矮，一杆枪如水泼来。他左挡右躲，步子如跌如拖，总有尾大不掉的拙态。对手喊"杀"，他只"嗯嗯"。对手越战越勇，他缩成只猴儿，似在人家枪尖上挂着，回回只差一丝儿中刺，全无"两不怕"英雄气概。待退到绝地，再无可退处，或是他厌烦对手出招单调，要戏一戏你，才使出一招怪而软的骗刺。颇让你觉得不是他刺你，而是你胸脯主动撞到他枪头上的。你不会恨他心刁手狠，却只怨自己"不当心，不当心"。

比如偷营。南琥珀常常在班里毫无觉察时，来到他们近旁，隐蔽起来，偷听偷看，他肯定：无论自己威望多高，无论他们多么佩服自己，只要自己不在场，他们准保是另一个模样。他得摸清谁偷懒了，谁诅咒自己了，谁说怪话发牢骚了，谁搞小动作了……出来后，他从容如旧，班里人依然亲热地唤"班长"，以为他刚刚回来。他把暗处所得的碎碎见闻憋住，在心中发酵。他在他们身心后面瞧出另一种"他们"，他即使气得要命也一丝不露，他见他们浑然不觉的傻样儿，便感到自己是做贼。这和摸哨不同，摸哨得冒弹击的危险，反觉心里坦荡，反得条大理。偷营呢，比贼还善窃，贼窃财物，他窃人心。

要是偷见了他们的好处：替他把水灌上，把饭盖好……他会在暗处羞臊，决心再不偷营了。要是偷见了他们的毛病，他立刻想：幸亏让我看见……顿时心硬胆壮。

他对摸哨偷营上了瘾，想戒也戒不掉了。

17

南琥珀认定：让一班在自己手里不倒台，容易，自己手还在胳膊上嘛。要让一班在人们眼里不倒台，那就难了。他们觉得一班已经倒了,他们就这样短视。所以,关键得让一班在人们眼里站住,全连定会大长志气,也大长见识。大难出英雄啊,谁把一班支撑住的?南琥珀!上级敢不提拔他?他们正渴望树立个典型哩,把坏事变成好事,消除司马成的恶劣影响,推动全局。谁当此重任?南琥珀!

此时,把人按在板凳上批啊学啊挖根说啊……没用。你快些利用一班战士心上重得要死的愧恨,放手让他们干一桩事业。万不能怕他们再出事,而小心翼翼地守着捂着谆谆教导着。你快些用鞍子狠狠一抽,让一班这怒马从悬崖上跳过去,稍一惜命倒可能落崖。这一切,都要快,要快!

大智大愚,大毁大誉,大直大曲,都在你面前摆着,就看你有无第三只眼。

南琥珀认定:指导员绝无这般胆识,自己要陈明利害,推他一掌。要逼他支持。

两杯酒下肚,尚未开言,南琥珀眼圈先红了:"指导员,连里有没有重要任务?我说的重要任务,不是出大力流大汗那一类的,我是指既重、又棘手、人人想干又怕干的任务。有没有?要有,给我吧。"南琥珀把计划说出来。

指导员饮酒,将小盅轻轻一顿:"唔,怪辣的。"

"肯定有!"

"你知道团部那个集训队?"

"知道。我还在那儿受过训呐。"

"咱们连去了十人,全是骨干,明年会当班长。其他连去的也全是骨干。那里集中了全团的精华呀。"指导员言语渐快,"今年结业方式有点不同,从难从严,全面考核,人人过关。在考核期间,连队要派一个班去,作为参训班,供那些明年的班长使用。喝呀,头两口辣。再喝就顺了……"

南琥珀眼观鼻,用力嚼动口中一块肉筋。他亲身经历过高度紧张的集训生活。各连骨干从入训第一天开始,处处都要比高低,一直比到结业。技术战术,就在那相互吞噬般比试中浸入各人身心。结业考核,是最后一扑。各连骨干率参训班入考,就是考他们有无指挥一个班的能力。因此,参训班成了他们手中一宝。它的军事素质、精神状态、协调能力、默契程度都必须出类拔萃。如是,当指挥员的即使太嫩、平庸、出错,它能替你补拙,能把你托起来;如不是,你指挥员本领再大,也会落得令到兵不到,穷喊,心里一盘美妙意图,被参训班毁掉。那些骨干们还都作得很,自信得很。成功了,他觉得功在自己指挥高明;失败了,他觉得参训班是一堆废物,把自己毁了。

从来没有一个参训班能载誉而归……

南琥珀痛极地道:"一班试试。"

"光我点头不行啊。还有连里干部,还有营里领导。"

"那儿头,就看指导员您哪。我只保证一班。"

18

南琥珀不愿意让班里人闻到酒味。一旦闻到了,他们会瞎猜,"班长愁死啦,班长没招啦,班长要垮啦……"瞎猜必乱。他嚼着一口茶叶回来,看见十号透出的灯光,心内便喊了声:"偷营。"

此念一出,身子便忽地矮下来,狐影般幽然潜行。到十号近旁,他贴在窗外一团怪石上,按住面前草叶,再蹬足靠上去。他得避开从窗口射出的灯光,不是怕屋里人瞧见——里头亮外面暗,他即使落入光照里,屋里人也瞧不真,他快捷的是怕被身后旷野里的人发觉。最保险的是面前,最不保险的是背后。他既要躲开灯光,又得靠近灯光(灯下黑哩),还得借用灯光展开自己视界。他首先闻到股尿臊气,愤怒地屏住呼吸:说了多少回了,夜间撒尿滚远点,还有人偷偷对抗。他向屋里观察,竟无一人,一急,便从窗口蹿进去了。

南琥珀落地,分足站稳,这才看见屋角有一人:李海仓正在司马戍床前,抖弄被子、蚊帐。南琥珀挺窘,自己来路不对,从窗上下来的,但他看出李海仓也挺窘。

南琥珀问:"你翻他的东西干吗?"

李海仓道:"连里来电话,说要全部上交,严肃处理。"

"正确!他的东西老放着,把人难受死了。越早消除越好,最好把床也拆掉,空出块地方来。"

李海仓手中哧溜着一条背包带:"班长,怎么严肃处理,是不是烧哇?"

"那是上头的事。"

"前些天还说是遗物呐,碰都不敢碰。现在得烧……"

南琥珀紧盯住他,道:"是啊,挺新的被子,烧了可惜。你呀,把他的被子和你的被子调换过来!"

李海仓脸红红的:"行么?"

"实际一点嘛。他的新,你的旧。反革命是反革命,被子是被子,可以区别对待。啊,好比那些骨头,你知道是地主阶级的还是贫下中农的?你不是全唖了肥田吗?还有蚊帐、床单,比你新的你都可以换。"

"啧啧,我把床单留给你吧?"

"算啦，我明年该交旧领新了。"

"我换啦？"

"换！"

南琥珀出门，好让李海仓自在点。他朝海滩望去，微亮的海衬出废地堡的暗影，平顶上似乎坐满了人。自从出事后，班里和外头接触少了。派公差，也是几人一块去。闲下来，就凑一堆坐着，蔫蔫的。南琥珀估计李海仓换完东西了，才重新回屋。果然，他的床铺整饰一新，司马戌铺板上只剩个结实的旧背包。他站在边上笑："干脆替他打起来。"

南琥珀在电话机桌旁坐下，李海仓急忙坐到他对面，倾身等着。

南琥珀道："班里就两个党员……"

"两个。你一个，我一个。"

"我俩一定要把全班带起来。"

"带起来！"

"绝对一条心。"

"一条心！"

"现在，连里给我们个重要任务，还没最后定，你暂时别说出去。"

"不说。"

南琥珀把参训班的任务大致说了一下，说："我带班执行任务，你留下看家。"

李海仓急道："我是党员，关键时刻，要上！"

南琥珀想，你上？就凭你那几下战术动作，上去就完啦。

他道："你的任务更重呵，守电话，搞生产，你说我交给谁才放心。"

"对对,非我不行,丝瓜遭虫啦!……"

南琥珀卸下这个包袱,奔向海滩。近地堡,他喝道:"让让。"几步助跑,纵身登顶。先站着看了看,再背靠月亮坐下。

他习惯于把自己放在暗处,他可以看见他们的脸,他们只看见他的身影凸在海空中。他倾听有无吸鼻声,没有。"指导员请我喝酒去了……"他忽然把原准备掩盖的事翻开。这个念头在他坐下时还没有,刚才却忽地冒出。他经常照"忽地冒出"的念头办事,而把事先想了好久的办法丢开。

"就请我一人。我是代表全班喝他的。辣!"

"指导员说什么?"

"第一,他相信一班不会垮;第二,他要我们干一桩大事业;第三,他说:一班出了一个叛徒,紧跟着会出十条英雄好汉!"

面前一派惊叹声。南琥珀有意顿住,让他们惊叹去。这三条全是他的,他偏栽在指导员头上。班里人夸赞指导员,他听着很舒服。隐约想:你指导员指导他们,谁指导你哩?……他把参训班的任务又说了一遍。

"你接下来没有?"吕宁奎抢着问。

"这么大的事,我要问问大家意见,我听大家的。当时我不敢表态。只有班里每个人都同意接了,我才接。有一个人不同意,我就不接。"

吕宁奎起身,圆睁两眼,四下逼视:"指导员对咱们太棒了。英雄狗熊,由咱们自己定。有敢不接的吗?"

众人一声喊:"接啊!"

南琥珀厉声道:"要接,就要拼命!"

众人又一声喊:"拼命!"

19

南琥珀恨恨地想：让一个渴望拼命的班去拼命，就是丢给他们一份痛快。倘若死拦住不让拼命，就是活活要了他们命。带兵，就是治兵，就是治病。

南琥珀攥紧他们的心和他们的筋，霸住海边一座大山，全体——反复跃进，反复迂回，反复中弹。全体——和大山拼命，相互都蹭去一层。……过路的群众看了，顿时呆定。半晌，颤颤地一叹："苦哇！"害病似的离去，手里的锄头几乎提不动。

南琥珀知道，目前这种极限练法，最多顶两天，狠劲儿过去，人立刻就垮。作为班长，命令可以重重喊，事情可得小心做。他要想持久，他就得一日三变。其实，一个"协同"下来，他就看出，一班的军事素质，仍是全连第一。作为战斗班，没人能超越。作为参训班呢，难说。就怕集训队那些"班长"本事不大，指挥生涩，和一班丧失谐调，相互磨损，结果两败。他想仿一仿各种班长：高明的、拙劣的、硬的、软的……指挥班里人训练。稍往深处想想，便知不行。班里人对自己太熟，喊出一个口令，早知下一个口令是什么，预先扑出去了。再说，嗓音能换吗？性情能换吗？气氛能换吗？他决定让全班人轮流当班长，稍稍一试，竟见奇效。

一个兵忽然成为"班长"，硬塞给他指挥权，那股兴奋呀热情呀，把他脸庞映亮。心儿却抖抖地，那种生涩、笨硬，也遮掩不住，连嗓音都不再是他自己的了，指挥老出毛病。他当了一遍不够，还想当二遍，三遍。练兵欲望大涨。

其余战士呐，要适应"班长"，也颇费力，总替他发急，总替他补漏。特别是，总想轮到自己当"班长"，露一鼻子给你看看。

无论谁当"班长",南琥珀都充当他的战士,而且是最规矩的战士。你命令"跃进到石前",他就跃到石前不动,即使这儿挨枪子,他也不动。那一副蠢态,逼得"班长"明白过来,改变指挥。他如此,谁敢不配合?这种训练,初看近乎游戏,实则臻于妙境。你累得要死也不觉累,爬上爬下各有异味。

历练几遭后,人人都觉得自己不凡了,当过一番班长,反而更懂得如何当兵。

只有南琥珀苦不堪言。对他来说,一切都熟得发腻。当战士是重复,当班长还是重复,加在一块便是反复重复。休息时,他瘫在地堡顶上,尽量朝远处想:班里人个个不一般啦。其他班从来没这样搞训练,所以,他们的兵再好也只是个兵。一班人都能当班长,人人经过九个"班长"指挥,班长再蠢,它也能适应你。集训队考核时,全团营以上军事干部都在场,让他们看看这个参训班:比所有指挥它的人竟更出色!

一只手摸上南琥珀军装胸袋。"干什么?"

"钱包呐?"吕宁奎咭露出牙豁口笑笑,"供销社又来了'马耳朵',我替你跑一趟吧。"

"我身上什么时候放过钱包?老地方,拿去。"

吕宁奎跳下地堡,往十号跑去。

"他们又想吃我了",南琥珀惬意地闭住眼:就是说,正常情绪又回来了。吕宁奎被我揍掉一颗牙,他也不向连里告状,还笑……

马耳朵是一种粗点心,巴掌大,状如马耳,乌黑的,要说清它的味道,得想半天。它最大优点是表面上有层白砂糖,班里人觉得,只要东西甜,就是点心。又便宜,五分钱一块。不论谁请客,张口定喊"马耳朵",抢着吃。南琥珀想起司马戍,他不抢吃,他伸手只拿一块,正中间那块,挨着纸袋子的不要,纸袋子都是用隔年的报纸糊的。班里人吃罢一块,用舌头舔舔手指上的砂糖,再抓下一块。他吃罢一块,手悬空半举着,不碰任何东西,那姿势要保持好久。

南琥珀抬起头,斜眼看大海。轻蔑地一笑:司马成,你怎么老不吭声哇。我怪想你呢,你活得怎样?你虽然跑过去了,我这儿可屁事没有。一班跟这大地堡似的,要沉下去,得四百多年。

20

老大的太阳压得人不敢抬头,瞧地面也是花花一片。

南琥珀见指导员老婆正在给班里人洗衣服,一团树阴正好落在她身上。

指导员管老婆叫"嗳",战士们也管他老婆叫"嗳",连南琥珀也想不起她的姓名。她刚来队时脸很瘦,住久了才渐渐变胖变黄。那时她老穿好多件衣裳,再从领口一层层翻出来,很显眼,你可以盯住领口数:斜纹布、的确良、卡叽、凡力丁……八九层,脖子上好像挂着一块小梯田。也是住久了,看过几部电影,她会穿了。身着蛋青色涤纶上衣,一条烫过的深色混纺裤,脖子啊脚腕啊,适当露一些。她长得很一般,说话是赣南土腔。可在连队,她比指导员有力量。指导员说话没人听了,她去说,那人就听。战士和指导员顶撞了,她去和那战士坐一会儿,那战士就会到连里做检讨。只要"嗳"来了,战士们都恭敬地、远远地站着,都含笑望她,又都不敢亲近她。

自从指导员"臭了"以后,竟不一样了:好些战士主动往她身边凑,嘻嘻哈哈的,争着喊"嗳",把破衣服拿给她补,一些野语村话,也敢拿出说。"嗳"哩,非但不介意,竟比他们还能说。他们脸红红的回来,都夸"嗳"如何如何好,以前咋不知道呢。

她坐在井旁一个小板凳上,面前一只大盆,鼓满白花花肥皂泡。宋庚石和另一个战士,各提一只铁桶,轮番从井里打水。她叫声"水",他俩就往大盆里倒水。倒完,就站在边上看她。李海仓捧个瓷茶缸,自己不喝,替她捧着。她不时从他掌中拿过来喝一口,又放回他掌中去。吕宁奎靠她最近,叽叽咕咕说笑,她甩他一脸肥皂沫:"去,拿扇子来。"吕宁奎跑回屋里拿出把大蒲扇站在她背后呼呼扇,两眼盯住她汗津津的脖子。她穿一套改过的旧军装,袖子挽得很高,裤腿也挽得很高,面前那堆人,目光时时碰她裸露的胳膊腿。她含笑揉搓盆里衣服,忽然扬起手,啪地打一下腿肚子:"小咬!"

众人顿时引颈探首,一起朝她红通通的腿肚子望去。

南琥珀大步上前拽她:"嗳,你回去休息。"

"快完啦。"她道。

南琥珀扭头厉声道:"把盆子铁桶拿走!"

战士们略一迟疑,又纷纷动手端开。南琥珀用力拽她起来。谁知一起身,她脸就白了,头往后仰,似要晕倒。缓过神后,她笑一下,低声说:"以后洗吧。"顺从地走了。

南琥珀跟着送出几步,也无说话,便站住看她离去。

她走得很慢,努力控制好自己步态。她知道后面有人望她,但她一直没有回头……

班里人还聚在近旁,有蹲有站。当中是一个她坐过的小板凳,板凳上留着她屁股坐下的汗水印儿,状如两瓣桃,怪玲珑的,渐渐小下去。众人眼都盯住它，不出声儿。吕宁奎掏出烟，居然递给旁人一支，手背擦一下湿漉漉嘴，准备说点什么了。南琥珀从人肩膀上跨进去，一脚猛踏住小板凳。他听到旁边"喀"的一声，像是嘴里发出的，也像是谁的骨节错位了。

南琥珀道："谁敢再让她洗衣服，我揍谁！受处分也揍！她怀上了你二舅，三个月啦。"

屋里电话铃响。一个战士抓着电话筒朝外喊："连里叫开扬声器。"

南琥珀道："屋里集合。"他进屋接过电话筒，那战士拉了下开关绳，墙上扬声器和手中电话筒同时传出指导员声音：

"事情不多，连里不集合了。就在线路上说一说。现在清点人数。一班？"

南琥珀对话筒报告："一班到齐。"

"二班？"

"到齐。"……

"全连听好，我把这几天的情况小结一下。同志们，坏事已经变成好事，毒草已经变成肥料。一班同志把对叛徒司马成的仇恨，化为苦练杀敌本领的实际行动。他们在共产党员南琥珀率领下，斗志昂扬，日夜练兵……"南琥珀想：指导员和我配合得不错。看看周围，班里人都面现喜色，扬声器表扬到谁，谁就咔地立正。其实不在会场，可以随便些。指导员讲了二十分钟，把一班重夸一通，号召全连学习。最后道："各班讨论一下。讨论情况报到连里。按时就寝。好了，关闭扬声器。"

扬声器关掉后，南琥珀听到指导员在话筒里说："一班长，到连部来一趟。"

"是。"

南琥珀放下话筒道:"指导员叫我。你们先讨论,我不回来别躺下。恐怕是参训班的任务定了。"

南琥珀奔到连部,指导员把值班簿合上,让他平静一下。说:"上级已经决定,参训班由八班担任。"

南琥珀不语。

"总的来讲,结果比你料想的坏,但比我预计的要好。因为,连排干部,包括营里领导都同意你班担任参训班。说明各级领导信任你们呐。"

"信任?为什么不让我们上。"

"征求了集训队十名骨干的意见,他们坚决不同意。参训班是配属给他们指挥的,我们总得尊重他们意见啊……"

"十个人全不同意?"

指导员点下头。

南琥珀发觉自己犯了致命错误:忽视了十位骨干。一班日夜拼命练兵,为什么?不就是为了把自己贡献给人家使用吗,可是人家不要,人家嫌你臭。他可以想见那十个笨蛋是怎样议论一班的,简直句句在耳!

指导员道:"干部信任你们,这比什么都重要。回去吧。"

南琥珀道:"我感谢干部们的信任。不过你们全体合起来也只是一小块。那十个骨干,才是大块军心。明年,他们就是班长;后年,有人就会当排长;再过几年,连长指导员,就不是你们了,是他们那帮笨蛋,一班休想再翻身!"

南琥珀言罢敬礼,礼毕,大步离去。

南琥珀听见海空中又飘来熟悉的呼唤:

"连长、排长、班长,我是司马成,我是司马成……"

南琥珀向海边飞跑,心中狂呼:我是南琥珀,我是南琥珀。老子来啦!老子来啦!

司马成声音缓慢,字字分开,听来既沉重又怖人:

"我的伤已基本痊愈,可以和你们谈心了。首先,我宣布:我不再叫你们同志了,我叫你们兄弟。不管你们接受与否,我都要这么叫。同志之间思想不同,就不再是同志了。而兄弟之间反目成仇,却还是兄弟。对吗?(南琥珀想:干嘛用国民党语言说话?用你自己的语言嘛。笨蛋!)全连兄弟们,我想念你们,也知道你们恨我。现在,我先和指导员谈心。以后,再和各位兄弟谈谈。

"请指导员注意听,请指导员注意听:指导员,我给你添麻烦了,实在对不起。说实话,我恨那些处分你的人。我投奔自由,你有何罪呢?(我们无罪。我们臭了!)当兵以来,我没有向你汇报过思想,现在,我真心向你汇报。而且学习你的讲话方式,也分个一二三四。第一,我认为你是个辛辛苦苦的政治工具。(你是宣传工具。)我和大嫂吴春芳谈过心,(呀,他居然知道她名字!)她和我说过你的苦恼,你觉得现在政治工作没法做,一大二空三折腾。不能解决实际问题。(妈的住口。你想害死指导员吗?)岁数也大了,到地方去,谁肯要你?第二,你也许记得,有两个星期,你家属房门前每天夜里会出现一堆菜。那是我从地里拔来送去的。你也该记得,后来一段时间,你门前一棵菜也没有,那也是我干的。我不但不送,还把别人送去的菜扔到粪坑里去了。我又恨你又同情你。第三,连长是个野心家,(质量不高喽。)你和他总也合不来……"

南琥珀有些不屑了:谈心嘛,就别造谣。要我,我就说"连长想突出军事，指导员奉命用政治压倒一切，你两人不一致，叫我们下面怎么活？"这样说话才狠呢，你一瞎编就不狠啦。笨蛋！

进入十号，南琥珀见几人傻坐着，目光发直。李海仓用被子蒙头躺在铺上，他过去一把掀开。

李海仓霍地坐起："班长，我一句没听。"

"捂得住吗？"南琥珀将被角高高提起抖动着，"用这种被子捂得住吗？"

吕宁奎小声问："班长那小子说的……到底有没有那回事呀？"

"自己想。"

"我坚决不信！"

立刻有好几人附和："不信！"

南琥珀道："睡吧。战场摆开了。我估计，他早晚要跟你们一个个谈，包括我。有一点可以肯定：凡是他知道的事，都会一件件抖出来，做好准备吧，想一想有什么把柄落到他手里。靠枪是打不过他了，哼哼！……"

南琥珀提枪上岗，朝海面一声声冷笑。

一个黑影渐近。南琥珀估计是指导员。果然。

"干嘛不问我口令？"指导员严肃地问。

"我知道是你，问什么？"

"我还没近前，你怎么知道是我？万一是敌人呢。"

"我早猜到是你了。"

"你就爱瞎猜……"

"指导员，说句心里话。司马戍要不开口，我还不知道你有那么多苦恼呢。"

"谣言，统统是谣言。我重申前沿纪律：对待敌人心战，不听、不信、不传！"

　　南琥珀无语，目送指导员离去。他知道：指导员是去各班查铺，他不能缩在连部，他必须平静地走到战士中，让大家都看见他。海空中又传来司马戍声音，敌岛的大喇叭在重复播放。这声音执拗噬咬前沿二十余里每个战士的心。他们躺在铺上，灯闭了，眼却大睁着，由指导员想到自己，又想到明天夜里……后天夜里……他们乱纷纷地什么都想。指导员哩，必须走完这二十几里路，悄悄进入每个哨所，捂住手电光，以免刺着战士眼睛，给每个战士掖蚊帐，盖肚子。战士一听到他的脚步声，会立刻闭眼装睡。指导员哩，也会明白他们在装睡，自己像照顾梦中的战士那样，更温存地、更苦痛地、更顽强地替他们掖蚊帐，盖肚子。

　　唉，做人。

　　"做人！"南琥珀对着黑暗蓦然高声。他觉得这两字干脆、上口，顺嘴甩出去，极富口令味道。"做人？……"他笑了，

　　"老子打黑屋出来就是鬼，老子偏不做人！"

21

　　南琥珀忽觉有人摇自己，霍地抬头睁眼，隔着蚊帐，看见床边李海仓身影。他低声道："班长，地堡顶有人。"

　　"什么人？"

　　"不知道。"

　　"地堡在我们防区。你的岗，你为什么不问？"

　　"敢问么。路边上有小车。"

　　"所以你想起我来了。走吧。"

南琥珀挎起冲锋枪,快步奔向海滩,远远望见地堡顶有照明灯的微光,几个人影晃动。他想:哦,安只耳朵……

李海仓推他:"班长,问问他们。"

"我也不敢哪。上面的。"

"那,就由他们吧。"

"由他们?哼哼,明天上面一个电话下来:昨夜你们怎么值勤的,哨兵是谁,为什么没发现任何情况?查!"

"我不是发现了嘛。"

"你不吭声,就等于没发现。跟着我,别太近。"

南琥珀扑地,匍匐前进,到了几十米处,厉声问:"口令?"

黑影道:"喊什么?上面的,执行任务。"

"口令?"南琥珀喊的更凶。他才不管你上面下面,他只跟你要口令。你若没口令。他就——哗地推弹上膛。黑影忙用照明灯照住自己脸:"看见吗?保卫处的。口令是……"急忙翻本子。

南琥珀压低枪口,扣动扳机,哒哒哒……子弹击到地堡根部,水泥溅出火花。地堡顶上的人全趴下了,急声乱呼:"疯啦?别打,……住手!"

"口令!"

他们终于把口令找到,正确地回答出来。

南琥珀起身,挎枪慢慢上前,向他们敬礼。礼毕,怒视他们,一言不发。他看见地堡顶上有三人,已经架起了一台录音机。

"为什么开枪?"顶上人气极。

"你们老答不出口令,在这儿,我们只认口令不认人。"

两边海滩响起扑扑脚步声,枪栓哗哗乱动,几乎全连人都提枪奔来。到地堡近处,四面围住,喘着看着。小声议论:"在录音哪……"

上面人急忙把照明灯关闭。

指导员走到地堡前,扒着胸墙,在黑暗中仰脸问:"伤人没有?"

"没有。"那人似乎将背对着他,声音发闷,不回头,"请快把部队带走。"

"对不起。妨碍你们执行任务了。"

"没事,没事,快走吧。"

"全体退弹。返回!"指导员经过南琥珀身边时道,"一班长过来。"

南琥珀慢踏踏随他走去。他感觉出有人轻轻拍他肩头,有人用大拇指顶他后腰。他不知道他们是谁,但知道是什么意思。

指导员走到小松林边上:"南琥珀,你是不是想把部队搞乱呀!人家不想让战士们知道录音的事,你偏偏把全连都搅起来。你看见他们了,悄悄告诉我一声,就算了嘛。"

"他们连你也没通知吗?"

指导员迟疑着:"也许哪个环节没接上,忘了……"

"不是说,不听不信不传吗?这下好,人家统统录回去了,一句句分析。等着吧,不知要找出我们多少毛病。"

"你还敢开枪。你……不是刺激他们吗?"

"我有话说:深夜到一线来,连招呼也不打,还不回答口令,亏我警惕性高。"

"明天到连部来。"

指导员走后,李海仓过来:"吓死我了,吓死我了。"

"你要是说出去,班长我得受处分。"

"不说不说。反正没伤人。"

"其实,我一趴下,你就知道我想干什么,你没拦我。懂吧?我俩都是党员,责任一般大。"

"不说,不说!"

海风紧了,南琥珀仰面喷出一个喷嚏,紧接着又是一个。他觉得凉,一摸,才知自己也沁出冷汗。海空中又飘来湿重的进行曲声。他想:司马戍又要出来了,哼哼,一个说一个录。别把指导员录进去就行,破当兵的没价值。好大风,听个头。

"前沿兄弟们,前沿兄弟们:我是司马戍,我是司马戍。现在,我和李海仓谈心(和他有什么好谈的?冲我来啊!)请李海仓注意……"

"班长,他们录我了。"李海仓指着地堡惊呼,"我怎么办啊?"

"我也没办法。"

风越发大了,司马戍的声音一下子推得很近。

"……你当然不会知道,现在,解放军实际上实施一种愚兵政策。军队极力培养两种人:一种是老黄牛,一种是小老虎。前种人肯苦干,后一种人敢拼命,你是属于哪种人呢?班长曾经跟我说过,带你这样的兵,连自己也变蠢了。(话倒是像我的,可我没跟你说过。)"

一只手抓住南琥珀腰带,喘气扑到他脸上。南琥珀推开那只手,平静地道:"听下去。"

"我对你有一个请求。注意,是请求:希望你把欠我的三十元钱,给我母亲寄去。因为她现在一定很困难。希望你不要用我的名字寄,她会烧掉的,你随便编一个名字吧。我母亲叫吴紫冰,地址是……"

南琥珀掠一眼李海仓的身影，臊得没法再听。他掉头快步走，感到身后有双脚在沙滩上扑跳。变味变形的嗓音："你造谣！你是反革命；我没欠你钱，是你欠我。我还没找你要哪……"

清晨，南琥珀起床时，见李海仓床上没人，被子乱糟糟，半截拖到地下。急道："我去看看。吕宁奎带队出操。"

南琥珀直奔最远的那块生产地，看到李海仓的大串钥匙挂在工具棚门扣上。门虚掩着，他推门进去。

李海仓坐着一只倒扣的水桶，脸上被蚊虫叮出许多肿包，胸部伏到自己膝头上，手拿把小铁铲，往泥地戳……戳松了。一脚踩实，再戳。不看南琥珀。

南琥珀抽抽鼻子："出来谈吧，外头空气多好。黄瓜藤全站起来啦。"

"班长，班里就两个党员。"

"唔，你一个，我一个。"

"咱们党员对党员。你为什说带我带蠢了？"

"反革命的话能信么？他呱呱呱和你谈心，谈的那些事，你说我能信么？"

李海仓胸脯内几声闷响。接着抱头掉泪，双脚踩住小铲。

"那句蠢话，我没说过，想都没想过。"

声音从指间滴落："真呀？……"

"我用党性保证！"

李海仓放开手："真呀？……"

南琥珀目光如灼："拿语录来，我宣誓你看！"

"哎呀班长，那我对不起你。"李海仓先窘笑，后又怯怯地，"夜里我去找指导员谈心了。他问：零点至一点不是你的岗吗？

班长怎么会到海滩上去呢？我、我只好全说了。"

南琥珀呆一下，轻轻道："没事。说了就说了。"

"真呀？"

"我只有一个希望：我受了处分后，你要像以前一样支持我工作。"

"唉呀班长，我宣誓你看。"

"你还和指导员谈什么了？唔，不方便的话就别说。"

"是你呀，我怕什么。我向指导员汇报思想。我想，连里的生产要抓上去。眼下是蔬菜旺季，旺季不旺，淡季就没菜吃了。我想捐四十元钱给连里，买些桶瓢什么的。"

南琥珀想：三十就够啦。"指导员没要吧？"

"没要。……班长哎，你说他为什么不要？我是真心捐。"李海仓拿过小铲，欲戳，又呆住，"真心哪。"

"有真心就足够，连里会记着。钱嘛，连里绝不会要，哪能收一个兵的钱呢。"

"你想个法子，让指导员要。"

"我要是指导员，就大胆收下。可惜我不是啊。"

"想个法子嘛，求你。"

南琥珀久久望着李海仓手中不动的铲子。忽道："嗨，支援灾区。"

铲子猛戳入土："支援！我真心哪。班长，眼下灾区是哪块？"

"我也几天不看报了，……这样：你寄给大寨吧。一样的，都是心意。"

"那我马上去邮局。"李海仓起身，笑眯眯自语，"大寨，……山西省，字不多的。"便往外跑。

"带几个馒头,快去快回。"

李海仓跑几步,又停住回头:"县呢?"

"唉,你就写:山西大寨。足够了,肯定收到。"

李海仓远去了。南琥珀又看到泥地上的小铁铲,它戳在那儿,不倒。他想一脚踢去,让铁铲飞向棚内随便一样东西,顿地扎上,铲子把儿颤抖不止……他忍住强烈的踢的欲望,抬起一只脚踩紧铲子把,让它扎深些。越踩越重。后来,全身重量和力气都落在脚上。他一下一下,铁铲在土里吱吱叫,声音顺着他脚、腿、胸颤及全身。

铁铲终于消失在土中。

22

南琥珀进入林带。全是马尾松。昨夜并无雨。可要是碰到哪棵树了,仍有水珠落下,一颗颗又大又凉。他有帽檐挡着,砸不到脸,身上却总是噼噼啪啪。偶有一颗落入脖颈,他就扭扭双肩,把那点凉意揉散。林带北侧是泥土,鼓起一片大陆。林带南边是沙滩,倾斜着滑入大海。林带里哩,半土半沙。在林带走,脚下高高低低,忽硬忽软,颠得人脑里念头出一个碎一个,什么也别想顺下去。军装同松叶颜色一致,猛地站住,顿觉自己也是其中一株。在这儿做兽吼、发威,或是撒尿,痛哭,随便做什么,都不会有顾忌。因而他总觉得身躯里要裂出点什么,喉间也炸一炸才好。他盯住面前一簇针叶,几颗水珠先先后后朝下滑。他等它们滑掉,谁知它们滑到针尖就不动了,逼人眼目地亮起来大起来,老想掉又老不掉。"我他妈跟鬼似的在这干吗?"他朝两边看看觑个薄弱处,一头撞出林带。听见连部操场的出操口令声,才觉得自己老早听见了，只不过他们现在才响。他偏不去，被一样起劲呼唤而自己偏偏不去，他觉得痛快。细辨：最尖利的口令声竟是吕宁奎。好狠！

南琥珀想：我让你代我一回，你就嚣张开了。人啊，代理个什么，准比那"什么"更厉害。

南琥珀回到十号，又等了好久，才听到班里人杂沓脚步声。"立定"之后，吕宁奎还不解散，他又把刚才的杂沓脚步批评一通："从小路上过来就乱啦，口令还听不听。重来！向后转。"

南琥珀估计吕宁奎又把队伍带回小路，再重新走回来，果然，他又听到脚步声，比刚才整齐些，"解散。"

众人陆续进屋，身子都有些软。吕宁奎走在最后，腰带提在手上。进屋后眼乱看。

南琥珀道："干嘛拖那么久？"

吕宁奎巴掌朝南琥珀肩上一拍——过去他不敢的。道："我把全连镇住了。那些班，口令不行。"他等南琥珀问点什么。南琥珀却不问。他又朝屋里人道："先别洗脸，整理内务！"

南琥珀仍然不语。唉，司马戍反了，李海仓昨夜"臭"了，吕宁奎俨然已是班里二号人物，主动管起别人了。

南琥珀道："昨夜大家都没睡好，下半夜又有人说梦话，精神点吧。上午我去连里，班里还是由吕宁奎负责。"

"谁说梦话？"宋庚石急问。其余人也停住手脚，不安地望南琥珀。

"你呗。"吕宁奎抢道。又看看南琥珀。

"我说什么了？"

"他说什么了？"吕宁奎又问南琥珀。

南琥珀不理他："小值日，打饭去。"

"我去!"吕宁奎应道。仍然站在南琥珀面前,训宋庚石,"你还不是被大喇叭吓的,心里鬼乱蹦。怕什么?要是广播到我了,你们快把我喊醒,我非听听那小子说我什么。我早知道他不是东西,平时就不理他。信不信,他怕我,我知道他怕我。"

吕宁奎挑起一对饭桶走了。宋庚石摸到南琥珀身后,小声道:"班长,我到底说什么了?"

"没听清。"

"说嘛。"

"确实没听清。"

吃早饭时,南琥珀发现宋庚石眼睛在碗边上偷看自己。他一正视,那眼就隐到碗后面去了。他低头不看,却又感到那眼从碗边处漏出来……

吃罢饭,南琥珀去连部,刚走出短堑,便觉后面有人追来。他转回身,默望着宋庚石。

宋庚石脸色难看,帽檐压得很低,手拽一棵小草,拽了几次,都没拽下来。"班长,我……说什么啦?"

南琥珀感到心酸:"嗯,想起来了,你痛骂司马戎,想和他拼命,对对,拼命!他说过,吃我一枪。"

"就这些?"

"当然,后面再出声。"

"我从海滩回来,子弹袋没卸就睡了,老压着我胸。"

"要敢于放松自己。懂吧?"南琥珀走出几步又回头,"你补觉去。班里人问,你就说病了。"

"那不是装病吗?"

"对啦。告诉你,有时你有病也得跟我坚持干。有时候嘛……睡觉去！"

南琥珀步入林带。从这里走到连部，要多三华里。他现在有些怕到连部了，怕指导员批评他时眼里那种焦虑的神情。指导员暗暗盼望他想出个办法来，一个点子，一个暗示，甚至争辩，都是指导员渴望的，但南琥珀说不上来。明白人家需要什么而自己没有，又摆出一副不屈的智慧的样子坐在人家对面，使人家总是觉得你有点什么，就要拿出来了……这真使南琥珀羞惭。忽地撞上树，他醒了，耳朵先醒。周围一片寂静。他不由地心口发紧。敌情！寂静本身具有逼人的力量，敌情最大特点就是他妈的寂静，不露齿不出声。什么时候唰地静下来了，就得当心来了敌情。

一声鸟鸣，他循声望去，不见鸟，只见一簇嫩绿针叶微微颤动，颤动。

23

"前沿弟兄们，前沿弟兄们：我是司马戍，我是司马戍……"

"口令！"吕宁奎对着夜空大喝，接着又朝旁边嗬嗬笑，"我吓你们一跳吧。"

"今夜来得真早。"宋庚石小声道。他指的是司马戍。

吕宁奎仰面淬出口唾沫，感到有东西飞快地落到自己脸上："好大风！班长，要是我把枪口抬成四十五度角，对敌岛来上一梭子，你说子弹能不能够着他们？"

南琥珀道："我想可以。"

"不行，我们是逆风。嗬嗬嗬。"吕宁奎猛然又朝夜空大喝，"口令！"

南琥珀道:"吕宁奎,你要是真胆大,就别出声。"

"……现在,我和吕宁奎、宋庚石谈心。(干吗老不和我谈?我等了好久啦。)二位兄弟,我们一块站过岗,放过潜伏。那最后一个夜里,你们一左一右,埋伏在我两边。我趴在沙滩上,脸贴着冰冷的枪身,我暗暗盼望那逃犯不要出现,让我们大家空等一场。还有几个夜里,我趴在沙滩上流泪,你们就在我旁边,可是都没发觉。你们警惕性太高,一直盯着前面,不会注意身边战友在干什么,因此我觉得很安全。我流泪,不只是因为我的家庭灾难和个人前途。我还恨我们。我们太愚蠢,太肮脏,太好使唤了。就说宋庚石吧,人家都说你最老实,我看你心里头最不老实。你有个毛病,手淫,有一次被我发现了,我知道你干那事时心里正想着谁,你想指导员的老婆,她刚刚从窗外走过去,你熬不住了。其实,每回你碰到她,你连看也不敢看她。你不知道这多么低下,你既不敢做人,也不敢做狗。你会把自己毁掉的……"

"手什么?"宋庚石惊惶地,"他说我手什么?"

"手淫!"吕宁奎响亮地道,"我听得清清楚楚,准是那两个字儿。"

"什么意思?"

"哼,你用手玩你的老二,让它直起来,被他偷偷看见了。你玩过没有?"

宋庚石狂呼:"我没有,我没有!他造谣,反革命造谣……"

南琥珀想,狠毒呀!你这一手比什么都狠毒。你说宋庚石什么都行,说这个他就完了。"司马戌!"南琥珀冒出炽热的巨大的痛恨,他真正看到司马戌内心是阴暗的,所以他总盯住别人内心中阴暗的东西,盯得久了,自己的内心就越发阴暗。司马戌所仇视的不仅是党、军队、马列主义，他仇视人的阴暗，他仇视人本身。

"和他骂呀，"吕宁奎对宋庚石怪声道，"要是你裆里有丸子，你就和他对骂呀。"

"……吕宁奎兄弟，你的枪法很准，我建议你提枪回家打死那个县革委会副主任，或者打死那个破女人。你再不要跟人家夸耀你的恋爱经历了。其实你第一次说时我已经猜到：要么是他勾引走了你的未婚妻，要么是你未婚妻抛弃了你。二者必居其一。我想我没有猜错吧？可是，你打死他们中间任何一人，也等于毁灭自己。我想，你那么渴望在放哨时'干掉一个'，你那么羡慕班长击毙'通奸犯'，恰恰证明你内心被类似的事情压抑着，我送你一个解脱办法：当你以后实弹射击时，不要把胸环靶看成是蒋先生，而把它看成是那位副主任，或者是那位女人。试试吧，我也这样试过。当然，我是把它当另外一些恶人，瞄准、射击……"

吕宁奎望着黑夜，一言不发。

下岗后。宋庚石在前，吕宁奎中间，南琥珀垫后，三人回到十号。

屋里很黑，连遮光灯也没开，那是专供上下岗人员用的。灯绳有三条：门旁一条，枪架上一条，班长床头一条。宋庚石在门口站了片刻，瞎子似的摸进去。吕宁奎从门旁摸了一把，显然摸到了灯绳，但他甩开了。南琥珀听见灯绳晃荡声，很想抓住它一扯。又想，算了，谁也不愿看见谁，要摸黑就都摸黑吧。他在门口站了很久，估计他两人已经把枪放上枪架，才轻轻进屋，盯着那一排粼粼微光——全是枪栓，将冲锋枪搁在最边角的黝黑处。于是那里也亮起一星粼光，齐了。

南琥珀躺在床上倾听，所有的床板都无动静。他知道所有人都没睡着,却连翻身也不敢。他重重翻了几下身,听到几处铺板也随着咯吱起来,他才胡乱睡去。

朦胧中又觉得灯亮了,南琥珀抬身看,吕宁奎从蚊帐里钻出来,仍然是一身军装,原来一直没脱。

"干吗不睡?"

吕宁奎道:"批判稿还没写完。"

南琥珀记起:上午从连部回来,下达了任务,明天连里召开第四次批判司马戍大会,一班人人要发言。发言完后,发言稿还必须上交。南琥珀隔着蚊帐看他。想,怎么联系实际呢?司马戍呱呱呱,前沿全听到,明天你怎么说清楚呀。有一条清楚,不反驳他是不行的。

吕宁奎把灯拉低些,又拽过一本《红旗》,垫在纸下。摸出半支烟,又摸出一支烟,磕打着,接在一块。点燃后,用口叹息把火吹灭。后来就不动了。

闹钟嘀嘀答答。

李海仓也从蚊帐里钻出来:"我那份也不行啊。"他摸出语录放到桌上,再摸索笔和纸。

吕宁奎朝边上让了让。

宋庚石也从铺上爬上来,纸笔已在手中。他走到桌旁,欲寻个坐处。吕宁奎和李海仓一动不动,不知谁"哼"了声。他退回床边,四下看看,把倒地下的一张方凳提到墙角,就用它当桌,蹲在地下写。写几个字,他拿起纸,借着远处的灯光看一看,又埋头写。忽一声闷响,凳子翻了,他膝盖跪到地下,爬起来之前他先回头张望,见到两双怒目。他从地下捡起滚得老远的笔,软软地爬上床去。他躲在蚊帐里写。

墙上扬声器传出起床号。南琥珀将一只脚高高跷起，猛敲一下铺板："起床！"

班里人昏昏地集合完毕，见宋庚石老不出来。南琥珀跑回屋。一头钻进宋庚石蚊帐："怎么啦？"

宋庚石面无人色，额头一片细汗。战战地道："我完了……"

"听我说，出去就是出去了。不出去就老也出不去。"

宋庚石两眼紧闭不语。

南琥珀又道："我一辈子求过谁？今天我求你啦，起来吧。你要想让人觉得你干净，你就得大胆出去。"

宋庚石目光直直的坐起来，又欲倒。南琥珀朝他肩头击一掌，不容他倒。低而狠地喝道："快。腰带，军帽，解放鞋！"

宋庚石出门，头都不抬地拱入队列，两旁立即往边上靠靠。

南琥珀拿眼一个个逼过去，他逼到谁，谁就不动。他吼道："垮啦？"

全体陡然长了精神。

"向右转，跑步走！"

南琥珀率班跑了一圈，待步伐协调有力后，再带入连部操场。

全连成三列横队，占据操场顶线中段。帽檐阴影下一双双眼，齐射向入场的一班。指导员站在操场中央——平时是值星排长的位置，极慢地、几乎看不出来地侧过身体。

南琥珀听到身后"唉"的一响，扭头看，宋庚石面朝下摔倒在地，军帽也磕掉了，两腿还在蹬动，蹬出一阵阵小尘土，仿佛还在跑步。后面人被他绊个趔趄，头竟撞上前面人的腰。队列整个乱了，有人想扶宋庚石。

南琥珀大喝："立定。"

班里人立刻垂手站定。

南琥珀用标准姿态不慌不忙地跑到宋庚石旁边,威严地道:"起来,起来!"他确信,宋庚石会遵循自己的命令挣扎起来,再站入队列,但是宋庚石两腿停止蹬动。南琥珀俯身细看,才知他已昏过去了。

24

南琥珀坐在地堡顶上,把自己的耻辱一件件细细想来。羞恼了,就再想一遍。夜已深,他没带枪,他头一回感到徒手比执枪胆子更为硬大。他盯住黑暗,敌岛就在那里,司马戍就在那里,蓄积着力量呐,好张开巨翼扑来!他等着。连长、指导员、排长、全班,都被司马戍剁了一遍,嚼了一遍,又吐掉了。独独剩下他,像给扔开了,像不屑一顾。而他,本该第一个受击。这种不公,又是一桩大耻大辱。他料定司马戍把自己放在最后,必有极狠的一招。来吧,他已经扔开了枪,解下了腰带,松开了两个衣纽。海风透身而过,跟着海风一起来呵,老子等着哪!他早已适应了黑暗,看透了人心中的怯怯一角,知道自己最易受击的凸露着血脉的那一处,因此反倒激起他极大渴望:让你攻,让你攻,你快攻呵!他倏地想起小时候听过的一个故事:一位勇士被全身缚定,敌手对他射来最后一箭,他无处躲让,便猛地用牙咬住。他不能说话,他叼着箭头微笑了。是呵,你要么微笑,要么被利箭刺穿喉咙,但是你无法还击。

他深深感到真的勇士总是悲壮的。

他又想起自己小时候,司马戍小时候,会是一样的纯真、可爱、渴望成为英雄吧?一定共同唱过一支歌,嘴角沾着饼干渣,噼噼叭叭拍小手儿……

　　大海和夜，都是那么深。

　　来了。一片极其沉重的音乐，缓慢地碾压过来。接着又轻盈上升、扑跃，后又猛地从空中掉下，落入大海，乐潮陡涨，庄严地摇晃着，步步逼近。

　　南琥珀恍惚觉得听过这首乐曲，并在心胸储藏了许久。

　　司马戍在乐曲中开口了，同时，乐曲淡弱，并不消失，只伏在声下。

　　"班长请注意，班长请注意：我是司马戍，我是司马戍。我想和你说的话实在太多，我决定用这首著名音乐来开始。你曾经听过它，喜爱它。我把它作为礼物送给你。这首乐曲在大陆早就听不到了。在这里，我意外地在广播中听到了它。我当即请求把它播送给你，最后，顾问先生同意了我的请求。（美国佬厉害。）你现在所听到的，是台湾空军广播电台专门为你播放的，它是俄国柴可夫斯基的 B 小调第六交响曲：《悲怆》。它在倾泻，我们共同的心情……"

　　音乐复起。哦，悲怆。

　　南琥珀想起来了。那是个雨夜，他和许多人到厦门火车站接新兵。就在站台上，他接过司马戍背包，随口问："什么名字？"他警惕地反问："你哪？"南琥珀有些恼火，有这样和老兵说话的吗？他懒得看他。他们披上雨衣，跟着队伍走。不料误入一条小巷，他俩踩着雨水泼剌泼剌跑，都以为能穿越小巷插上公路。后来，巷灯没有了，小巷还在延伸。南琥珀决定不回头，偏从黑暗里走出去。当他们走到一幢旧式小楼下，忽然听到里面传出音乐声。南琥珀吃惊道："瞧这曲子跳得多凶！"司马戍听听道：

"它叫《悲怆》……我妈是搞音乐的。"停片刻,又靠近南琥珀,在他耳边小声道:"我叫司马戍。"南琥珀点点头:喂,它叫《悲怆》,他叫司马戍。……司马戍还靠在南琥珀身边,似在等待什么。很久以后,南琥珀才想起,他是等待他把自己的名字告诉他。但是当时南琥珀根本没意识到。音乐忽然中断。司马戍道:"走吧。人家偷偷听,被我们打断了。"南琥珀道:"再等等。"他们在黑暗中,在雨丝中站许久,再也没有听到。

现在,它又在黑暗中涌来,被海风、湿气、潮声纠缠着,闷闷的,细巧绝对都已失去,只剩下沉雄昂奋的旋律烈烈地扑来。哦,悲怆,无休无止。

25

随后,他们各寻一堵矮石坐下,让臀下凉意透上来,让自己在冷寂的空气中慚慚平静,渐渐沉思。再抬眼看时,都觉得对方亲近了好多。

"别争了。"指导员道,"其实你为班里人争辩,也帮不了他们。领导对他们心里有数,目前情况下,不会把他们怎么样的。你不知道我有多难,对司马戍说出的那些东西,我要是追问他们,就等于相信了敌人的污蔑,而不相信自己的同志。要是把司马戍的话全部当作谣言来批判,那简单多了,但是不解决问题。"

南琥珀道:"让他们主动把心中的鬼东西亮出来,才能救自己,才能战胜司马戍。我敢带头。"

"你是说承认他讲的对?"

"该承认的就得承认,比如说那几件事。……"

"不行。凡是司马戌说，句句是谎言，这一条不能变！要是变了，以后怎么对付敌人的心战？第二，领导心里要有数，要从谣言里头，判断出内部问题。"

"这是上面的意思吧？"

指导员道："我也觉得这样妥当。"

"班里人现在听到'谈心'二字就怕，连我也没法和人个别谈了。不过工作还是不错的。"

指导员异样地看他一眼："你还觉得不错？一班昨天有人误岗，前天丢了两发子弹，幸好找到了。不然问题大啦。大前天会操，一班最差！你呀，已经不了解你的一班了。知道吗？一班除了你，还有十人，这十人里已经有九个人向我提出了调班要求。"

南琥珀惊道："他们没和我说过。"

"不但不和你说，他们相互之间也不说。都是悄悄来的，都认为只有自己一人要求调动。一班人心早就散了，你还拼命想拢到一块，你根本不了解你的人了。"

南琥珀呆许久，喃喃地："调吧，都滚，我也不干了。"

"不调整也不行了。一班目前情况，根本完成不了任务。支部已经决定，彻底调整一班。你要有个准备。"

"还是垮啦……"

"回去吧。现在，你不能离开班里太久。"

南琥珀起身，忽想起一事："大嫂走了？"

"走了，回老家去了。"

"干嘛让她走？"南琥珀说完，觉得这话太蠢，快步离去。他在矮矮的碑石群中左绕右拐，冈上没有小径，你走到哪里，哪里便是径。

回到十号，南琥珀进屋便觉得灯光打眼。所有的灯全亮着，墙四角、枪架后、桌底下……过去的暗处，现在全都纤毫毕露，什么也藏不住。人呢，散坐在各自床上，谁也不看谁，默默地消磨着，或挖耳朵，或剪指甲——居然不出声，或以指当笔，在自己床单上画字。谁若弄出点声响，所有人顿时停止动作，呆一刹，再继续挖耳朵、剪指甲……

南琥珀想，还有一个人没提出调班要求，这傻瓜是谁呢？他挨个望去，又挨个否定掉。人人都把自己裹得那么紧。他简直不敢认。

吕宁奎摸出半支烟，又摸出一支烟，接好后，却找不出火柴，看到桌上有一盒，也不请近处人丢过来，自己跋着解放鞋过去拿。他抓到手后摇一摇，空的，便往窗外一摔，忽叫："你碰我干嘛。臭手！搁远点。"

南琥珀看，宋庚石怯怯地垂手后退。大概他俩的手相碰了，也不知谁碰谁。吕宁奎手使劲在衣服上掠擦，接着还朝手背上唉地吹口气。南琥珀走去，冷冷地道："就自己抽哇，来，贡献一支。"

"没了。"吕宁奎不看他。

南琥珀扑上去，把他按倒，从他军装胸袋里扯出一盒烟，再把他一推，怒道："我跟你要烟，你敢说没了。这是什么？你过去吃过我多少马耳朵，吐出来！"

吕宁奎窘笑："哎呀班长，我说着玩哩。抽吧抽吧。"递上火柴，又朝两边道："都抽都抽。"

南琥珀道："以后哇，你也吃不到我马耳朵了，我也再不抽你烟了，你到别处找吃食去吧。大家听好，我公开：连里决定彻底调整一班。想走的，这回都能走。我只要求大家，在离开之前，站好最后一班岗。让人家把咱们的防区，完整地接过去……"南琥珀说不下去了，忍住眼泪。

屋里先极静，稍后便生出轻松的鼻息声。众人都活转来，互相望望，眼神那么大胆、晶亮，一时都微笑了，仿佛道歉似的那么亲切。

南琥珀一个个望去，仍然找不出那个傻子。他想：今晚你们能睡个好觉，还能做个好梦，有希望了嘛。也难说，希望这个东西也会折磨人呐。

几天后，命令下达，一班拆散分到各班，上级从超编的兄弟部队中另调一个建制班来，接替一班防务。

吃罢早饭，南琥珀主持了最后一次班务会。大家客气极了，互相勉励：好好干，把一班的光荣传统带出去壮大，另辟一片天下。一个个立下大誓：要入党，要入团。敢不给入，就要比党团员干得更棒，决心书申请书在兜里揣着，不到地方不拿出来，出征——激情中凸动着老大悲意。

各班长亲自来领人了，十号内外呼啦啦响。打背包，床板跳，动作多利索。要敢于和新班长说笑，注意第一印象，不是新兵蛋子就千万别畏缩。眼神格外有力，精神状态没说的。腰带束得铁箍般紧，你插不进一根手指头。背包要小要实要方正，才显出老兵的分量。军装要旧些，领章帽徽必须缀上崭新的，一衬一托，才见光彩和素质。要和新班长争夺网袋和背包，最后统统让他们背去，只有犯错误的家伙才自拎行装拱入新单位。……南琥珀看得懂每一动作的蕴意，只觉酸酸的。过去他们不会嘛，怎么一下子全会了？想想，他认为功在自己，一班确实被自己带出来了。班虽垮了人还在，本事还在，只要发挥得好，定会成为各班骨干。

而自己已是多余的人了。

南琥珀走出十号，在堑壕口处坐下。他仍留在十号，当个挂名"班长"，因为人家新来的班有班长。他留下，只是为了保持一线分队防务上的连续性，让人家尽快熟悉海滩、哨位、敌情。

他们出来了。

吕宁奎对南琥珀敬个礼，笑道："班长再见。以后上我们班玩去。"

李海仓被二班长捅过来。二班长用力拍着李海仓壮牛的肩块，对南琥珀嗬嗬笑："感谢你的支持。我把他领走啦。"李海仓脸红红的："班长，生产地……"

宋庚石随炊事班长出来，他嘴角动了下，像是叫"班长"，没敬礼。炊事班长先走了。南琥珀握住宋庚石的手，小声道："听我一句话吧，你要在心里想着：你们这帮家伙，难道比我干净么？懂吧。"他感觉宋庚石手往回抽，又道，"握啊，握一下。"直到宋庚石握手了，他才放开。

南琥珀进屋，屋内空疏许多。床啊桌啊，都那么陌生。顶头还有个整齐的铺位，是他的，也是班长的固定位置。他想，我也该换换了，让给人家班长吧。他踩着满地破纸进去，把自己的蚊帐、被褥卷作一团，抱起来走到司马戍睡过的铺板前，"老子就在这安家！"轰地砸下，随手几下撩开。坐了一会，感到从未有过的困倦。他勉强展眼看看桌上闹钟。再过两个小时，新人马才到呐。他决定睡一会，倒下身后，朦胧地想："应当打扫一下，地上那么乱，给人家什么印象……"

一觉醒来，屋里各铺位已铺上被褥。南琥珀看了眼又闭上，觉得没睡够，身体各处软软的。他回味着刚才那一眼的印象：他们不如我们,被子没摆成一条线,高低也不统一,被口张得太开……

"南班长,好些了吗?"

南琥珀被这个新称呼惊了下,见一位老兵很尊敬地站在床前。

"你是一班长?"南琥珀费力地问。

"是呀。"一班长介绍了自己姓名。

"对不起。"南琥珀坐起来,"我睡好久了吧。"

一班长看闹钟:"我们来时你已经睡着了。现在……不到四十小时。"

南琥珀觉得很痛快。不到四十小时,好!到四十小时就更好了。又想,妈的,起码漏掉四顿饭。他饿得要命。

"干嘛不叫醒我?"

"指导员来过电话,问你醒了没有。我说没有。他说让你睡。南班长,我叫人到炊事班给你弄饭去了。"

"我会配合你工作的。"

一班长笑了:"我们一块嘛……"

电话铃响,果然是指导员。

"起来啦,南琥珀。没病吧?"

"没病。"

"那好。有件事说一下:处分决定下来了,三个。我、连长、你。今晚宣布,你要到场。"

"当然。"

"还有,你还是党员班长啊,在新班里,打算怎么办,对支部要有个态度。"

"有。做人吧。"

指导员挂断电话。南琥珀放下话筒。

26

南琥珀默默赏龟。

这是一只青铜铸成的小龟，已经不知道经过几代人手，它的头足、骨凸发出金子般光亮。背甲三十六块，腹甲十二块，大小说合，左右匀称。甲缝细腻可辨，每块甲都微微突起。四足五爪，一头一尾，或伸或缩，举止各不相同，但又那样统一。从正面看，它在爬呢，忽遇阻碍，便高高昂首，举起一前足——足掌中竟也见凹凸，在观望，在探索，在寻一路径，要爬上去。从来没有一只龟敢把头伸这么长，长得令人惊讶。它仿佛是要咬住什么，再把整个身子拽上去。另外三足扑地，那姿态令人觉出簌簌声。就在它大胆、顽强爬行的一瞬间，人手扑去，把它缚住了。于是它永世不动，把龟的愤怒，载到了人间。

南琥珀托起它，缓缓转动着，发现它又是另一只龟了。那头那眼那嘴，直向天穹，玲珑之态尽去，反显出百年老龟才有的厚重沉稳。它昂首直颈，怒目圆睁，小嘴微开，像要说什么，不错！它是想说话。尽管铜汁已把它口角凝住了，它还是要说，它全身力气都用到小嘴上来了，欲进出一言。因为说不出来，它才这般狂怒啊。南琥珀不禁叹息，千禽百兽都能嘶鸣，唯独龟是不出声的啊。无论生死，无论饥饱，无论棒击或汤煮，它都不出声啊。所以，你才极度想说吗？你到底想说什么呀？那位匠人真了不起，他知道你生也无语死也无语，却偏用青铜塑出你仰天举首拼力欲言之状……南琥珀顺着它的头势看天，手一抖，小龟落到沙滩上。他俯身去拾，手刚要碰到，忽又缩回。他发现了第三只龟。

啊，这是一只正翻身的龟。

它腹朝天,背着地,脖子伸得那么长,向后弯曲,鼻触抵住大地,脖筋、肌肉都在凸动,一足前伸,小短尾也在用力,拼命想翻过身来。那样艰难痛苦,那样粗笨丑陋,这才是真正的龟呵,但是它翻不过身来,谁压着它?没有!只因为它自己的身体太重了,只因为它天生的保护自己的厚甲太重了。翻哪,永远翻不过来,又永远在翻……那不知名姓的伟大的匠人,他一定被人当过龟,他饱尝龟的屈辱。于是,他默默地为自己塑像,他在衔耻为自己翻身哪。

南琥珀把龟举到与太阳同高,痴痴地看:它在爬,遇到阻碍便昂首直立;它有舌无语,因此它仰天欲言;它永远翻不过身,又永远在翻身。太重了呵,极贱极尊,大誉大辱,全压在你背上,不知压了多久,更不知还要压多久。神灵呵,灾星呵!都是你。

南琥珀想起二姐:她进山以后再没有回来。想起司马文竟:他临死时那一瞬,头也是抵住沙滩,想挺胸翻身。想起司马戍:那夜,《悲怆》结束后,他竟没出现,以后也再没出来说话,他不会有好结果,他自己也知道这一点……

南琥珀胸中低呼:"做人呵!"

27

他过了半个多月清闲日子。初时,他觉得天地间只剩自己一人,要吃便吃,要睡便睡。海滩那么旷远,潮头略有些意思,松涛不同以往,礁石笨得可爱。听听牙齿轻碰声,原来每颗都不一样。捧起一捧水,掌中竟有一粒小月亮。身体在沙滩上扭出个浅坑儿,刚好把自己放进去。管他白天黑夜,我帽子朝脸上一扣,这就是夜;一掀,又是白天。脑子空空的,心也歇下了……

后来,他慢慢睁眼,体内那鬼又动开了。梦中行去千万里,醒来还在老地方。他抖抖身子站起来,刚在沙滩上迈出第一步,便知道自己即使再活几百年,还是不可改变。他非得去干点什么。

他当起挂名"班长",才一试,即刻悟到这比真班长难。他必须比真班长矮半头,又要比战士们高半头。他得把胆略、见识、手足都缩回一半,口里说什么,心是不语的,两眼含威不露,让人家觉得自己曾经是这儿的主人,显出大难不倒的样儿。还有,人家是一个整体,他只是陪着。要是有一个战士来说:"南班长,班长说来问问你……"这不是请示,是指示,他得照着原本来问的事去办。战士们从不当他面议论老一班的祸事,却那样客气地对待他。他随便说一句话,战士们都望自己的班长,然后一人极简单的回答一句。他早看出他们军事素质不行,但他们都跟自己班长走,他没法把他们夺过来,他真想把他们夺过来呵,把他们训练得像老一班那样精棒。现在,只剩海滩、潮水、地堡和风还随他走,他和它们相互都太熟悉了。

南琥珀想起旧日战友,忽然有些惊慌。他决定去看看他们。

南琥珀请了半天假,沿林带走去。他先到二班,进屋见各铺位都挺整齐,屋角有一张上下铺,奇怪的是:下铺空着,上铺却睡人。南琥珀踩住脚蹬上去,撩开蚊帐。

李海仓侧身向里躺着,头上紧扎一条白毛巾,绰约露出"保卫……"二字,搞生产得的奖品。南琥珀拍拍他肩,他厌烦地道:"不吃不吃,端走!"

"是我呀。"

李海仓忙转回身,瘦多了,眼红肿,面色黑黄:"班长啊……"

南琥珀下来,坐到对面铺位上,仰头问:"什么病?"

"头痛,恶心。"李海仓脸压着床沿,闭上眼。稍过会又睁开。

南琥珀望着他那挤压变形的脸和歪斜的嘴,不知几天没洗漱了。他正下身子,李海仓忙道:"你别走,我下来和你一块坐。"

"别下来,就躺着说话吧。这个下铺还空着,你干嘛住上铺呢?"

"原先我是下铺,后来我受不了他们,就搬上来了。"

南琥珀到门口,拍拍坐在小凳上看书的战士肩膀:"你走吧,我照顾他。"

"我不碍你们的事啊。"

"碍事!我也不要求你走远,到厕所蹲会儿就行,要不,我就告你监视我们。"

战士很不乐意地卷起书走。南琥珀回来问:"老有人盯着你吗?"

李海仓脸在床沿上滑一下,算是点头:"他们怕我出事。班长,我看透啦,透透的。我给分到这来,是接受帮助的,我们在人家面前臭死啦。人家把我当包袱背,根本不正眼看你。"说着掉泪了。上面眼睛的泪滑到下面眼睛里,再合成大颗掉下来。"我一出去,总有人跟着。班务会上汇报思想,大家眼睛就看我。还爱瞎打听过去的事,动不动就当我面骂司马戍,我要跟着骂呢,有人就偷偷笑;我要不跟着骂哩,还是党员不是。"

"躺在这儿,就是啦?"

"我在想,"李海仓含泪抬头,"想你哪。还有,想我们一班那些人。想来想去,还是老一班好,样样都好,他们根本没法比。"他敲着自己的头,"我要求调班,真傻啊,真傻啊!"

"别敲了。"

"敲敲疼得轻点。这里头……"

南琥珀沉默许久，道："我要走了，去看看其他人。你还有什么话？"

李海仓坐起身："班长，见着他们，代我赔错，我说过他们坏话。我悔死了，真呀！"

"记住了，赔错。"

"还有，"李海仓两条腿也伸下床了，脸红红的，"把咱们都调回去，一个也别少，重新拉起老一班。你和指导员去说，代表我们。你有办法！只要能回去，你看我的好了，你看我的好了……"

"哼哼，我早就想到了。"

"去说呀。我就在这儿等你。你不来，我就不动，死也不动。"

"等我电话吧，可能今晚，也许明天。"

五班地处全连防区中段，靠连部最近。关键是有个篮球场，因此他们"放松"的机会特别多。

南琥珀越过松冈，远远看见吕宁奎在场上打球。一人朝他冲来，他没让开，两人猛地撞上了，跌倒在地，跌得不轻。又见那人坐在地上朝吕宁奎凶凶地嚷，吕宁奎只是笑，接着又打球，吕宁奎只要手上有球，必传给那人。然后站在外围，身子一纵，欲扑不扑，欲跳不跳，显然是给喊来凑数的。南琥珀觉得很难堪。吕宁奎原不会打球，又特别爱上场，上场就急得要命，他的快活，不是把球投进篮里，而是和人抢，和人撞，大呼小叫，拍臀跺脚。现在可真老实。再看：球赛完了，众人走到场外树阴里，取下挂在树杈上的衣服。吕宁奎立刻掏出烟来，动作夸张地东抛一支，西抛一支……仿佛全不在意，仿佛他有的是，什么都有的是。

南琥珀走开了。如果现在过去，吕宁奎定会羞恼。

南琥珀在炊事班喝了碗豆浆，放下碗："老炊，宋庚石呢？"

"你别生气噢，"炊事班长朝外抬下额，"住在猪圈。"

"你们真干得出来！"

"不是我。"炊事班长又朝碗里冲上豆浆，"他来了，当然住班里。我征求他意见，干什么好。他说：养猪。很坚决，不像是假的。我说。不忙，歇两天再定。我就请示连里，连里说，可以让他试试。我就回来答应他了。我没错吧？"

南琥珀点头。

"上个月，六号圈下崽，他说要搬去守着。我又答应了。我当过饲养员，也是这么干，关键时候要连夜守。他哩，住下后就不回来了。劝过几次，不听。"

"拽呀，往回拽！"

炊事班长手轻触南琥珀胸口："我想，别逼人家了吧。谁没颗心？"

"你倒挺知人心。"

"嗨，我养过两年猪，两年哪！当然知点人心。猪哇，最聪明了。"炊事班长又指住碗道，"下糖的，喝完它。"

南琥珀喝完："我去看看他。"

"盆里有几个蛋，一个瓜，拿去吧。昨晚他没来拿菜。"

猪圈还有三里地，在松冈北面。那儿有个水塘，满塘粗壮的水浮莲。猪圈只好建在那儿。猪吃水浮莲，猪粪又养水浮莲。

宋庚石踩在水中，肩挑两大担水浮莲，仰面高叫："班长，你来啦！"

"快上来。"

"哗啦"一声，宋庚石从泥里拔出脚，泥水从身上嗒嗒落下。他踩住石阶，一步一摇地上来。嘿嘿笑。

"走哇,到你住处看看。"

"哎,走。"

宋庚石挑着担子把南琥珀领到猪圈前的小场子里,放下担子。"你等等,我换件衣服。"他拧开水龙头,蹲在下面冲,齿间吸嘘冷气。冲了阵,关死水龙头,呱唧呱唧跑进一间瓦屋。

南琥珀沿猪圈边走边看,见一头老母猪身下拱动着一窝小猪崽,欢喜极了,便伸手抓。

"别,别。"宋庚石跑过来,"它凶,会咬你。我给你抓。"他口里"喔喔"响着跨进圈,捧起一只小猪崽,笑道:"你摸摸。"

南琥珀摸摸它那又红又白的圆身肚,觉得手痒,不禁惊叹一声。

宋庚石放回猪崽,把南琥珀领进瓦屋。瓦屋分内外两间。外间是料房,砌有一大灶一小灶,都在轰轰窜火,满屋怪味。里间干净多了,两只长条凳架着一块铺板,四根竹竿支起一顶蚊帐,被褥倒还整齐。

"好吧?"南琥珀见宋庚石眉眼精神,道,"胖了点。"

"嘿嘿,自己料理自己呗。一天回班里一趟。想吃什么就拿点什么。几十头猪,我原以为难养,一试,不难。就是没人说话。"

"你手怎么了?"

宋庚石左手拇指处紧缠一层塑料布,塑料布下面,是用报纸裹着,肿得很粗。

"切料时碰了一刀。没事。"

"天天要下水,瞎对付怎么行。快找卫生员包一下。"

"没事……等晚上吧。我一般都是晚上回去。"宋庚石说着就有些不安了。忽道,"我打住了一条蛇,四斤半。在锅里煮呢。今天你别走,在我这儿吃饭。"

"我还没吃过蛇呢。"南琥珀跟宋庚石到外间。

宋庚石揭开小灶上的锅盖,在蒸腾而上的热气中吸鼻子:"香吧?"

南琥珀探头看。又用锅铲动动锅里的肉段,看得呆住了。半晌,皱眉道:"我不吃。"

"大补啊!"

"不吃。"

……

28

南琥珀率领老一班的十人,来到大地堡边上。他默默望着面前灰褐色坚固水泥,望了一会。抬起脚,踹开挡在门洞上的木板,领先钻进去。

里头又潮又暗,一进来胸口便突突跳。从射口钻入的光柱很硬朗。脚下的沙地却和棉絮一样,踩不出声。不像外面沙滩。一踩会嘟嘟响。"乌龟壳",南琥珀想着坐下,靠住水泥墙。其他人也陆续坐下,仿佛才见面似的,彼此望望。想笑,笑不出。想说点什么,又不敢。一双双眼睛闪动着。

"抽烟吧。"南琥珀道。

于是大家纷纷掏出烟来。不管会不会抽,人人身上都带着烟。就在互相递烟、点火的时候,大家手、肩、头轻轻相触了。衔支烟坐回去,也不再是坐在原先位置上了,也不再坐得那么直了。

南琥珀把小铜龟放到面前地上,道:"我们都给害苦啦……"众人顿时屏息静声。"昨天,我看到半锅煮熟的蛇肉,它已经被剁成十几块了。可它哩,在滚水里站着,一块块全站着。我用铲子按倒它们。铲子一拿开,它们又站起来了!你们说这像谁?就像我们现在。我们被司马成剁成了十几块,一个班一块分掉了。我们也被放到锅里煮,谁煮我们?不是对面的敌人了,是我们周围的同志、战友在煮我们!是我们自己在煮自己!因为我们心里都有点丑事,不敢承认,不敢公开,别人也不让我们公开承认。重新拉起老一班?不可能。上珍宝岛打仗去?更不可能!我们现在所吃的苦,所背的臭名,就是为以前的愚蠢付代价。不过,没什么了不起,宋庚石说过,大补哩。我们非在锅里站起来不可。要站起来,没别的办法。只能把过去不敢说的话说出来,统统说出来。想骂就骂,想哭就哭。外面不行,就到这乌龟壳里来,敢么?同志!敢么?……"

夕阳将要入海时,指导员带着九个班长寻来了。他们跟着沙滩上的脚印,走近大地堡。

南琥珀和战士们陆续钻出地堡门洞,站成一排。他们脸色都很严峻,眼内还有残留的泪水,脖子挺得很直,肩膀挨着肩膀。铜龟抓在吕宁奎手中。下次将由他领头开会。南琥珀迅速回望一眼:九人。只有宋庚石没出来,只有他没出来。

"立正!"南琥珀朝指导员敬礼,却没有一句报告词。因为身后的一列战士,不是一个有番号的建制班。

指导员率领他的九个班长。

南琥珀率领他的九个战士。

他们久久相望。每当南琥珀更有力、更尖锐地望时那只眼也就不知不觉地更斜了。……

远处,两个战士拖着一具无齿木耙慢慢走来,后面跟着一条沙带。

绝望中诞生

1

调令已由集团军正式下达。

明晨四时,本人将离开炮团,赴大军区某部任参谋。这次调动很惹人羡慕。本人的级别虽没有变动,但职务地位大大上升了。今后,本人就是上面的人了。如果来此公干,炮团的头头们会拥上来握手,口里有节奏地"哎呀呀"欣喜。我将称他们"老领导"。这称呼很妙,一听就知道只有自己也是个领导才会这么叫。团长的嗓音比往常更亲切:"明晨用我的车送你。"那是团里唯一的新型作战指挥车,那车才真叫个车。本人的组织关系行政关系供给关系三大材料已装入档案袋,由干部股长亲自交给本人。从这一刻起,本人就不是炮团的人了,在三大关系送交军区之前,本人又不是那里的人。假如这数天里本人猝然身亡,追悼会与抚恤金由何方承担将是个棘手的问题。

两个公务员奉命来捆绑行李。我的行李之微薄使他们大吃一惊。我给了他们一人一盒烟和清理出的物品:脸盆、皮包、藤椅、镜子、闹钟……全是别人舍不得抛弃的东西。我年轻,未婚,因而舍得抛弃,每抛弃一样东西都体会到自己的旺盛活力。地上搁着的旅行包不足三十斤,是我服役十一年的积累。我除了奋飞已无退路。

此刻是个阴晦的下午,适合于孤坐与沉思。我将居住多年的单身宿舍缓缓察看一遍,毫无目的地察看。白墙早已黄中透黑,天花板渗出的紫色水渍因我过于熟悉而令人烦闷,六角形地砖光滑如镜,边缘被岁月融解得模糊不清,屋中弥漫着我的气味,我要离去了才强烈地嗅出它确实是我的气味。哦,不会遗下什么了,该丢弃的已经丢弃。但我尖锐地感到某种遗失,被遗失的似乎是这样一种东西:它就在身边,凝神追想时总想不起来,悠然无思时却会从记忆中掉出来。我停止寻找,倒在床上,微合目,懒散地……是它!

我面前有一堵墙壁,朝南,墙正中是窗户。在窗框与墙壁的结合处有一道很窄的、近二尺高的缝隙。隐约可见的是,那缝隙被一个细细的、笔状的纸卷儿塞死了。两年前,我搬进来时就注意过它,当时想把它剔出来,重新修补窗框,只因为它塞得很结实而作罢。当然,在这两年里我目光无数次掠过它,它甚至给我带来些奇思异想:某些秘闻?绝命书?一份请柬?……最后我总告诉自己,那是堵塞缝隙的废纸卷,如同所有住公房的单身汉的生活一样,随意对付。

现在我即将离去,我断定此去再不复返,这就使这件事情有了最后的意义。我从房内找出一根适于挑剔的钢锯片,朝它走去,由于再度充溢幻想而手足慌乱。我从窗玻璃上看到自己的面影,两颗瞳仁闪亮,我立即拉上窗帘,于是制造出一派神秘气息,我也确实感到神秘。仿佛去启动某种神灵密语。身心似被洞穿。

这片刻内的经历我再也回忆不起来了。

后来我能回忆出的是:长长的纸卷已经躺在窗前写字台上,

四周是一摊从缝隙里洒落的犹如弹壳内发射药那样细碎均匀的赭色颗粒，略有苦涩湿热的气味。纸卷异常沉重、坚硬，默默放射因为年深日久而形成的金属般青晖。我又累又诧异，它竟然如此完整！我原以为把堵塞得那么紧密的东西剔出去会支离破碎。我究竟是怎么剔除的？那过程已是我记忆中的空白。

这时，我发现了第一个怪异：

长长的纸卷在桌面上的方位与指南针一样，上北下南。哦，偶然吗？可怕的偶然。

我从细小的缝隙里望出去，像从瞄准具中望出去，发现了第二个怪异：莲花山锥状主峰出现在视野里。如果出现任何其他山峰，我都不会惊奇，但莲花峰是这一带方圆三百公里内的最高峰，也是这一带地表构造的中心，我甚至可以借助峰顶上的一抹阳光，猜见顶尖上那三角状的国家一级觇标。它是这一带大地测绘时的最重要的控制点，其坐标数据经几十年多次测标，已精确到毫厘。方圆三百公里内所有地物地貌的测标与标绘，都以它为基准或参照。此刻它夹在缝隙里，我只要稍微移动头颅，它就消失。我的面孔感觉到莲花山原野吹来的清凉的风，它们从缝隙中流入，仿佛是莲花山的绒毛。我感到山是活物并且是伟大的活物，特别在它被夹在缝隙里的时候。

第三个怪异便是面前的纸卷，它因夹塞日久几乎熔铸成一根硬棒，还带有微弱的磁性。我极其小心地拨开它，不时呵上一口热气，使它不至于脆裂。它的外壳纸页已接近钙化，稍一碰就碎成粉末。但是越往里越完好，我逐渐触到它的柔韧、平滑和蕴藏的弹力，甚至嗅到被禁锢久远的气味。我不禁赞叹纸质的优越。据我的经验，只有少数特制军用地图才使用如此优质的纸。

呵！它正是半幅军用地图。总参测绘局一九六一年绘制。

五色。下边标注：

比例：1∶50000

地貌性质：丘陵／城镇

区域：莲花县／石中县

高程：1956黄海高程系

磁偏夹色：2～80

它正是我部所驻的区域性地图，地图的使用者无疑是内部人员，可能就是我的前任。我很快在地图的右侧找到团部位置：陈盾村庄西南面。所有的地图包括军用地图都不绘制军事设施，因为它们是保密单位。只由使用者在需要时自己标绘上去。陈盾村庄西南远方，大约在团部宿舍区位置处，被人用红笔标志⊙。边上，在莲花山巨大的山峰坡面上，用红笔写着：

东经115°24′37″

北纬30°17′97″

高程（黄海平均海平面）52.37米

这是我在地球上的位置。

一切发现和猜想均由此开始。

几行字色迹已经暗淡，从笔触中仍能见到当时的激动。最能表露此人身份的是阿拉伯数码字，那种书写方法是我们专业人员独有的，简捷迅速均匀。然而最使我惊愕的还是此人的异常心态。你看，这几行字铺满绵延数十公里的莲花山麓，每字占地近一平方公里。末尾数笔，直插大海，锋利遒劲，沿途截断九龙江，横扫五个万人以上的村镇，还有十几道山脊和无数地物。

我搬开椅子趴在地面，吹去灰尘仔细寻找。我一寸一寸地搜索抚摸，膝盖和肋部被坚硬的地面压迫得生疼，汗水渍酸我的眼睛。我有个预感，职业性预感：地图上的符号，极可能在这间屋内找到。

果然，床底中央一块六角形地砖上，隐约可见用锐器锲刻的基准点标志⊙。圆圈中心点被打进一枚铜质铆钉。这就是此人在宇宙中的位置了。其精确度必经他用仪器反复测算已达最高极限，可与远处莲花山觇标——国家一级控制点并立！

我既觉可笑又颇为敬服。一个人，很可能还是和我一样的基层军官，把自己的立足点搞得如此精密又有什么价值呢？何况是固定在这样一间低劣的单身宿舍里。……但是，我内心深处职业热情被挑起了，甚至意识到某种挑战意味。

须知，此人获得如此精密的测地成果，首先需具备高精度经纬仪和精湛的专业经验，需要在周围三十公里方圆内掌握三个国家级觇标及控制点的精确数值，这些全局绝密觇标与视标之间的方位夹角不小于六十度，这样才能保证测量精度。经纬仪分别测出三个视标的准确方位角，就可在图板上交给出自己的立足点，或者用三角函数表标出。

道理简单，但是操作起来非常不易，最低限度也需要几个先决条件：

1. 最佳视野里有三个最佳的可视觇标。

2. 每觇标之间夹角不小于六十度。

3. 已知每觇标的绝对坐标值及高程数。

这些资料不提供给师属地面炮兵部队，属总部专控，我们通常只知其相对坐标值。当然，在一个执着而智慧的专业人才那里，他可以重新测算予以破译，这又需要他的超常素质了。

4. 占有精密器材，具备熟练的观测技能，不畏艰难地进行近于天文数字的连续运算。这种观测与运算需反复进行多次。

现在连我也觉得不可能了。

首先他不具备第一个条件。就算他瞒过众人耳目斗胆把测绘器材搬进屋里来，可在这间火柴盒般的十二平方米屋内根本望不出去，南面是窗户，窗外有两棵满抱粗的针叶松，树龄五十年以上，树身遮住大半扇窗。北面是门，门外是荒山，视野受限。东西两面则是厚实而完整的墙。

我突然记起，他已通过窗框与墙壁之间的缝隙，获取了第一个觇视点——莲花山觇标。这么说，那缝隙不是自然形成的，而是他有意剔琢而成。

我急忙抓过那半张地图，凭自己的经验判断他第二觇视点的可能位置。地图显示：莲花山在正南，那么第二觇视点只能在偏东或偏西方向，夹角才不小于六十度。是的，西面约十三公里处，是海拔两千四百米的秀岭，主峰上也有觇标。我掀去床板，站在地砖上位置，目光循秀岭方向望去，厚厚的墙壁遮住视线。我判断这堵墙壁必有奥秘，墙壁某处必与外界相通，他的视线必须通过这堵墙才成！

有生以来，墙壁头一次向我显示出城堡般厚重气概，它外层是污浊的空粉，内部是花岗岩料石，高三米二，宽四米，毫无被洞穿过的痕迹，却有不露声色的压抑。

墙上唯一的镶嵌物是一个简单的木质衣架。准确说是一条长六十公分宽十公分的厚木板，木板右中左钉着三个瓷质衣帽钩。这种衣架在任何单身宿舍里都可以看到。我抓住木板两端，用力摇晃后拽，它吱吱叫着从墙中脱身，粉土与砂粒掉了一地。墙壁上出现三个木榫造成的黑孔，很深。中间的孔透出一丝光，我朝这个孔吹口气,光线增大了,现出比子弹头略大些的觇视孔。我趴到孔前朝外望,只看到荒野一角,不见秀岭。我很快明白了原因,退回标志上,保持全身重心稳定,想象自己的头颅是一具经纬仪,右眼是镜头。先向左转,从窗框缝隙中看莲花山,再向右转,对准墙上小孔。只有这样两个觇视点才能在我这里交汇。成功了!我看见像星星那样闪耀的秀岭峰尖,一闪就滑过。

我极度疲劳,胸膛变成大鼓通通乱跳。

他是个了不起的家伙。打开一道隙就准确地取视到莲花山觇标,打开一个孔就捕捉到秀岭觇标。须知开一个孔比开一道缝困难十倍。从缝中观察外界,只限制方位角,不限制高低角,而在孔中观测,方位与高低同时受限。刚才我的右眼位置(也即经纬仪镜头)若是偏移任何一分(左或右,上或下),就永远看不到秀岭觇标,除非推倒面前的墙。

明白我的感慨么?

此人对外物的方位有着超人的敏觉,他只消坐在这里,透过墙壁凝视(根本看不到)远方秀岭,然后走过去用铅笔在墙上画个小圈,再打穿这小圈,不需对墙造成更多损坏(才不至于惊动旁人),秀岭峰尖就从孔中呈现。哦,他对四周地形地貌地物多么熟悉!对相互之间的距离方位高低诸关系的判断多么准确!他的思维迈着灵动的双腿从这个山尖跃到那个山尖,省略掉两点之间的漫长过程,而我们总习惯于在幽深的谷中探索。

第三觇视点在哪里?

毫无疑问,它应当在东方或东北方。可我在地图上再也找不到能和莲花山、秀岭媲美的觇标了。请看:东面是大海,近海是没有可设觇标的突出礁位,北面是田野,直奔海边,高差不足五米，没有显赫地物。特别不可能的是，这间屋子的东西是一连串的单身宿舍，他即使洞穿墙壁所窥见的只是他人内室，这很卑下。更何谈连续洞穿十几堵墙视取野外呢？北面毗邻荒山，密不透风，最令测绘者们乏味，连设置四级觇标的价值都没有。结论：在这间屋内不可能获取第三觇视点。

可是，我已经不相信客观条件而相信他的天赋了。从他获取两个觇视点的情况看，他具有一般人罕见的狂热欲望和极其冷静的智慧。越是绝望的事，越使他兴奋不已。他会像求生者那样执着地酝酿狠狠一击，会像饿兽撕扯肉骨那样撕扯疑难。是的，他有双倍的野性和双倍的智慧。他绝不肯容忍失败，特别是已经成功了三分之二，⊙点坐标的精确值又证明他最终完全成功了。

我在屋内苦思许久，每寸地面、墙壁、天花板都再度搜索过了，仍然没发现暗藏的第三觇视点方位。我知道他不能没有觇视点即检验点，否则坐标值不被世人承认也无权上图，这是铁律！但我就是找不到它，这使我异常沮丧，随之产生对他的恼恨。他和我都住过这间屋子，职务大致与我相同，占有与我一样多的空间与待遇，床铺与桌椅。他却默默地显示出远比我优越的天资心智性格，他在我将要离去时刺激了我，我坠入他设置的迷阵中冲撞了一个下午，已经接近答案又陷入绝境。

我找不到最后一颗神秘种子。它肯定在屋内。他播下的。

我用他的方法搜索出两个觇视点，为什么用同样方法会在第三个觇视点面前碰壁？

假如我不动那窗框，一切会平静如旧，我该走了，为什么在最后一刻自取其辱？尽管这羞辱无人看见。

我想他后来肯定是死了。

2

但是他的魂灵仍在屋内游动,天黑时我强烈地感到这一点。他给我留下了遗物,半幅军用地图。我忍不住反复端详。地图在自然气息中仿佛苏醒过来,变得鲜艳而柔软,各种符号和图纹愈发清晰。我看出这图在被撕坏前是一张崭新的地图,表面没有作业痕迹。倘若它不损坏,起码还可以使用三年左右。很难想象,撕坏此图的人会是他本人。我默诵着他的话:"一切发现与猜想均在此开始。"

他究竟发现了什么和猜想什么呢?

什么使他激动到狂放的程度呢?

我决定去找股长,他在团里工作二十多年了,曾经住过这间屋子,他肯定了解某些情况。当然,这不会是他的手笔。就从他服役二十多年还是个正营职来看,就不具备那人的才智。

"从哪里找到的?"

"窗框缝隙里。你曾经在那屋里住过。"

"为什么我没找到呢。"股长有些惭愧。

"你知道他是谁吗?"

"当然知道,那间屋子藏龙卧虎啊。他是我的老战友,名叫孟中天。这次你调到大军区,很可能见到他。"

股长欲言又止,看得出内心复杂。孟中天与他前缘不浅。

"如果我可以知道的话……"我试探着。

股长思索片刻:"当然可以,前车之鉴嘛。何况你也要调到军区去了,应该有思想准备。孟中天才气超群,我是望尘莫及,但我早就预料到了,他会身败名裂的。哼!他果然身败名裂了……"

3

股长告诉我:

十多年前,孟中天年方二十二岁,就任团司令部作训参谋,上尉军衔,在同龄人中已是鹤立鸡群。他业务娴熟,精力过人,深为团长器重。

但他有个毛病,好孤独,和周围所有人都无深交,所以他越是出色,便越是寂寞。孟中天痴爱地图,尤其是军用地图。他收藏了我军所配备的各种型号各种用途的地图。从一比五千的精密图开始,比例逐次增大:一比二万五,一比五万,一比十万……直到一比三百万的战略用图。比例再大的地图他就不喜欢了,嫌它把"大地抹净"了,是一张"死图"。他的宿舍四壁贴满了地图,从地面直到天花板,他躺在床上也可以欣赏变幻莫测的地貌。他通过这种方法把自己的空间扩大了无数倍,俨如一方君王在自己领地内纵横驰骋,从中获取某种神秘的体验。地图一律按照拼接法衔接:上压下,左压右。一比五万的军用地图和一张日报差不多大,实地面积相当于一个数百平方公里的县。他拼接得细致至极,一个县挨着一个县。接合处绝无半点错移。这可以从地图上的网状坐标线上检验。你站在墙角贴住墙壁眯眼一瞄,任意选择一条横坐标线直插另一墙角——长达上千公里,中间没有断裂起伏。再用条丝线拴个铅锤,待它垂直不动时贴到地图上,纵坐标线和丝线完全吻合。军用地图拼接法是世界共同的,在拼接好的地图上用扁铅笔作业,可以顺畅地从上画到下,从左画到右。中国地形竟那么奇妙:恰好是北(上)比南(下)高,西(左)比东(右)高。蓝色河流从这张图流到那张图,正是从左边流到右边,或是从上面往下面，谐调得不可思议，仿佛地图拼接法就是为中国地形设立的。十二平方米的房间，骤然变得万千起伏。他时常久久地观赏、思索，竭力读透山脉的每一处细节，让思维顺着河道从这个县度到那个县，从平原追随到海边。沿途所经过的裂谷、峰峦、浅滩、居民地……都使他赞叹不已：一条 0.83／秒（流量每秒零点八三立方）小河，居然能穿过山脊！还敢在 208 高地上拐一下，这种勇气肯定雨季才有，平时它绝不敢碰 208。

　　站在整面墙的地图面前，数千平方公里大地仿佛从天上急泻下来，山脉如波浪千姿百态，一刻不停地按照内在指令朝远方涌去。在孟中天眼里早已无平面，他的心理和生理都已习惯于立体感受它们。这是识图用图人员最重要又最难养成的素质。密匝匝的、一圈套一圈的等高线画出山的头颅与身脊，他的手抚摸它们时，习惯地做波浪状，不断被山脉顶起来，又不断地滑入山谷。图标与弧线越密集，他越着迷，那里经常隐藏最异常的地貌，对那里光读不行，心灵必须像深入深渊那样一分一分爬下去，直接体验大地骨路与关节。他发现任何一块地域都有一个主体构造，或者是巨山，或者是大河。它像帝王一样耸立当中，肆意摆布小于它的地物们，它们的隶属关系简直可以绵延千里。比如：这条无名河在 208 高地拐了一下，因为它不拐不行，百里以外的莲花山暗示它非拐不可！人只有面对地图才会震惊：上面的一切都洋溢着生命，犹如无数张人脸聚集成堆，或灵动或呆滞或尖刻或放浪，它们总是有万千语言想说而又说不出来。孟中天甚至能从图上看出春夏秋冬，任何一处地表的四季都不同样。

　　他对图上的错讹处兴致更浓。每找到一处都是他的享受。总参颁发的六三式系列图谱，被他挑出的错讹达三十四处，但他从不示人，更不上报。

很少有人愿意到孟中天的小屋来闲坐，他也不欢迎人来。他的桌椅床铺和墙都有二尺距离，光这就叫人骇然，觉得没有依靠。他宣布，他的中心位置是东经115.24度，北纬30.17度，经线穿过百慕大，纬线穿过开罗市中心。

股长把半幅地图摊放到桌面上，注视它的断裂处，默诵上面的字句。

"原先它是完整的，孟中天亲手把它撕裂，真可惜呵。"

"他是热爱地图的人，也下得了手？"

"那天半夜他闯进我屋里来，非常激动。他说：昨天他忽然对大比例地形图发生兴趣。他在屋里挂起一比三千万的世界地形图，无意中发现了全球地表有几个神秘现象，他认为这些现象很可能揭示古大陆的成因，因此非告诉我不可，他已经忍受不住了。"

"你还记得是哪些现象吗？"

"他全写在这张图被撕去的半幅上。写在背面。我记得，因为他当时的情绪使我永生难忘。我说给你听。

"第一，依照天体规律，地球在形成时应是个均匀的几何体。为什么陆地分布如此不均？全球陆地的三分之二处于北半球，而且集中在靠近北极的中、高纬地区。南半球的陆地只有三分之一，也相对靠北。南半球的南半部，几乎全是海洋。

"第二，为什么每块大陆都是北宽南窄，呈倒立三角形？

"第三，为什么北极是一片圆形海洋，地球在那里凹陷？为什么南极是一片圆形陆地，地球在那凸出？

"第四，隔海相望的大陆边缘，似乎可以拼接在一起，什么原因使它们分离？诸如此类，大概有五六条。"

"确实奇妙，不过我好像在哪里听说过。"

"你肯定听说过，因为这些全是世界地形的最基本特点，在任何一本高校地理教科书上都可以找到记载。当时我哭笑不得，告诉他，他的发现晚了一千年。否则，他可以载入史册。"

"这么说，他没有上过高校？"

"没有。"

"也没读过地理地质方面的书籍？"

"没有，否则他不会那样激动。"

"原来，他是个凭直感观察世界的畸型天才，某些方面超出常人，某些方面处在常识之下。"我非常震惊。

"正是这样。我告诉他，这些发现早已算不上发现之后，他就垮了，撕裂了地图，一言不发地走开。"

我控制不住，坦率地道："股长，你当时应该告诉他：那些发现确实是伟大的，人类获得这些发现用了几千年时间。而他，刚刚接触世界地形图就捕捉到这些神秘特征。我们所知道的是从书上看来的，他所知道的是自己探索出来的，从这个角度讲，他确实可称为一个有创见的人。凭他的素质，只要多读些书，了解人类已经掌握了什么，就可以远远越过我们，进入未知领域。"

"是啊是啊是啊……"股长讷讷地，"他走后我才想到这方面。"说罢，脸上又露出难以名状的复杂表情。

4

孟中天遭到人们猜忌甚至妒恨，他自己总感到莫名其妙。他能继续在团里生存全是因为团长钟爱："我带他一个人出发，等于带半个图库,你们谁行?"

孟中天也以他卓越的军事素质挽救过团长的前程。

一九六五年初春,团编入战役预备队施行长途机动,六天六夜拉出去一千三百公里。到达待机地域后,团长一查图,部队已经跑出地图外了,四周全是生疏地形,无法确定团指挥部所在位置,炮群也就无法进行射击准备。恰巧大军区宋司令员在场,这位上将手里有本区地图,偏不给团长看,斥责他:"为什么不带足地图?你自己想办法。规定时间内你完不成射击准备,我立刻撤你的职!"参谋长也一筹莫展,副团长早躲到炮阵地上去了。团长叫来孟中天,说:"如果你想不出办法,我这个兵就当到头了。"孟中天站到山顶上,把周围地形看了五分钟,判断部队越出地图并不太远。他把那张地图铺到作业板上,边上拼接大幅白纸,抓过十二支 HB 绘图铅笔,把被地图边线切断的山脊、水流、裂谷、荒野……慢慢延伸出去,再添上地物、标高、座标网。他作业时,宋司令员站在边上看,团长紧张到极点,却不敢靠近。三十分钟后,孟中天大声报出团指坐标值。宋司令员下令全团"暂停",亲自检查孟中天从地图边缘发展出去的地图,将它和自己的作战地图对照,看不出差别。他立刻叫来测地排,用仪器检验。结果:十平方公里内,误差不超出千分之三。三十平方公里外,误差不超出千分之九。孟中天用肉眼和手工获得如此成果,使在场的人惊骇不已。他们都是行家,知道如在一比五万的地图上,用铅笔轻轻画上一道线,这条线在实地就宽达十五米!

宋司令员说:"千古第一人。"

孟中天说:"图上一切都是必然的。"

宋司令员下令全团继续操作,乘车离去。

全体人员站立不动，目送上将的车尘。

不料，越野车开出百米，又掉头驰回。宋司令员下车后径直走到孟中天面前："我还要考你一回。"

宋司令员"哗啦"一声抽出一张崭新的地图，从中间撕开一个拳头大的洞，扔到作业板上。"三十分钟，你给我补回来。"

孟中天目光一扫，惊道："司令员，你把大地的结构中心撕掉啦。山势河流统统没有依据，叫我怎么补？"

宋司令员不露声色："我有意干的。"

孟中天苦思片刻，在地图破洞下铺垫一张白纸，开始作业。这次，他竟将程序颠倒，采取逆推理的方法，如同沿着人的手足往上描绘，直至绘出躯干与头颅。被撕掉的山脉、道路、裂谷相继出现，地图在三十分钟内复原了。测地排再度用仪器检验。宋司令员说："不用了，我考的不是精度。"忽然和婉地笑道，"第一次，你显示了你的军事素质。第二次，你显示了你的应变能力。你确实不错。我希望我俩后会有期。"他只跟孟中天一人握了手，转身时严厉地瞟一眼众人，登车离去。

半个月后，师部转来大军区司令部党委办公室的电话通知，素来杀伐决断不容异议的宋司令员，此次指示的口吻异常客气：

请代我从侧面征求一下二七〇团参谋孟中天的意见，他是否愿意协助我做些秘书工作？万勿勉强，切切。

若愿意，请速告我。若不愿意，也请征询他的意愿，并予安排。

另：只要我在职，此人的去留当由我定。

宋雨 8/9

这份电话记录惊动了军师团三级,上将司令员亲自掌管上尉参谋的前程,并邀他做自己的秘书。人们敬畏交聚,仿佛议论圣人一样纷纷议论着孟中天。团长长吁短叹,始终不置一言。

5

股长说:"他面临重大选择,横竖都得一定终身了,他只征求过一个人的意见,就是我。"

"你怎么回答?"

股长苦笑:"其实,他来找我之前已经拿定主意了。他的习惯是,小事情上多征求别人意见,大事情上一声不吭独自决断。他来找我,实际上是他需要找双耳朵倾诉一下心情罢了,而我却受宠若惊,真诚地傻呵呵地替他大出主意。我告诉他,宋司令员已经有两个秘书了,你资历浅,去了只能是跑跑颠颠的小角色,首长在重要事情上不会依靠你的。再说,大机关人事关系复杂得要命,一言不慎,终生后悔,跌跤都不知怎么跌的。还是向首长要个名额,进军事学院深造的好。"

"确实是一个选择。"

"我看得出他渴望冒险,说难听点渴望青云得志。他说,他已经尝够单纯专业人才之苦,永远只被人用,不能用人。他驾驭山水,人家却总驾驭他,他不干了!现在是他改弦更张的机会,依靠首长,另辟天地。他深信自己在若干年内能成为军区机关中的重要角色。他说,他在研究地貌地图的时候,常常联想到人生,内中有许多可沟通的道理。大地是自然,人也是自然的一部分,他积累的大量经验完全可以用于人生。他也颇为感慨,说:'你我相处八年了,而宋司令员只见过我一面,但是他比你更了解我。'……我忽然明白:他从来没有真心把我当作朋友,他内心里根本瞧不起我。那天晚上,我们绝交了。"

"雄心和野心很难分辨。"

"临走前,孟中天把他屋内的地图全部揭下来,揭得非常小心。乖乖,铺开来足有三十多平方米。我以为他会交回图库。但是,他把它们卷成个大纸筒,撩根火柴烧掉了。呵,火焰非常蓝,半透明,不冒杂烟,有一股甜甜的气味。他拿着它烧!三十多个县、六千多平方公里在他手上烧!被烧掉的地图价值七千多元,我们完全可以抓起他来,以破坏军备罪判两年以上有期徒刑。可是周围站满了人,没有一个敢作声。团长政委都不知躲哪儿去了!只听孟中天大声说:'古代军人以马革裹尸,太陈旧了。今天军人战死后,应该裹着军用地图焚烧,看这火。'地图化为灰烬后仍然保持银灰色圆筒状,孟中天轻轻举起它,对着太阳照了照,再猛一抖,圆筒在他手中碎了,碎片笔直地落地,没有一片飘开。孟中天又大声说:'军用地图含金属成分,你们知道吗?'他走的时候,没有一个人送行。全部行李打成个小包,自己提着。"

我怦然心动:我也只有一个小包。

"孟中天到军区后,倒也身手不凡,很快成为宋司令的大秘书,几年后提升为军区党办副主任,副师职呵。'文革'中,他深深地卷入军区上层权力斗争,成了宋司令的得力干将,连部长们都怕他。他主持过几个大专案,下令杀过人。他在党委会上一巴掌打飞了刘副政委的眼镜,这位老红军当场休克!他至今没有结婚,但和几个女人私通,其中一位姓陈的姑娘还是我小学同学,怀孕后精神分裂,现在还在医院。他离开团里的第三天,一位女工就来找我告他,女工也已经怀孕了。我报告了团长,团长指示我送她五百元钱,动员她打胎了事。哼,够啦!他的恶迹我就不说了,你一到军区就会听到。后来,他也躲不过,上层复杂得要命。他被逮捕查办,罪名是'三反分子',这我不相信,但我理解。军区专案组专门来函调查他早期情况,要我们揭发上报。他被判刑六年,监外看押。后来,好像又从宽处理,恢复军籍,仍是连职,和十几年前一样。"

"你们联系过吗?"

"一走了之啊。老实说,我想念过他,给他写过几封信,一封不见回。后来他升上去了,我也不写了,他根本不屑于叙旧。哈哈哈……"股长笑中隐含辛酸,然后从橱子里拿出包东西,"麻烦你带点茶叶给他。信嘛,我还是不写。你也别说这茶叶是我给的,就说是团里老同志送的。他毕竟在难中,此生怕不会出头了。"

我接过茶叶,表示尽力交到孟中天手里,并把他近期情况写信告知股长。

股长颔首不语,显得格外憔悴。

我知道不该问,但还是忍不住问了:"孟中天被抓起来时,你们揭发了吗?"

股长顿时不安,沉默着。

我宽慰:"揭发也属应该,军人嘛,总还得听上面的。"

股长仍然沉默着。我告辞,股长把我送出门。夜已深,风渐凉,草木寂寂令人凄清,星月俱无,两眼在黑暗中忽然涌满泪水。我听到近旁低低、悲愤的声音:"来函让我烧毁了,没人知道此事。我没有揭发孟中天,二七〇团也没有人揭发过一个字。"

6

军区机关大院背倚五凤山，面朝市区，占地极大。四面用青砖砌起围墙。计有东南西北四座大门，每门设三个哨兵，传达室还坐着一个值班军官。另外还有专供首长小车出入的西便门，设双岗。大院又被分为办公区和宿舍区，建筑物无数。我住的那幢灰色旧楼编号二五二。二五三是路边公共厕所，二五四楼已被拆除，宅基地上立一个巨型水塔。我对住房不抱幻想。初到大机关，要准备从最差的房子住起，甚至准备在办公室档案柜后面搭个铺，熬上几年，再一级级调整。我明白，重要的不是住房，而是住在房里的人。军区大院是一座深山，任何一个旮旯角里都可能藏龙卧虎。到这儿来的人，全是从军区二十万部队中选拔出来的，当年都曾叱咤一方风云。然而同类人物相聚一起，都得收紧自己，看清四面八方的关系，以及关系与关系之间的关系。按时上下班，腋下夹几份材料，记住首长的车号和秘书的电话，注意黑板上的供给通知，在大食堂小车队门诊部服务社内有几个熟人。机关是个越久待就越爱待的地方，让你不觉得缺什么，自动消除非分之想。某部通讯参谋告诉我：机关实际是一座工厂，把一棵棵参天大树的人改制成木板木块，以适应需要，但在这些人身上，仍可见参天大树的年轮。

二五二楼的建筑年代已不可考，两层，窄窄的窗子，原先的漆色早已褪色，墙壁厚二尺，楼内光线晦暗。阳光透进里面总是薄薄一片。我独坐屋内时喜欢让一片宝贵的阳光落在眉心当中，即刻有被命中被劈开的奇异感受。屋内一切消逝在黑暗里，唯我孤独而坚硬，我时常独思闷想徜徉天际，让内心沉睡的东西蠕动起来，犹如精神沐浴，恰当的孤独真是种幸福。在那幢阴暗寂静、晃晃悠悠的老楼内，我常陷入幽深心境。

二五二楼具有怪异气氛。

1. 极其寂静，整日无一丝响动，从来无人敲过我的门。我站在楼道里屏息聆听时，可听到楼的内部结构交错呻吟。

2. 夜间，楼里的灯光会莫名其妙地暗淡下来，一直暗到几乎熄灭的程度，但是不灭。我在黑暗中凝视钨丝发红、颤动。过些时候，它会自行明亮。几乎每夜都反复出现几回。大院内使用共同电源，其他楼房并无此类怪事，唯独二五二。

3. 最初我没意识到，后来才奇怪：楼内为什么不见老鼠蟑螂一类的讨厌生物？按照常情，这幢高大古旧的老式楼房内，应当鼠患不绝，我却从没听见过鼠奔和噬咬声，这幢楼似乎死去了。

4. 命中注定，孟中天竟然也住在楼内。我住西头三号，他住东头三号，楼下还住一个保管员，是个老兵。整幢楼就我们三人。剩余的房间全已充作仓库，堆满马列经典著作、待焚毁的文件材料、早年的奖状奖旗……总之，我是和曾经烜赫一时如今废弃不用的人物及物品住在一起。

东头三号位于楼梯对过。门前铺块踏脚棕垫，明白无误地显示：里面住人。我敲敲门，没有动静。我扭动门把一推，门开了。门扇慢慢地沉重地朝后旋去。哐，门后有重物落地，我被惊吓住了。屋内拉着深色窗帘，朦胧不清。一张很大的写字台上，堆着书籍案卷。椅背上搭着件旧军大衣。床头衣架上，军装领口仍缀有领章。对面墙壁贴着大幅世界地形图，上抵天花板下接地板……我在观看屋内时，房门并没有停止旋转，现在它又朝前来了，仿佛后面有人推它。它无声无息、乌云蔽日般逼近我，我后退一步，它与门框合拢。咔嗒，舌簧再度入槽。

我朝阴暗的楼梯口望去,刚才似乎有人偷看,静候片刻,不见异常。我迈步回屋。正走着,脚下有奇怪声音,不是脚步声。我停止聆听,很静。接着又走。脚下又传出声音,这回听清了,声音低哑而沉闷。

"他不在家。你找他干吗?"

是保管员,他在楼下隔着天花板跟我说。

我低头朝地板喊:"没什么事,想看看他,认识一下。出去多久啦?"

"半个月吧。"

"什么时候回来?"

"难说。"

"怎能不锁门啊。"

"从来不锁。"

我们就隔着楼板交谈几句,谁也看不见谁,声音却挺清楚,就像面对面说话。这楼里什么都休想隐瞒。

回屋之后,我半天不动弹,内心悲凉。我和两个什么样的人住一块啊。一个,我进了他的屋却不见其人,门也不锁,屋内的气氛就像刚刚搬出尸首。也许我回头再推开那扇门,他又呆滞地坐在那里了。来去无影,诡谲莫测。另一个,我和他怪诞地聊半天,不见其面容,他在某次事故中烧焦了脸,终日不肯见人,只是睡。但从来不会真正睡去,稍有动静都会被他捕捉住,如同匍匐一隅舔伤的小兽。我们三个在这幢老楼内还必须朝夕相处,他俩孤僻乖戾,深沟高垒,被外界遗弃后又遗弃外界,不过这也是一种抵抗。我是正常人,出了楼就可以和部长处长们融洽相处,身心泰然。正因为如此,我会不会招致他俩的敌视。须知在这里我只是孤身一人,就连仓库里的经典著作奖状奖旗们，都默默地站在他俩那边。我决定一有可能就搬出老楼。

有天夜里，我弄完一篇冗长的报告，端起脸盆踩着快要裂开的楼板朝水龙头走去，过道里灯光迷暗，脚下咔咔作响。我把脸盆放在水池边上，伸手拧水龙头开关，忽觉手掌发麻，一直蔓延到胳膊。我惊叫着后退，望黄铜水龙头。刚才我好像握住一个毒蛇头颅。

东三号门无声地打开，强烈的灯光涌进走道，有个身影伫立在灯光里，面目不清。

"注意，水龙头带电。"

"什么？"

"电压不低，能把人打昏。"

"怎么会，我天天用它。"

"你没用多少天。它只在夜里带电。"说完，他把门关上。走道又陷入黑暗。

我过去敲门。门开了，他仍然站在门后。我估计刚才门关上之后，他就没挪动身体，甚至是在期待我敲门。

"你是孟中天？"

他点点头。

"我是苏冰，刚从炮兵二七〇团调来的。"

"二七〇团……"他喃喃低语。

我顿时有了信心。因为我们一下子从血缘上沟通了。我随他进屋，正欲落座。孟中天却从沉思中惊觉，热情地抓住我手，用力握紧："请坐，请坐。"

我站起身重施见面礼，然后再度坐下。

"只有夜里，它才带电。可能是因为夜间潮气大，电流渗透出来。这幢楼的线路乱七八糟。我经常想，类似现象很微妙。妙不可言！……"

他觉察到我没听懂，便示意屋外，"那只水龙头哇。在你我身边，充满了不可思议的力量。对此，只能猜测，不能解释。注意到灯光在变亮吗？好像有个怪物要从灯口钻出来。如果我们从灯口开始思考，循着花线、皮包线一直思考下去，经过开关、保险丝、绝缘管，就进入地下了。那里遍布管道线路，从这幢房子盖起后就再没人能见到它们。我们以为它们安静地待着，其实它们早就乱成麻花了。没有什么是不可沟通的。也许你拿起插头，随便朝墙壁上一插，就会有电流溢出。四十三号楼上个月拆除，地基下面遍布老鼠的骸骨。随后，四十二号楼全部线路中断。这两幢楼的建筑时间相距十九年，线路完全不搭界的。可是，时光把它们沟通了。"孟中天神秘地微笑。

"管理处为什么不修理？"

"你是指这座老楼？"

"当然包括它。"

"世上最难以沟通的是人类，这是总原因。具体原因嘛，一是没有电死过人，二是我没报告过漏电情况。哦，我知道你又要问为什么。"孟中天颔首沉默，"身边有这么多神秘莫测的现象，我喜欢它们。它们从来不会伤害我，反而使我思考许多东西。所以，我不希望它们消失。"

我注视着孟中天冷峻的脸，预感到他是个很有内在力量的人。最初我以为他肯定寂寞，我就是怀着点悲天悯人的心情进来的，和他聊聊，甚至暗藏优越感。现在看来，他可能什么都有，偏偏就没有寂寞。

谈话中断，他也在注视我。

于是我们仿佛在进行一场精神交锋。我也注视他，把握自己别过分。

这一刻也许会决定我们以后的关系。

"噢,你等一下。"

我惶然地起身跑开,回屋去拿那包茶叶。我厌恶他那夜兽般幽绿冰冷的眼睛,同时又觉沮丧。这个孤傲强硬的失败者!人和人果然最难沟通。

"老吴托我带点东西给你。吴紫林。"

孟中天接过嗅了嗅:"铁观音。可惜我没什么东西给他。"随手放到桌上。

我建议道:"可以给他写封信嘛。"

"真的,我还从来没给他写过信呢,十六年喽。要是我给他去封信,告诉他我如何倒霉,他会很愉快的。"孟中天眼内露出些笑意,"我准备让他愉快一下。现在他当什么?"

"股长。"我加重语气,"老股长啦。"

"和我预计的一样。十六年前,我和他分手时曾经预言:如果我不离开,将来我和他,一个会当团长,一个会当政委。要是我离开团里,我还是我,而他呢,最多只能当个股长。"孟中天笑笑,"他只有在别人的牵制和鞭策下才能成事,他没有驾驭一方天下的性格。"

我吃惊又愤怒。孟中天对股长的评价甚为精当,但他沦落到如此地步还在弹贬旁人,可见沦落得应该。

孟中天又问起团里几位老资格。我一一介绍他们的近况。孟中天也一一做出简评。

"不出所料。"

"此人失意时是人才,得意时是庸才,一颗野心两副面孔,我最善于治理此类人物。"

"此人当团长稍感过分,当个副师长较为恰当。他不善当正职。

选他当团长，定是师里用他在遏制旁人。而这位旁人，能力绝对强于他。"

"哼，貌似高明。一望而知，用意是养寇自重罢了。上面绝不会让他把对立面放倒，这样才会有全局平衡，便于领导。他如思考得再深些，就该懂得恰好用同类方针来以下制上，驾驭上头领导。"

"愚蠢！千万不能把亲密战友要来做搭档，这样既坏了工作，又丧失友情，必有反目成仇的一天。两强相斥，必须远远分开——也即让他们远远地竞争才妥。"

他完全是用高层领导的口气说话，只不过更加露骨更加锋利罢了，因此也更有魅力。我任凭他尽情地议人议政，准确深刻刺激。过去对团里风云人物的许多不解处，经他戳戳点点，竟如墙上的灰浆饰物坍落，显露出原本简单的面目。

孟中天唱叹："十六年了。一言以蔽之：各有所得，各有所失，祸福相依，殊途同归罢了。"

"我在你以前的宿舍住过两年。"

孟中天眼内发亮。那是隐藏着的兴奋。

"没想到，"我说，"如今又和你住一块。"

孟中天忙道："解释一下，让我住这幢破旧老楼里，并非对我薄情。前几年，我大权在握时，也是住在这儿。办公室多次提出要给我调房，我也没调。重要的不是住房，而是住在房里的人。和那时相比，我房内的陈设只拆除了两架电话。唔，你接着说。不要想好了再说，最好想到什么说什么。无心才是真言。"

"那间房子先后住过许多人……"

"关键是住过我。也许可以算上你，对吧？"

"房子有些潮，结构不对称。"

"结实。"

"隔音效果好。地处最西头。人们不常来……"

"独处!"

听声音孟中天有些焦急。他总是把我后面的意思提前捅破。我感到他在鞭策我,尽管不那么说。

"我在要离开团里的最后一天,在无聊中观察房子。在窗框缝隙里发现个纸卷,那是半张军用地图。通过那条缝隙,正好可以望见莲花山觇标。接着,我又从墙上拔出衣架,发现从中间小窟窿里可以望见第二觇视点——秀岭觇标。自然,我在地面上找到了你当年钉立的坐标点……"

"东经115°24′37″,北纬37°17′97″。这是我在星球上的位置。"孟中天轻轻背诵。

"它们居然还在呵。"

"我有两点不理解。"

"请讲。希望是深刻的疑问。"

"首先,你测量自己的精密到极致的坐标点,究竟是为什么?"

"问得好!"

"我是作训参谋。一般性业务自信不比你差。我知道,要在一座四面封闭的屋内测点完全不可能。而你竟然在墙上开辟了两个觇视孔,这两个觇视孔显然是一次成功的。我知道在判断方位、选择位置、把握角度等等问题上你费过多少心思。否则,不可能开孔就见远处的觇标。你的直感是惊人的准确。各项条件也具有惊人的难度。你为什么要耗费这么多精力测算自己的位置?"

"如果你当时问我,我还真答不上来。当时我一面干着一面嘲笑自己神经病,毫无价值毫无目的,却耗费了我许多精力。当时我只有一股兴趣，或者是一股激情。当时我在脱衣服，一颗纽扣从身上掉下来，恰巧掉在我两脚中间。我一下子震动了：这就是我的位置中心，自然也是地球的某一点。我对其他物体的位置知道的那么多那么精确，还从来不知道自己的位置呢。所以我下决心搞出自己的精确位置。其误差一定要小于那颗小纽扣，于是就不顾一切地干起来。现在，我明白自己当年的心理状态了。唉，第二个问题？"

"你还没回答第一个啊。"

"还是不回答的好。"孟中天亲切地拒绝。

"我希望我们平等交谈。坦率地讲，我一进屋就感觉到我俩的精神优劣了。你虽然倒了大霉，可你还始终让自己在别人头上盘旋。你自以为跌跟头也跌在别人头上一万公尺处。你总是想抢在别人洞察你之前洞察别人。你根本不考虑别人对此有何感受。你用自己的素质征服了老同事之后，对他们的怀念、诅咒、钦佩不屑一顾。你住在这快腐烂的房屋品尝自己的强悍精神。你……"

7

没等我发泄完，孟中天已经在轻声回答我第一个问题了，我不得不中止发泄。由此又证明他比我厉害：让我在兴头上自动住嘴，重新追上他的思绪。

"只有一个解释：那时的孟中天展示了超出一般人的性格。敢于为那些对别人毫无意义而对自己精神上非常重要的事情而狂热。不管别人如何评价，只顾放胆去做。那时的孟中天已经开始喜欢身处绝境，被迫进行超常的努力和创造。那时的孟中天不惜一切要实现自我愿望，这在'一切服从上头'的军营里是非常难得的。那时的孟中天并没有认识到这些,但在盲目地追求这些。这种人,很了不起也很危险。"他语气那样诚恳。

"第二个问题。为什么我在屋里找不到第三觇视点?你靠什么检验测算成果呢?"

孟中天哈哈大笑:"你找了多久?"

"一个下午。"

"真对不起,根本没有第三觇视点,因为我根本不要检验!"

"这样可靠吗?"

"我们思考方法不同。不错,所有教材上都规定两点交叉,第三点检验。所有人都认为觇视点越多,交会点越精确。这已成定理。我们为什么不换个想法:觇视点越多,带进的误差不是也越多吗?两百个觇视点的平均误差,并不一定小于两个觇视点的绝对误差。也许,觇视线越多,交会点越模糊,反而不如两条觇视线相交清晰。我们许多工作,就是把原本好解的事变得不好解,然后费尽心力去解。而且,这种把简单事情复杂化的功夫,往往被称为领导艺术。"

我掩饰自己的窘迫。孟中天的思考方法让人既难以接受又难以驳斥,但是,他敢这么想,这就够使人敬佩。我对测绘业务中诸多灿若星座般的天条,从来都是努力精通它们,不曾有一次冒犯。

我也有异样的感受:由于我没有冒犯它们,所以我对敢于冒犯它们的人,隐隐嫉恨。……倘若那冒犯者是我,该多好呵。

"你还发现过什么?"

"没有了。"你那屋里有那么多值得发现的吗?见鬼!我想。

"再想想。请。"孟中天远远地朝我面前泡好的铁观音点动食指。

"想不出来。"

"墙上。西面墙上。"

"有一块大水渍。从天花板自上而下渗出来。干透之后,已经固定位了。"

"它像什么?"

我蓦然惊觉:"非洲大陆!妈的,简直像极了。"

"相当于一比四百五十万的非洲地形图。上北下南右东左西,惟妙惟肖啊!我测量过,它的西海岸线——也就是濒临大西洋沿线,几乎丝毫不差。它的东海岸线——也就是濒临印度洋沿线,起伏小有出入,也在百里以内。这样一块非洲地形图,竟然是雨水渗透造成的,浑然天成,不可思议……"

"真没发现。"我愧恨不已。那水渍足有半人高,天天挂在我眼前,而我居然能保持平静达两年之久,没能看出奥秘。

"极其偶然,是吧?只要人一这么想,就完了,就视而不见,内心封闭。永远只会观看,不会发现。"孟中天微笑着示意,"请你再看看那个墙角。"

我在屋内寻视,立刻被西北墙角吸引住。那里也有一块灰黄的水渍,从天花板往下渗透。我高声道:"阿拉伯半岛!"

"正确。它正在消失,同时在南移。请再判断一下比例。"

"大概,一比一百五十万吧。"

"差不多。真像从地图中撕出来贴在墙上的。精彩的蠕动的活物!你注意一个明暗变化:西南边缘,颜色较深部分,可以看作是希贾贾兹山脉。中部的过渡色,是大沙漠。东部最明亮的区域是海拔不足二百米的平原。"

"有意思。"

"它和面积达二百七十万平方公里的世界上最大的阿拉伯半

岛，有着共同成因。"孟中天用平静的声音说出骇人的结论。又注视我的反应。

我保持沉默。实际是有礼貌地抵制。

"吴紫林肯定告诉过你，我发现了地球形态的若干奥秘吧？"

"当然。"

"你还记得是哪些奥秘吗？"

"记得。"我复述了一遍。

孟中天合目颔首："这些奥秘，不知诱惑了多少代人。无数科学家试图认识它、解释它，憔悴而死。至今无人能够成功地解释其形成原因。"他停顿半晌，"我能解释这些奥秘，并且能够说明地球上全部海洋与陆地的起源、变化及未来趋势。"

我震惊了："能大致说说你的理论吗？"

"如果你真的想知道，我当然可以说。尽管你现在内心里不屑一顾，等我说完，你肯定会惊奇。我先问你，你对地质知道多少？"

"限于常识吧……"我含蓄而自信。

孟中天摇头："魏格纳的大陆漂移说，知道吗？"

"不。"

"李四光的地质力学？"

"不。"

"张伯声的镶嵌地块波浪运动？"

"不。"

"甚至连风行地学界的板块构造学说，你也……"

"不。"我声音低弱。那些学说，我并非完全无知，但我所知道的，只是支离破碎的皮毛罢了。显然无法招架他即将倾泻的见解。我宁肯说不知道，尽管这使我难堪。

"很好。"孟中天笑了,"你脑瓜里很干净,我说起来也就更加方便了。所有那些学说,都妨碍我们对一种新观点的理解。我宁肯你什么都不知道。我也是在对那些学说一无所知的时候,闪现出自己最初念头的。要是先被学说们占据头脑,我估计我绝无创见。后来,我一一拜读过那些苦心之作,当然它们也不乏真知灼见。结果,它们没能说服我,我却能融化它们。你,是我第一个与之倾诉的人,我有些激动。我想在叙说之前休息一下。我们明天再谈,可以吗?"

我怅然离去。

8

第二天是星期日,我醒来时楼内出奇的寂静。电灯开关我睡前已经关闭,但是灯泡里的钨丝仍然发红。我下床摸了把黑胶木开关,它很热。我用力再关了一下。钨丝熄灭。昨夜我绝对没睡好。即使在梦中我也清晰地感到:孟中天在等待我。

踩着咔咔作响的地板朝他的房间走去。脚下,隔着楼板传来声音:"苏冰。"

楼板薄得像脆纸。这种呼唤方式有怪异而锋利的意味,似乎不是对着你的耳朵说话,而是用竹片子戳你后背。

我下楼寻找孟中天。楼下的结构同楼上相同。中间一条宽阔幽暗的走道,两边各有十数扇房门。我向右侧走去,判断孟中天可能在附近数间屋子的其中一间。

我看见有一扇房门和其他门不同,它从上到下包着铁皮,里面似乎有重要物品。我不敲门,径直拧开门把进去,孟中天果然坐在角落处一张式样古旧的扶椅上,看不清他的面目。凭感觉,他在抑制内心的情感。他站起身,道:"这里有某种气氛,是吗?"

我寻视四周,栗然心惊。这间房子极大,大到了一眼望不到头的地步,显然是将相邻的几间房全打穿了合并成一间。在木架上、矮几上、地面上,摆满了大大小小或立或坐全身半身的毛泽东塑像。它们已经放置很多年了,致使塑像的头顶、肩上积聚了一片灰尘。微弱的光线从紫色长帘后面透出来,毛泽东群像们沉浸在暗影里,身姿凝重犹如大片从雪中凸露的山脉。群像们仿佛在幽思,凝定不动,异样地沉着,深不可测,于是这间屋子变成了殿堂,与世外无涉,岁月积淀在这里。高达三尺的塑像与搁置案头的半尺高的塑像,本都该独居一尊。但它们拥挤在一起时各个并不失伟岸气派。空气中有石膏受潮后散发的苦酸。窗帘低垂不动。全部塑像都面对着一个方向——孟中天。

我见过各种领袖塑像,但从未见过如此之多的塑像同时出现。我身心俱感难以承受。我走到孟中天旁边,方才解除些压抑。

"为什么有这么多?"

"三百六十七个,都是当年剩余的。"孟中天说,"还有我,也是个剩余物品。"

从这个角度望去,我蓦然惊觉到一个奇异场面:众多的塑像排列在那里,竟如同一支等待号令的军队,而孟中天却处在统帅位置!不知他察觉到这点没有;或许他暗中洞悉但浑不为意。你看他注视群像的目光,坦然的神色,胸有成竹的身姿,统统显露出在这里久处且自得的历史。

"这是我的办公室。我曾经有过几处办公室。但是最重要的,还是这间仓库。除了首长没有别人知道。恐怕你也听说了,我是深得首长信任的秘书,又曾任党委办公室副主任,处在这样要紧的位置，我当然知道的很多。我对首长有超出一般秘书的影响力。首长的许多电文、信函，都是我在这里起草的。说实在话，我在这里酝酿并完成过许多文件，后来成了军区党委的决策。没有人会到这里来打搅我，这里安静孤独，有一种……微妙的气氛，很适合于我。用外界的话来说，我是首长身后的要害人物，所以，许多工作先做到我这儿来，然后再争取首长支持。久之，'孟秘书说……'差不多和首长指示一样了。我权重一时因而招致无数忌恨。我深知那种状况的危险性，我喜欢有危险又有作为的生活，我把自己发挥到极限，也等待最后崩溃。有一天，有人敲门，我打开门，首长进来了。他从来没到这里来过，有急事也只是叫人给这里挂电话。他四处观看，面容严肃，我们一下子变得陌生了。他只和我说了两句话，一句是：该找些绸子把主席塑像盖起来，看落上多少灰。我记下了。这是指示，马上就得办的。另一句话我也记下了——连我也佩服自己的冷静，他说：我代表军区党委宣布，你从即日起停职检查，交代问题。说完他沉默着，我也沉默着，然后他走了，我留在这里。第二天我就被隔离审查。无穷无尽地被盘问、写交代。最重要的内容，就是关于首长的思想言行，以及我协助他干过哪些事情。那是我一生中最疲劳的日子。审查者自称是首长派来的，所问的问题又都十分知情十分尖端，当然也不乏挑拨和诱供。我掌握住一条原则：凡是只有我和首长知道的事，我至死不说；凡是会有第三者知道的事，我如实地交代。哦，我今天还能安静地活着，恐怕和这条原则有关。后来我只有任人摆布了，开除党籍，降职降级，转业处理。我一共被转业四次，都没能转出去，原因很简单，我知道的太多。于是我被扔在这里八年多……至于首长，宣布对我停职审查后三个月，他也被解除职务，关押起来，几年后又放出来，工资照发，离职休息。

"我喜欢孤独，就是在首长的巅峰时期，我也时常从忙乱工作中脱身出来，独自在此沉浸一整天。如果连续几个星期我都不能孤独一下的话，早就失常了。首长知道我这个毛病并且予以理解。后来我彻底孤独了，才知道我以前对孤独的渴望，乃是精神升华。没人理睬我，不准看报，不准离开老楼，不准收发信件，不准与人交谈……使我烦躁得几乎发疯。这些规定至今仍没撤销，只是没人执行罢了。门口屋住的战士，真正的职责不是看守仓库，而是监护我。我和他相依为命。他对我无话不谈，是我了解机关见闻的窗口，并且任我自由行动，从不汇报。我呢，则是他在部队服役的保证。有我在，他就得继续监护，没有我，他就得退伍。他已经超期服役三年了，不愿意退伍，无处可去。

"言归正传。我说这么多，目的是想让你知道我当时的绝望处境，你理解吗？"

我点点头。尽管他说得十分简略，我仍然从中感受到巨大的情感波澜，隐约的，对他后面将要倾诉的内容，激起加倍的好奇和畏惧。

"对整个地球的理解，也是我在对自身命运绝望时获得的。人在绝望中自然会有许多疯狂念头，诸如征服人类毁灭星球等等……"孟中天的目光慢慢地扫视着大片毛泽东塑像，显然亢奋起来，面对塑像们倾诉内心。"那些疯狂念头，大多荒诞不经，人一旦平静下来就会忘却。可是，有些意念却是旷世稀有的灵感火花，偏偏也在人绝望时迸放。"孟中天微笑，"我先从地球最基本的特点谈起。你知道，地球是一个绕轴旋转的椭球形天体，赤道半径六千三百七十八公里，极半径六千三百五十六公里，扁率为一比二九八点二五。赤道将地球分为南北两个半球，最显著的特征就是大陆分布不均及南北极的反对称现象。一球之'顶'——北极，是一个凹陷的近乎圆形的海洋，四周完全被欧亚大陆和北美大陆环抱。因此它是个真正的地中海。可是，地球之'底'——南极呢，恰恰相反，是一块凸出的巨大的陆地，也具有圆形面貌，四周全是浩瀚的大洋。南极洲是全球最典型的洋中陆。此外，南极洲有不断上隆的趋势，北冰洋却具有下降的趋势。"

"南极洲与北冰洋形成异常鲜明的对照！"我说。

"我们可以把北冰洋看成是一枚反置的白色围棋子，凸面朝下。再把南极洲看成是一枚正置的黑色围棋子，凸面朝上。两者的面积都恰好是一千四百万平方公里，南极洲的高度和北冰洋的深度也异常接近。我们完全可以拈起南极洲，轻轻一放，它正好镶合在北冰洋里。地球的两端就一样平滑了。奇妙吗？南北极分别位于地轴的两端，其形态上的反对称现象在构造学上有重要意义。

"另外，全球陆地的三分之二集中在北半球，呈放射状由北向南展开，离北冰洋越远，陆地面积越小，各陆地几乎全具有倒置三角形的形态。五大洲综合成一个以北冰洋为中心的大陆星（图一）。

图一

射天狼

"而大陆星以外的唯一陆块：南极大陆，却坐落在地球的最南端。也就是说，地球上的陆块越北越密集，最北端却是大洋。越往南陆块越稀少，最南端却是一块大陆。众所周知，放射状或星状结构，都是物质从几何中心向四周扩散的结果。地球表面的海陆结构，也统一表现为以北极为中心向南极有规律地变化。你知道怎样制作陶器吗？"

"曾经见过。"

"看看这两张照片。"（图二、图三）

"上面是一只普通的半釉粗陶器，表面的釉纹图案与地球表面

图二

图三

/232

大陆惊人的相似。你知道，给陶器上釉，是在陶器旋转时，釉料自上而下流动着涂淌上去的。而地球也正是不停地旋转，北冰洋就是地球上端被捅开的巨大圆口，大陆物质不断涌出，沿地球表面往南端流去，沿途渐渐凝固成大陆。南极洲便是其中抵达终点的很少一部分。到这里来。"

孟中天把我带到屏风后面，啪地亮灯。这里被隔开十多平方米的空间，巨幅地界地形图覆盖了整面墙壁。此外，四周还有许多局部图，是倍率较大的典型地貌的平面或剖面图。一张乒乓球桌上堆置着各种模型、文稿，茶几和书架上或立或倒散乱着许多地质学方面的书籍。电源被安置上稳压器，灯光明亮而柔和。我们面前木架上有只地球仪（图四），孟中天注视着它说：

"这是我依据当时的地球条件制作的模型。我让这个地球仪快速旋转，让浓稠物质从北极涌出，它们自然地向下端淌下去。"

"啊，和真的一样！"我脱口惊叹。

"它们就是真的，"孟中天纠正道，"几十亿年并不遥远。北

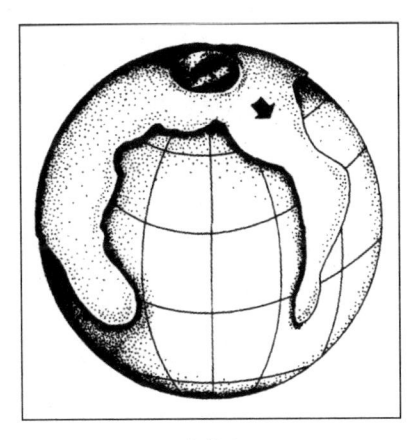

图四

极是全球大陆的源头，是一座超级火山口。D·K协会的唐·安德森甚至认为，四十亿年前，地球曾一度被深达四十公里的巨大的熔岩海洋覆盖。谈到这句话我吓一跳，以为他已发现了地球的真正奥秘，再读下去才知道他也只是局部推理。中西方地学界四大学说的共同毛病，就是没能真正把地壳与地球、天体的发展联系起来，即使有创见也是剖面式的或破碎式的，没有整体观。但是我估计，大量地质和宇宙方面的发现，使他们不久后也会制造出我这个模型，所以我得加快步伐。"

我久久凝视模型，被它的美所感动。金黄的大陆物质以柔软的肢体富有韵律地朝四周延伸，弥漫在蓝色的海域里。北极犹如婴儿的小口张开，既似倾诉又似渴求。整个模型呈示着鲜嫩的生命之美妙。我把这一点告诉孟中天。孟中天感叹着："我制作这个模型就是为了亲眼观看地壳诞生时的景象。你看大陆块的姿态多么随意，多么协调，像只巨大的海星。这种形态与宇宙中许多生命形态近似，造成这种形态的关键是自由。比如，海中的海星和许多藻类，它们的形态就比陆地上的生物自由，因此也更像地壳的初始形态。我想，人的思想如果可以塑造成型的话，肯定也是这种形态，当然必须是自由的思想。"孟中天指示着模型顶端的北冰洋，"岩石学早已表明，全部大陆物质都孕育于地球深部，它们在一定条件下沿一定的通道来到原始地表。北冰洋正是它们的出口。洋中间这道横亘物，就是洋底的罗蒙诺索夫海岭，它的走向穿过北极的极点，将地球的出口北冰洋分为两个巨大海盆。东侧是欧亚海盆，西侧是加拿大海盆，原始大陆分别从这两个海盆中涌出地表，再向东西两侧流淌。还记得刚才你看过的大陆星（图一）图片吧，上面的各陆块并不按照标准放射状向四周均匀蔓延，而是相对集中在东、西两半球各一定经度范围内，为什么？因为东半球的欧亚大陆是从欧亚海盆中涌出，西半球的美洲大陆是从加拿大海盆中涌出，彼此大致相背着朝南极流淌。对此，我们又可以从大陆的终点——南极，得到证明。南极洲并不是一个统一的陆块，而是被东、西两个陆地拼合起来的。在南极洲中部，长达三千公里的世界最高山脉之一——南极纵断山脉，沿子午线通过极点，将南极洲剖为两半。非常有趣的是：东面的南极大陆和西面的南极大陆，无论在地质上还是地貌上都截然不同！同样有趣的是：尽管它们截然不同，但地层和古生物研究又证明，西面的南极陆块与断续相连的美洲大陆非常一致，东面的南极陆块与澳洲、亚洲在中生代以前十分近似。实际上，南极纵断山脉是东、西半球大陆物质到达终点后拼合的标志。地球原本无海陆，只是由于地心内熔融物质在特殊条件下经北极地区涌出原始地表，又沿着罗蒙诺索夫海岭东西两侧往南流去，并且在流动过程中逐步凝固，才造成了最初的大陆，同时造成了最初的大洋。那时的大洋并无海水，洋底就是未被大陆物质覆盖的原始地表。那时的大陆全部连为一体，而且比今天更加靠近北极。它们像只硕大无边的爬行动物，身躯起伏，一跃一跃地运行。"孟中天脸庞闪出神往之情。

"无法想象。太恐怖了！"我说。

"美到极致的东西，往往令人感到恐怖。我要能看上一眼当时的场面，死也甘心。那时地球表面上空数十公里内，弥漫着碳气、臭氧、水分、尘埃，浓度极高，温度达上千摄氏度，到处隆隆巨响，空气稠密成了泥浆样的东西，连半米也望不出去，四面八方是灼热的赤红色，地球看起来是比今天更大的红色的星球，上面毫无生命可言，地球本身就是个萌动着的生命。后来的一切，都是那时的继续。"孟中天坐下注视我，"最关键的发现，我已经告诉你了。"

然后静静等待我的反应。

有好一会我什么话也说不出来,惊骇的心情难以消除。我努力镇定自己,莞尔一笑,这时一笑真管用。"你所显示出的东西,恰恰证明你蕴藏着更多的东西。"

"不错。好像一座冰山,露出海面的只有七分之一,我还有七分之六埋在海里。"

"你所叙述的,准确地讲,仍然是一种设想,或者说是猜想。"

"是猜想!"孟中天说,"所有关于过去和未来的认识,统统是猜想。关键是看谁的猜想被证实,谁的猜想最能解释今天的地质现象。'板块'说对于破碎后的大陆的解释是成功的,对于大陆的产生无能为力。'地质力学'差不多就是力学,最大的成功——恕我直言,在它的实用效益:找油找矿预报地震。它们所能解释的范围,只限于大陆形成之后。地球被人们分割得太碎了,各学说都死守着自己那点深刻而片面的真理。很多自然学科中,划时代的创见,不是由本学科的人提出来,恰恰是学科外的人最先提出的,因为不懂专业,所以他的精神没有被专业学科束缚住,'直感'还活着,然后才产生猜想。很多争论焦点,已经不是对与错的问题,实质上是敢不敢的问题。唉,在这些方面,他们要是具备些毛泽东精神就好了。"孟中天面容肃穆,"猜想也罢,理想也罢,终归要受到实践检验。我既然提出来了,就准备面对全部地质学家和全球地壳现象。要知道,让人们承认一个东西,往往比发现这个东西更艰难。我有准备。"

过了了许久,我说:"那么,我先提几个问题。"

"请提吧,你一直是比较深刻的。"

"第一,全部大陆都是由地球内部涌出的岩浆构成的。"

"物质，熔化的物质。主要成分是硅铝。这点非常重要。"孟中天予以纠正，然后抱歉地点头，让我继续说。

"为什么这些物质偏从北极出来，而不从南极或者赤道一带出来？（孟中天欲言，我制止他，对他刚才打断我予以一次报偿，从此他再不打断我的话。）出来以后，为什么向南流淌而不向其他方向流淌？"

"非常有力！这实际上就是地壳动力来源问题。这个问题不解决，大地一寸也动不了，我的理论就是沙滩楼阁。天文观测证实：河外天体的谱线红移是普遍现象，也就是说，地球与其他星球之间的距离，随着时间的推移而增大。今天看来距我们非常遥远的天体，在地质时期却非常靠近地球。我们设想一下，当时地球南方有一个巨大的天体，对地球产生强大引力，影响着地球熔融物质的流动。就像今天的月亮影响潮汐一样，熔融物质就是一类固体潮汐。整个地球当时都处在半熔状态，地球内部各种物质中，最容易被熔化的是含水硅铝，熔点只有六百五十度，大大低于铁镍镁的熔点。在地球内部成分中，密度最小的又是硅铝物质，它们被熔化后最容易上浮。通常情况下，上浮是从地心向地表浮去，可是地球南方宇宙空间里有强大的天体引力，因此这种上浮变成从地球内部向北极方向聚集，也就是'北浮'状态。随着地球温度增高，'北浮'的硅铝物质越来越多，自身也加以膨胀，终于冲破地表的束缚从北极口大规模喷涌。整个地球成了超级火山，北冰洋是火山口遗址。喷涌之后，自然会向下流淌。哪里是下呢？地球原本无所谓上下。同样由于南方天体引力的缘故，南极就成了下。下淌也就是'南流'，它们别无选择。这就是大陆物质从'北浮'到"南流"的旅途。它们前赴后继，行程数万里，只有极少一部分抵达终点，其余都凝固在地球表面，成为原始大陆。今天地球上最古老的岩石是花岗岩、片麻岩、伟晶岩，它们都是酸性岩石，富含硅铝，也证明硅铝物质最早涌出地表。"

"这么说，关键在于地球南方有一个巨大的天体？"

"后来它远去了，越来越远，地球也变得越来越复杂。"

"又是一个猜想！你不能用这个猜想证实前一个猜想，尽管你的猜想非常动人。"

"你也不能因它是个猜想而否定它！现在我证实给你看。那个X天体不但给地球造成巨大影响，而且拨弄过太阳系其他星球。火星是地球的近邻，它的生成演化条件和所处的天体环境，与地球完全一致。在火星上，有海洋（无水）也有大陆，有南极也有北极。特别是它的动力学行为，和地球最为相似，你看看这张对照表。"（图五）

	火 星	地 球
自转周期	24时37分	23时56分
绕太阳公转平均速度	24.1公里/秒	29.8公里/秒
自转轴与黄道面夹角	25度	23.45度

图五

我承认："非常近似。"

"两星球的差异，用天文目光看简直是零。现在，我们再欣赏一下两星球的海陆分布状况。"（图六）

我惊叫着："太像了！"

"惊人的相似。如果有人把火星认作地球的话，我也不会奇怪。今天科学界，对于火星生命抱有极大期望。实际上，火星大陆与

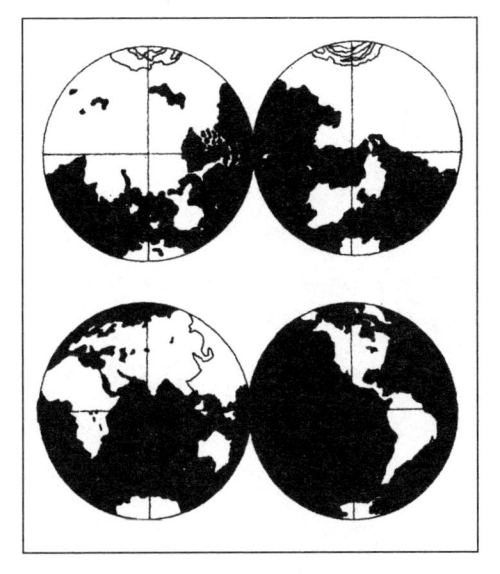

图六

地球大陆一样，也是从北极喷涌出来，再向南极流淌。还有月球，哦，它非常微妙！首先，它正面永远对着地球，背面永远背着地球，像个害羞的少女围着地球这个男子汉旋转。月球上也有月海和月陆，奇怪的是，月海几乎集中在月球正面，月陆几乎全集中在月球背面，你猜猜是为什么？"

"地球引力？"

"正确！你看你，已经在用我的理论解释问题了。月球是地球的卫星，它所承受的最大引力来自地球。据观测，月球正在渐渐远离地球，在地质时期，月球与地球显然靠得更近，引力更大。月球上的大陆物质，只能从背着地球的远地点涌出，再朝对着地球的近地点流淌。地球就是牵引月球的 X 天体。X 天体使地球大陆集中在北半球，海洋集中在南半球。地球也同样戏弄了月球，让月海集中在正面，月陆集中在背面。简直是美妙的艺术行为！现在你还认为我的理论核心是个猜想吗？"

"但地球又是太阳的卫星，它所承受的最大引力来自太阳，不是 X 天体吧？"我忽然惊醒。

"更加微妙了。"孟中天满面喜色，"既然太阳的引力最大，地球上的大陆物质应当流向太阳而不是流向 X 天体，对吧？是呵，如果地球自己不转的话，大陆物质会流向近日点，可是地球不停地旋转呀，因此地球就没有近日点，只有近日线——赤道。而赤道也在北极的南面。地球终南端呢？始终不变地对向 X 天体，所以 X 天体的引力尽管小于太阳，大陆物质仍然流向 X 点——南极。何况地质时期的 X 天体引力肯定大于太阳，甚至全部太阳系都绕它旋转。月球是忠心耿耿的，它每绕地球一圈自转也刚好一圈，因此用地球目光看，月球是永远不转的，近日点也永远不变，月陆物质只好从背面涌出。"

9

"你真了不起，正如宋司令员说过的：千古第一人！"我衷心赞叹。

"谢谢，不过别让宋雨打搅我们。你刚才提到了太阳。对，它是地球的主宰。太阳一直在跟 X 天体争夺地球，地球也曾经在太阳和 X 天体撕扯中顽强地孕育自身，直到 X 天体远去，地球才倒向太阳。不过这时的地球，已经是个脱胎而出的成型的地球了。它们三者之间的争夺史，造成地球表面一个绝对绝对美妙的现象：所有的大陆（除南极），都呈倒立三角形！这个现象迷惑着也苦恼着人类,几百年来,人们做出无数猜测,至今无人能够正确解释。我们再回头看一看世界地形图(图三),大陆物质从北极口涌出后,先围绕在北极地区附近,然后在 X 天体引力作用下朝南流去。尚未凝固的陆块定向流动时,自然是大头朝上(北),锐角朝下(南),这就造成了欧亚大陆、北美大陆、非洲大陆的倒立三角形状。不,到赤道附近后,情况发生变化。太阳在地球近日线一带造成的引力最大,地球自转所产生的离心力也在近日线一带最大。太阳引力和地球的离心力合作起来,抵消了相当一部分 X 天体的南向引力,使得大陆物质在赤道一带相对延缓、迟疑不前。可是北方的大陆群仍在挤推它们,南方的 X 天体仍在吸引它们,它们想停也停不住。只像等待后援一样休整了一下,又继续南进。它们终于越过赤道地区后,太阳引力和地球离心力大大减弱,大陆物质就以前所未有的速度直奔南极,你看南美洲南部的阿根廷和智利,简直像一把尖刀直插南极,多么迫不及待!它们的前锋部队,已沿着南设得兰群岛和南极半岛,断断续续地抵达南极了。所以,大陆物质在赤道附近形成第二组倒立三角形:南美洲、大洋洲,也可以算上非洲。"

我胆怯地表示一点小小疑惑:"大洋洲的形状好像不够明显……"

孟中天哈哈笑着,把地形图例拿过来,上南下北,让我再看,我才发觉原来的角度不同,大洋洲这时呈现出倒立三角形状。如此看来,当世界地形图按常规摆放时,大洋洲是个正三角形,大头朝南,锐角朝北。难道它逆全球大潮而动,不肯往南去,偏要往北来吗?

"大洋洲是个立场不够坚定的家伙,长期徘徊于南北之间。其实又何止于它呢,任何一块大陆一旦产生,就获得了独自生命和内在力量。和人一样,大陆块也既渴望合群又渴望反叛。当全球陆块相继南去时,大洋洲确确实实北移了。请你想象一下:地球上的全部大陆加在一起有多重?"

"不可思议……"

"当这些不可思议的重量,涌出北极来到地表后,就大大改变了原始地表的均衡,它们沉重地长久地压迫着地壳,在地球表层造成一系列惊人的重力异常区,也即:布格重力异常。其异常幅度残留至今天仍达四百毫伽以上。地表未被大陆物质覆盖的区域,也即大洋区,由于承受长久的巨大的重力异常,开始下陷。大陆的压迫和大洋的下陷,使地球收缩,并从北极口吐出更多的大陆物质,这些不断吐出的大陆物质来到原始地表,更加重了大陆对地表的压迫和大洋的陷落,如此循环往复。尤其是原始太平洋地区,它拥有全球最大的面积,也承受比其他大洋区大得多的重力异常,从而成了地表最薄弱的部分,最容易发生剧烈下降。每次地球内部岩浆大规模涌出,太平洋中部洋底就会大规模陷落。呵……这种难以想象的陷落,一次又一次,创造了地球上最大的太平洋,也是平均水深最深的大洋。太平洋的出现,又牵制着四周流淌的大陆物质,使它们缓慢地滑向太平洋。于是,全球大陆在普遍南去的趋向下,又增加了一崭新的、更加活跃的趋向:环太平洋大陆向太平洋中心运动。现在,我再次请你品味世界地形图(图三),地球上的大陆不正在伸开臂膀拥抱太平洋吗?亲密得犹如橘子皮拥抱橘瓣儿。让我们简略地总结一下。

"第一:地质时期,地球南方的宇宙空间里有一个巨大天体。

"第二:硅铝物质从北极口涌出并形成原始大陆。

"第三:大陆的最基本走向是两个:向南迁移和向洋迁移。

大洋洲已经跑到南纬四十度了,这时,形成了的太平洋在呼唤它，它无法控制自己的巨大身躯，只好朝低于它的太平洋滑去。形状由倒立三角变得像正立三角了。X天体越是远离，大陆们向洋迁移的劲头越是大于向南迁移的惯性。抗光观测证明，大洋洲正以每年十厘米的速度向太平洋漂移，日本列岛的位置也比明治初年向东南方偏移了五六百米，南北美洲则同时以每年五点八厘米的速度向太平洋中心靠拢……也就是说，它们把太平洋拥抱得越来越紧了，太平洋在缩小，至今在继续缩小中。至于太平洋洋底下陷，你打开任何一本地质杂志都可以找到证实，发现者甚多。但是这些发现者从没有正确解释过自己所发现的东西。原因么，我前头已经说过了。"

孟中天再度注视暗处的毛泽东塑像们，从左望到右，又从右望到左，默不作声。我察觉到他有个怪异习性，他内心深处和这些塑像们密不可分。这群一动不动的塑像们，似有某种神秘力量在支持他左右他。比如：每当他激动诉说难以自持的时候，只要一望塑像，言语就戛然而止，面色就平静下来，再度开口时又泰然自若了。这种奇妙更新状态的本领，让我凛然心惊。

孟中天注视我："在你面前坐着的人，像不像疯子？"

"不！……不。"我嗫嚅着。

"即使你说像，也不要紧。在控诉我的材料中，多处指出我'疯狂''歇斯底里'等等。医院检查也说我有轻度神经错乱，不过他们没有把握，因为精神病和正常人的区别是很含糊的。我却有这个把握：我不是疯子！我的神经系统高度坚强，但是我距离疯狂只有半步。你应该理解，七八年来，我独自居住在这幢楼里，意外地获得巨大发现，这些发现如果能成立的话，将是整个地学界有史以来最惊人的创见！这要深刻地改变天文学、地质学、海洋学、生物学、物理学、气象学、矿物学、灾变学等等许多学科的结构，以及它们的研究内容。这种超级创见自然给我造成超级兴奋,有段时间我完全被吓住了,确确实实感到恐惧,世界一下子被撕去帷幕,我在毫无思想准备时突然看见它的原始面目。你说,我的精神承受得了吗?我差一点就崩溃了。我之所以没有崩溃,是因为我自己一次次讥笑自己、打击自己:荒唐,不可能,偶然相符等等。为解脱自己的妄想,我不得不大量阅读各种书籍,阅读的结果,他们的学说反而在证实我的妄想,他们所掌握无数地质现象恰恰在完善我的理论,而不是他们的学说。我非常渴望和他们面对面论争,渴望被他们反驳,渴望激烈地彻底地摊牌。但是我无人诉说,既没有赞同,也没有反对,还没有质疑。孤独至极,只有面对地球和他们(再度注视毛泽东塑像们)。你是一个军人,应该理解,真正军人的痛苦是丧失了敌人。我就得不到我的敌对者!我渴望整个地学界纠集各个学科一齐反对我,从而得出结论:正确或者荒谬,那时我才会平静。如果一个人到死都不知道自己的思想是正确还是错误,是真的还是假的,岂不太痛苦太残酷了吗?"

孟中天终于流下眼泪。

我也泪眼模糊,体会到死不瞑目意味着什么。人,为什么会死不瞑目。

"我经常像凝固的岩浆,整天整夜坐在世界地图面前,不吃不喝,观看它们神秘而美妙的形态,揣摩它们的暗示和种种被禁锢的欲望,回顾它们在运行中被肢解被隆起的历史。大陆周围留下这么多碎片。黑暗的洋底里有全球最大的山脉——大洋中脊,长八万公里。炽热的硅铝物质以弧状波形态进行塑性流动。地球的最高山峰陷入地心再度熔化。不同趋向的力造成深层和断裂。……世界上最复杂生动的现象就是大地现象。地质时期所有的力,都保存在大地内部。大地是不说话的，我必须化作硅铝物质去感受它。尽管人类把大地踩在脚下，自以为是它的主宰，其实只是古老岩石上的苔藓。一切森林、领袖、昆虫，一切真理、荣誉、思想，在大地面前统统是尘土。也确实是从尘土中滋生出来的，最终还要归于尘土。不过，人势必要体现大地的某些精神，人和大地有着无法解释的、非常神秘的默契。比如，所有的地图都是上北下南左西右东，为什么？为什么就不能南极在上北极在下。就表现地貌的功能来看，完全一样。可是人们偏偏把北极放在上头，全人类也承认这种绘制方位，没有人以为是错误，也没有人证实不是错误。人类无意识地顺应了大地的脉络：上北下南。还有，人类民族差异之大有目共睹，如果深入研究他们脚下的土壤，会发现人种和陆块的一致性，大地有它的密码，必然遗传到它的子孙身上。"

孟中天述说了六个小时，后来我们又沉默了一个多小时，静静地望着墙上巨幅世界地形图。

我开始用一种新的目光观察世界地形，深深地被诡谲奥妙图案感动。孟中天给了我一种理解世界的方法，我随便瞟向哪里都觉得是享受。有生以来，我没有遇到过今天这样强烈的震撼，仿佛有人端坐在另一个天体上，以吞吐宇宙抚弄星云的气势，凝重地叙述史前的一切，他背后，跟随着全部大陆和海洋。这个人，命中注定要开辟一个时代，瓦解大批经营百年的理论与构想。我多么幸运而且陶醉，因为我正坐在这个人面前，是世上第一个倾听创见的人。

"你的理论命名了吗？"

"没有。"

"今后你准备怎么办？"

"让它面向世界。要用它为基本指导，重新解释海洋、陆架、岛弧、地震成因、造山运动等等，首先要从地学界若干个争论不休的疑难命题开始。任何理论，最终必须能够指导实践、改变世界及人类自身，才会被承认被接纳。这需要非常大量的研究……"

"我愿意帮助你，做什么都行，制图找资料我都在行。还有一些朋友，他们在大学，在研究所。我可以请他们帮你把理论推出去。"

"非常感谢。但是，会给你带来麻烦的。"

"那些麻烦不能跟这件事的意义相比。"

"感谢你的理解。"

"我还想问问你，外界的传闻是真的吗？"

我把所听到的一切关于他的恶迹全部说出包括有关命案审讯、男女关系方面的事。在我叙述时，孟中天的下巴不停地颤抖，眼睛又转向石膏塑像，目光内混杂着哀怨、阴毒的神情，仿佛忍受巨痛般倾听着，一次也没打断我。

我说完了，等待他回答。

孟中天转过脸，镇定地望着我："基本属实。"

"你。……你……"我再度被震撼，一时竟难以措辞。

"我承认，我不是正常意义上的好人。不过，这个世界是由好人和坏人共同创造的。历史对人的评价，不是依据他好或坏，而是依据他创造了多少。我的政治生命早已结束，我无法使死去的人复活，也无法把贞洁重新还给女人。这些问题我考虑过一千次了，我只有一个选择：在我有生之年，彻底解开地表的奥秘。我想，这比一千个人的性命，一千个女性的贞洁都更贵重，这就是我的补偿。但我又不是为补偿罪过而工作，那只是个很渺小很美好的感情。我工作是为了完成我的使命。"孟中天冷冷地微笑着，"现在，你还愿意帮助我吗？"

我也冷冷地与他对视："即使你是个杀人犯，我也要帮助你。我想你会明白，我所帮助的并不是你，而是你的理论。"

"我接受帮助。"

10

现在，我倒感到悲怆了。孟中天精神世界里，有那么多与我格格不入，甚至丑恶凶恶的东西，但他偏偏占有光芒四射的猜想，这猜想开天辟地，横扫古今。我愿意为他的猜想而献身，因为那是人类智慧的奇异结晶，一经证实必将改变全球认识，可我又不愿意支持这样一种人的人品。我真希望他死去而只把猜想留下。我所表示的：帮助他的理论而不帮助他，纯属自我宽慰，怎么能把一个人的思想从他身心上剥离开呢？如果他的猜想是伟大的，人们肯定称颂他是伟大的人，否则不会有伟大的猜想。我苦恼至极，竟有些痛恨起来。后来的几天里，我见到孟中天就迅速避开，不与他交谈。孟中天呢，也平静地做他自己的事，不主动开口。我想，他对我这类人以及我的内心，早就看得很透了。

我给女朋友韩小妮挂电话，约她见面，她是某大学地质系研究生，兼修世界经济地理专业。我非常乐意调到大军区来工作，主要是为了靠近她。我在电话里告诉她："你来吧，我们谈谈大陆变迁。"

她吱吱笑着："你懂什么大陆变迁，胡乱糟蹋我们专业词汇。只要你不变迁就行了。"

我们在大院西南角赏心亭见面，欢洽一阵之后，我说："我最近有一个奇怪的设想，地球表面大陆，是从北向南推移的。"

小妮撇着嘴角："读书读出毛病来了，别把我们地质学和你军事地形学弄在一块。"

于是，我从那只陶罐谈起，谈到它和全球地貌相似，谈到南、北极的反对称现象，谈到 X 天体，硅铝物质向南及向洋运动，火星与地球的共同表层，每块大陆蕴藏的古老的力，大洋洋底陷落与中脊的隆起，岛弧及大陆架予以的暗示……所不同的是，我将孟中天的构想全部当作我的理论。在叙述时，我发现这些构想已经深深浸润我的内心了，我侃侃而谈，有条有理，还加以独到的发挥（比如，我们此刻所站立的古长江冲积平原，它深部的大陆架基础），不啻是一次美妙享受。我还隐约感到，真正具有真理价值的思想，实际上很容易被人们掌握，绝没有我们所厌烦的姿态，它的核心仿佛就潜藏在我们身体深部，呼之即出。复叙是一种再度消化，以至于我产生幻觉，这些构想原本就是我的，现在不过是借我的口说出深层的我罢了。

起先，小娓浑不为意，她以为我又在编撰一个趣谈，她准备为结尾的妙味哈哈大笑。可是她听着听着，便化作一只泥雕娃娃了，两眼睁得极大，使我想起晶莹的北冰洋，薄施唇膏的小口张得又圆又嫩。有好几次，她眼睫激烈地闪动，想叫出声，都被我随之而出的见解生生堵了回去，她不舍得或者是不敢遗漏我的只言片语。她差不多成了只绷得很紧的气球，一碰就炸。我最后一句话异常沉着："……这仅仅是个猜想罢了。"

小娓猛地扑进我怀里，热烈地吻我口、腮、眼、额，紧身毛衣下的柔软躯体透出火热韵味，迷人的异性气息使我眩晕。

坦率地说，小娓从来没有这般彻底地被我征服过。我占有过她的肉体，但她没有交出过她的精神，在结婚问题上从不许诺，总是叹息，显然对我有不满意处。然而今天她如此痴狂！

我开始明白，为什么孟中天对异性有那么大的魅力。我妒恨而且悲伤，为什么上天把整个男性的优越都放到一个人身上。

小婗抱吻的不是我。我轻柔、坚定地推开她："旁边有人。"

小婗娇喘微微："有人怕什么？"

"这是军营。"

"军人更应该是男人！"

"现在你说说，这个猜想有价值吗？"

小婗再次激动了："啊，我差点死在你面前。你的目光非常奇特，又非常符合地表的奇特。我来不及想，只觉得目前地质研究中许多问题，用这种目光一看，就根本不是问题。它最了不起处是把大陆扩散与全球构造融会贯通，宏观的理解！翻动地壳！你一开始就站在陆地的源头，这就比目前所有学说走得更远。他们——不，我所学的一切都在大陆生成之后，细碎实用。地学界各家学说争执不已，为什么？因为各派学说能解释这种现象，就解释不了那种现象，可是在无数现象之上有一个大现象。如果你的猜想能站得住……天啊，我简直不敢往下想，你会砸掉几千个老头子的饭碗！他们之间相当多数吃了一辈子'板块'！哦，我真该来当你的研究生，我愿意全世界女人都嫁给你！你再往下说啊，说啊！我知道，思维到了这一步是根本停不住的，你肯定还有很多想法，何况你对地貌并不陌生，肯定有深入思考，你的理论的前景太广阔了，只要给资料给图谱，就可以解释任何地表的复杂力向组合。喂，你听到没有？你接着往下说。"

"难道就没有什么疑问吗？"

"你猛地抛出来个新大陆，叫我怎么反驳呢？……不光我，我想地学界也很难反驳，因为他们的总体构架也是个猜想。你只有拿出去,看谁能最大程度的被地表证实。要说疑问嘛,你刚才谈到我们脚下的冲积平原,还有它的成因和深层基础,……好像恰恰不符合你的理论。你的根据全球都是,犯不着挑这块冲积平原,不过这是个小毛病。你接着往下说。"

我蒙受着耻辱,镇定地道:"除了这个小毛病是我的,其余理论都不是我的。"

韩小娓悚然注视我,喃喃地:"是嘛……原本不像你。太惊人了。那么,是谁的理论?"

"孟中天。"

"从来没听说过这个人。"

"他不是地学界的,甚至不是科学研究人员,你当然不会听说。"

"他是干什么的?"

"军人。官场上的败将,从政不成,等候处理。"

"带我去见见他。"

我和小娓走向老楼。估计孟中天正在楼下仓库,我敲敲那扇包着铁皮的门。小娓恐惧地抓紧我,细声道:"这里真压抑……"

门开了。孟中天望着我们,不作声。

我介绍道:"她是我的朋友,韩小娓。研究生,世界经济地理专业。想和你聊聊。"

"世界经济地理?……是一门边缘学科吧,跨越地理和经济的新学科。"

"听,人家比你懂得多。"小娓掠我一眼,故作潇洒,"不过我以前学过地质。"

"太好了!"孟中天两眼生光,请我们进屋。

小娓刚进去就定身惊叫:"啊!……这么多。哪弄来的?"

她看见满满一库房的毛泽东塑像。

"当年遗留的。"孟中天回答,"现在没人要它了。"

"没人要?待会儿我走时要一个,行吗?"

"要多少都行。不过它不是装饰品。我希望人们对他有真正的理解。"

"我会努力理解。"

"那么,过会儿我帮你挑选一尊。我知道哪一尊塑像成功体现了毛泽东的独特精神。"孟中天思索片刻,"有一位地质学专家,名叫韩子午,子午线的子午。"

"你认识他吗?"小娓追问。

"不认识。我读过他的《平移断裂构造学》和《地壳应力场》,扉页上有他的照片。"

"那是他年轻时的照片。"

"韩老是你什么人?"

"你的观察确实出色,……他是我父亲。"

"我可以见到他吗?"孟中天迫不及待。

"去世九年了。"

"遗憾!"

听吧,不是悲伤,不是惋惜,而是"遗憾"!我知道,孟中天为什么遗憾。

我打破沉默:"老孟,把你的理论跟小娓谈谈吧,如果她能通过,半个地界学就会知道你。她的能量大得很,而且她不会盲目附和。"

"我先要感谢你们二位,还要感谢韩子午先生。当然啦,我要谈的……我不知道从哪里谈起。谈论学术问题,是不是有一个大概程序?……比如先谈疑难问题,后谈观点?……或者你们问,我回答？"

　　我和小娲笑起来。看到孟中天虽然经受过许多政治风浪，但是在学术场合毫无经验。

　　"我叫小胡弄点水来。"孟中天窘迫了。

　　"噢不不，等会我来弄。"我拦住孟中天，不愿让那个烧焦了脸的人惊吓了小娲。

　　孟中天迅速恢复镇定——刚才他目光掠过毛泽东塑像。口齿清晰地对小娲说："我想，开头部分苏冰同志可能跟你谈过了，我相信他的复述能力。我不再重复。我们沿着那个构想接下去谈。首先谈地壳的波状运动与弧形构造，这是大陆物质开始冷却时最主要的特征。"

　　"慢一点。"小娲指着屏风后面，"那张台子上都是文稿吗？"

　　"是的。主要观点和主要论据全在上面，不过它远远没有完成。"

　　"让我直接看文稿行吗？口头叙述损耗得太多。我一边看一边就能思考。"

　　"非常正确！千年文字会说话……"

　　孟中天欣喜中不慎失口，闪射出他在政治较量中的格言。他立刻闭嘴，把我和小娲领到屏风后面，简单介绍了一下分类，然后，理解地退出了，将这座仓库和他的全部积累交给我们，轻轻地关上门。

　　"我也要离开吗？"

　　"你别走，不过你也别跟我说话！就是我嚷起来了，摔东西了，你也别理我。听见了吗？呀，地球是一座超级火山！多好的开篇……"小娲埋首读下去。

　　我坐到角落一张行军床上，静静欣赏她的身姿容貌，接着胡思乱想一阵后,昏昏睡去。

醒来时我感到惊慌,待看清四周和小娓,方才心定。我大概睡了三小时,颇觉难堪,我走近小娓,见她双臂压在文稿上哽咽不止。

"你怎么啦?"我大惑不解,难道学术文稿能催人泪下吗?

"我在想父亲。"小娓拭泪,"你知道我非常爱他。他也是地学界巨擘。他在晚年,曾经考虑过全球大陆可能有一个统一的来源,他确实这么想过。和孟中天的某些观点非常近似。但是父亲不敢立论,因为他在地球上找不到动力来源。孟中天找到了,就是X天体。其实又不是找到的,而是创造出一个猜想。"

我难受极了。

"遗憾吧?又岂止遗憾呢。这篇文稿里,几乎所有的地貌现象、数据、图片、实验报告、观察记录,都是别人的。好多是直接引自父亲和刘伯伯的著作。他们当年为获取这些资料,真是披肝沥胆,跋山涉水,几乎送命。孟中天用到自己文稿里来了,重新解释了它们,因为父亲和刘伯伯解释不了,或者是解释的不对。科学真无情,让我们终生耕耘,让他去收获!……他用来反驳父亲的东西,恰恰是父亲自己发现的东西。他用来驳斥刘伯伯的根据,又恰恰是刘伯伯论文里的根据。我不明白,他为什么如此绝情!比如说,你不同意我父亲,完全可以用另外人的成果来反驳他。可是他不,他非用你来证实你错,我真不明白这种心理状态。但这些都是另外领域里的精神现象,与地学无关,他这样做反可以强化文稿的论战风格,迅速征服读者。我矛盾极了,痛苦极了。一方面不得不赞叹他的卓越见解,一方面还得看父亲被瓦解,在流血……"

"他的理论到底能否成立?"我克制住愤怒。

"当然成立!至于地学界能否接受,我难以预料。也许明天,也许十年，也许下个世纪，他才能被承认。因为他的设想有划时代的意义，不像发明魔方那样立刻风靡人类。科学史上有些创见，越是卓越也就越埋没得久。同样，要证实它荒谬，也需要几百年时间。用地质尺度衡量，几百年太短了。"

"那你为什么现在就说他成立？"

"因为我是凡人，而他是天才！我的全部知识不足以对他质疑，我父亲和刘伯伯加在一起，恐怕也不如他有力。唉，父亲当年要是把他的设想推进一步，或者半步，就必然越出地球到宇宙空间找原因，那就没有孟中天之流了，可惜父亲命中注定迈不出最后半步。明白了吧，这就是天才和人才的区别。他们在研究深度上差别非常小——半步，在创造精神上差别非常大。孟中天敢编出一个看不到的天体，父亲敢吗？谁又能够否定一个看不到的天体？于是问题重新回到地球上来，孟中天居然在地球上寻找X天体的存在。这实际上是逆推理。看起来不太复杂，但在科研领域中，就像漫天雨点往下掉，其中一个却向上飞那样罕见！这个雨点是失常的，它非有点疯狂精神不可。疯狂——与科学精神完全相悖。奇妙的是：科学的进步，又离不开与之相悖的东西的刺激。天才科学家，比其他科学家所多的，就是那一点与科学相悖的东西。"

我被小婗的谈吐迷惑住了："你从来没有像今天这样动人……"

小婗笑了："受刺激的结果呗。越是刺激我，我就越是有魅力——全校公认！我问你，你以为我会爱上他，是吧？说实话！"

"是的。"

"告诉你，我不会爱上他，也不会爱上类似他的人。爱天才，是女人的悲剧。而且他那样的人，肯定爱整个女性却不会始终爱一个女性。你看那文稿：取天下为己用，又弃天下为己用，简直该千刀万剐！我先警告你：我们帮助他成名，千万休想沾他点好处。相反，要有点陪他倒霉的准备！"

"怎么，我们还帮助他？"

"帮！全心全意地帮助他。他的构想属于人类，上帝不过是借他做个容器罢了。再说我们不帮，自有人会拥上来帮。与其让那些心胸狭窄图谋私利的人去帮他，倒不如你我两个情男怨女去帮他。"

"你真是个小圣母！"

我抱起小婗倒在床上，开始我们的私生活。

11

韩小婗把文稿带给父亲的学生、省科学院地质研究所所长潘墨博士。潘博士连夜读完，大加赞赏，连呼："奇才奇才！"他翌日告诉小婗：文稿已超出一般博士论文水平，其构想的价值更难以估价。他准备调集力量，成立一个新的研究室，专门研究孟中天构想，他将直接掌握并推动对"构想"的研究。可能的话，以特邀研究员名义将孟中天从军队中调出。小婗向他指出：要考虑到地学界权威们的态度。潘博士认为："不能等他们表态。只有尽快把'构想'推出来，引起轩然大波后，才能迫使人正视，事情反而好办些。在此之前，应做两件事：第一，协助孟中天完成论著，删除猜测色彩，保留猜想精神，丰富资料，完善论点，使文稿学术化。第二，对内部相对保密，对外界绝对保密。孟的理论暂名'孟氏构想'，内容不准外泄。我们从本届世界地质年会上得知：英国布伦斯基教授主持的地质研究所，已经将地壳研究和宇宙生成研究合并起来了，你知道这意味着什么。还有，协助孟中天工作的人不能伤害他的始发状态，最好仍使他保持习惯的心理环境，这样，他的创造力会自然喷涌。具备天才的人和发挥天才是两回事，天才有时非常娇嫩，稍一触摸，他内心的天才力就死去。哦，我快成保姆了。我半生已过，一事无成。这件事，也许是我毕生中最有意义的事，也许是最荒唐的事。不过，我嗅到了熟悉的气味，刺激我非干一场不可。"

沉寂多年的老楼，渐渐被人注意。

我下班回来，经常看见楼前老桉树下，停着小轿车，或者是越野车、摩托车。它们一律悬挂地方牌号。军区大院连外单位军车都要登记出入，这些频繁出现的地方车辆，引起机关干部不少猜疑，孟中天的"仓库"已经变成研究室了，各色图谱、标本、照片四处散置，地质所两个年轻的助理研究员每天来此一趟。我全部业余时间，都用在制图画表上了。小婗则在四处活动，力邀全国各地的地学界权威人士，前来参加下月召开的"孟中天报告会"。省科学院已和军区高层领导协商过了，军区最终态度是：对孟中天的研究工作，军区既不干涉也不支持，凡进出大院找孟中天的车辆人员，概不阻拦。对机关干部的种种猜疑，概不解释。

大院里的人们，都知道西南角的老楼里正在发生着什么，又都不知道发生的是什么。

于是，我就成了焦点。不管认识不认识的人，见了我总要含蓄地问及孟中天，顺便忆几句以往。我才发现：尽管孟中天蜗居八年，机关干部也已更新了近一半，大院里的人们仍然全知道他。

我遇见一件极不痛快的事。

处长把我叫进他的办公室，告诉我，我所制订的"炮群抗登陆演习预案",被部里退回来了,责令重搞。处长批评我战术背景粗糙,敌情设置过于简单,对通讯联络也没做出限定……全都是不应有的疏忽。处长问我究竟出了什么事?我回答,时间紧张。处长锋利地说:希望你摆脱孟中天。

"预案"不让我弄了,由处长接过去,他派我去了解一件棘手的事故。而这件事故的始末,部长早已从侧面掌握了。派我去,完全是多余的任务。

我在外面奔波了一天,傍晚回到老楼。

孟中天肯定从我脸上看出迹象,但他什么也没有说。这天晚上,我们工作得很不顺手,"塑性流动"的图示几次返工,孟中天也发生思维障碍,在屋内踱来踱去。

过了一会,孟中天抱来一尊半尺多高的毛泽东塑像,那是他曾经答应送给小妮的。他说:"看看他的眼睛!"

我观察这尊塑像,发现他的目光是朝下看的。

"所有的主席塑像,不,所有的领袖塑像,包括马思列斯,目光都是正视远方,呈水平略微偏上。唯独这一尊是注视下方,俯视着大地和人民。你有什么感受?"

"啊,太像他了。"我陷入思索。

"因此,别的全是偶像,这一尊是人像。"

孟中天把塑像放回木架,啪地关掉屋内大灯,然后坐到我面前,调暗台灯的亮度,使我们处于暗淡柔和氛围中,说:"今天不工作了,我们谈点别的。从我第一次接触你开始,我就想帮助你,谁料后来却是你帮助我了。"

"你能帮助我干什么?"

"帮助你在高级机关生存发展。我清楚你的素质,你是值得帮助的人。"

"做官？"我故意尖刻。

"如果合适于你，为什么不做？好啦，我们别在一些双方都理解的问题上纠缠了。我刚才说的生存发展，也不限于做官掌权，范围要广阔得多。"

"你怎么帮助我呢？"

"我认识很多人，从军区领导到各部参谋。好些人至今仍和我联系……"

我打断他："不必，我不想走这类门路！"

"我也不想帮你走门路。你听我说。我在团里当参谋时，就被团长当作'图库'，我到军区工作后，又成了宋雨同志的'图库'。当然不是地图。我认识很多人，甚至从未见过的人我也认识，他们的历史、个性、质量、关系网络等等。我还知道很多事，以及这些事和各种人的渊源。我还掌握很多问题，各级各部苦思不解的问题。简单地说，在我脑子里有很多很多资料，这些资料对任何人都极为宝贵！我曾经在别人那里取用过无数地质资料，你为什么不能取用我的资料呢？而且，我仅仅提供资料，帮助你看清周围的人，以及这些人背后的人。至于怎样理解资料和使用资料，完全是你的事。我不提供观点和结论。"

我不知所措，好奇与欲望在胸中涌动，我死死地盯住他。

"我犹豫了很久，因为这样做对你有危险。首先，你可能消化不了，压垮你的神经，营养太多反而损害健康。第二，你可能错误运用，把人参当萝卜煮，结果煮出来的味道，连萝卜也不如。第三，既然是出自我口，不可避免地要带进我的独见和理解，你必须要有力量和我保持距离——在精神上和立场上。第四最容易做到，就是保密，永远别提到我。你衡量一下，如果你认为自己行，我就说。如果不行，咱们就各尽天命：继续工作。"

"你下结论吧。你认为我行不行？"我豪气大增。

孟中天略带讥意地微笑："没人说自己不行。你愿意冒险，我就供给险境吧。"

孟中天先从我所在的炮兵部说起，将深孚众望的陈部长放到司令部十几个部、局长的群体中比较，分析他的优劣短长。又介绍陈部长是怎样升上来的，他和哪位军区首长最为默契，他的助手及下属处长们的当年情况。……帷幕扯开，大院内的重要角色一个个登场，孟中天如数家珍，详尽地叙述他们的个性、好恶、相互关系和大量秘闻轶事。我视野大开，忽然跃入一种新的境界，在这种境界里，我不为人知地俯视着他们，我看见他们手里抓着的每张牌，而我立于牌场之外，每个人的技巧与失误，统统在我眼内，他们再也不那么神秘了。

孟中天一反昔日冷峻含蓄，变得异常幽默，他描绘人事的本领堪称天下一品，甚至比他描绘地貌的本领还要卓越。我完全明白，只有深刻理解人心的人才可能如此描绘人事。孟中天蜗居八年，痛定思痛，神游于渊，身枯如土，竟然将人间与大地沟通起来。人间所埋藏的各种欲望、门派、关系等等，和大地所埋藏各种力向、裂隙、脉络等等，惊人地相互对应！就连许多地学词汇，他也直接用于人际。比如：山头、支撑点、核心部位、侵入、弯曲、裂痕、覆盖、陷落、悬挂、波状运动、持衡补偿、薄弱层和异常区等等。

这就是我和孟中天相处的第二个不眠之夜。上一次，他翻动地壳给予我巨大震撼和享受。

这一次，他又翻动大院让我欣赏，不着痕迹地更新我。许多人在被更新中感到痛楚，而我在被更新中感到快活。

孟中天似乎进入微醺状态，两眼湿润发亮，面容热情洋溢，不时起身做各种手势，显然也沉浸在某种疏阔已久的喜悦中了。

我们每次畅谈之后，都有一阵久久的沉默，谁也不望谁，内心更加激动，犹如岩浆在胸内奔涌，但不喷出地表。直到相互的微笑。

孟中天开始询问我的工作情况，过去他从不问。

我把今天那件极不痛快的事告诉他，顺便叙述了所发生的事故：

部属单位有一个年轻参谋，品学俱佳，业务优秀。可是家庭生活不幸，已有外遇，妻子浑然不知。三天前，参谋外出执行任务，归途中绕到情人宿舍去了。就在火车站附近，住了一夜。凌晨匆忙往回赶，为了争取时间，他想扒乘运行中的列车，结果被卷进车轮碾死。

孟中天惋惜一声，问："他妻子知道他死前的那一夜怎么过的吗？"

"一点不知道。"

"你们部长却知道，对吗？"

"我想他已经知道了。"

"你准备怎么写调查报告？"

"如实汇报。"

孟中天欲言又止，轻微地摇头。

"如果是你，你准备怎样写报告？"

"删去他幽会的内容，就说他是在执行任务中，为争取时间扒乘列车牺牲的。只有这样，这位同志才能得到另外的待遇，死者的妻子才会少些痛苦。还有那位情人，才不会暴露在光天化日之下，被人责骂，他们可能是真心相爱。死者已经死去，一切要为活着的人着想。死者又是你们部属人员,你们有责任,但你们不难堪了。"

"部长可能掌握真实情况!"

"他告诉过你吗?"

"一点不露。"

"那他就是不知道。报告是你写,你是唯一有权解释这件事的人。"

"万一部长把报告打回来……"

"你应该理解部长内心,你给他提供了另一种选择角度,剩下的事该由他决定。最重要的是:你还要准备为这件事承担责任,因为去调查的是你,不是部长。我过去做过的许多事,你以为全是上头有明确指示我才做的吗?不……复杂的意向往往不明确,甚至完全不予指示。全看你理解。一旦公开,仍然全由你承担责任。你不能有丝毫推诿。"

"我明白了。"

第二天,我把报告写好交给部长,部长迅速阅完,即叫秘书上报。对我没有任何表示。

我回来把情况告知孟中天。他淡淡说:"到底是部长啊……你不能要求他马上报答你,他已经认识你了。"

以后,每当我们工作累了,孟中天就停下来,叙说他脑库里的"资料",换换心,用这类话题代替休息。我也经常把机关的最新见闻告诉他,他极有兴味地听着,并不多做评论。我们乐此不疲,以至于往往忘了工作。孟中天多次表示:此生将以大地为终结,永不涉足官场。我越发敬重他了。

12

地质研究所主办的"大陆生成学术讨论会",在一间大型阶梯教学厅里举行。韩小娓奔波邀请的人士中,只有半数到会,许多人是拿到孟中天论文后托辞不来的。到会的最重要的人物,就是小娓称作"刘伯伯"的刘以海教授,他抱病从医院赶来赴会,坐在临时置放的一排沙发中间。在他两旁分别坐着省地质局和科学院的老专家及著名研究员,就阵容来看,已经令人肃然起敬了。何况,会议开始后,又陆续赶来些在地学研究中颇为活跃的学者,他们是听说刘老到会才奔来的,估计有想借此机会求教于刘老,而并非重视孟中天的报告。到会最多的是中青年地质工作者和大学地质系研究生们。他们交头接耳,窃窃私语,"孟氏构想"早引起他们极大兴趣。

孟中天着一身军装走向讲台,激起微弱的喧哗,许多人没料到他是位军人。地质所一位年轻人操作着投影器。

孟中天开始宣读论文,大厅内顿时寂静。屏幕上陆续出现我制作的图片。孟中天的音色很适合于演说,他完全不看文稿,避免了公式感。他语言中有很强的造型力量,每次语意递进都刺激人们的想象。他的推理从来不"推"到尽头,约摸"推"到九分处便止步,把最后一分交给听众完成。在这种显赫场面下,新人常有的拘谨和不必要的恭敬,他一点也没有。他侃侃而谈,自信到了"舍我其谁"的地步。人们肯定不会注意他的内心状态,全被他的叙述吸引住了,并且非得聚精会神,才不至于被他的思维给抛下。但我注意到了,我熟悉他此刻神游何方,别看他面对千人谈吐挥洒,其实在他精神上绝无他们,只有他自己。面前的赫赫人物,他视而不见。我体会到一种微妙意境:孟中天越是目中无人,便越能诱惑人。

演说恰好一小时，在预定时间内结束。我们充分估计到了与会者的精神亢奋时限，若是再延长，他们可能会疲倦。孟中天聪敏地采取了"支撑点"式的论文结构，充分表达了"构想"的若干关键部位，也即最具创造性的部位，其余俱隐在不言中，让听众去追踪、遐想。

掌声四起。最热烈的掌声来自后面，前排的掌声是礼貌性的。刘以海教授只把压在拐杖上的手无声地摩掌了几下。

提问与答辩开始，大厅内又恢复寂静。这是我们不安的时刻，小娓靠拢我，神情紧张。人们都沉默着，原因很明显：后排人不愿僭越，率先发问。而前面的权威人物们又统统稳坐不动，从他们的脸上几乎看不出丝毫态度。

孟中天呷了半口茶，面带微笑，手掌轻轻抚弄文稿。巨大耐力忍受着沉默。

潘墨所长从听众席左侧起身，朝大家略微一弓腰，说："我要做些补充。"转身又朝孟中天再弓腰，"我想做些补充。"孟中天和全体听众都为他的郑重态度惊奇。潘墨走上讲台，对操作投影器的人员示意："请重视'K省弧形构造和镶嵌地块'图。"

屏幕闪现K省图案，图案上覆盖许多弧线。弧线与弧线交叉，将K省分割成许多碎片。

"请注意，按照孟中天的理论：K省正处在东亚向南弧形构造系前锋地带，又处在琉球向洋弧形构造西翼，两组弧形构造系在K省重叠、交会，造成了K省的复杂地貌。因此，它理所当然地成了体现孟中天理论的典型地块，我所正好掌握一些K省的地质资料，请大家观看，先出示K省已勘明矿藏图。"

投影器打出另一幅K省图案，上面没有任何弧线，只有十余处矿藏标志符号：铁矿、铝矿、钨矿、银矿……

潘墨大声道："请将两图重叠！"

K省矿藏图慢慢朝K省"弧型构造与镶嵌地块"图靠拢，颤动一下，两图完全复合。

大厅里爆发出一阵惊叫。所有的矿藏符号，全部落在弧形线的密集交叉处。没有一个矿藏跑到交叉处以外的空白区去。

潘墨拿起标示杆，指点着图上没有矿藏符号但弧线仍密集交叉的地方，说："这几处地区，会不会也有矿藏呢？我们询问了K省地质局，他们答复，就已勘察过的三处资料有矿产来看，但品位低，储量小，无开采价值。关键是：有！而不是没有。现在，再请出示K省地震资料图。"

屏幕上出现新的K省图案，上面散布着密密的地震震中区符号。

"这是K省有籍可查的、八百年来地震情况。有两个特点：一、它们全部是中、浅层地震；二、它们全处在K省的东南一带。现在，请将两图重叠。"

地震图又滑向"弧形构造与镶嵌地块"图。人群中发出有控制的惊叫。所有震中符号，全部落在南向弯曲的弧形线上，形成一道宽阔的地震带。往其他方向弯曲的弧线地区，八百年来竟无一次地震发生。

"由于这种吻合太奇异了，为了不使孟中天过于激动，我们事先没有告知他。但是，我们却一直激动着，如何解释这种奇异的吻合呢？假如这是一种普遍现象的话，就意味着证实两点：第一，大地确有过向南及海洋运动的历史；第二，新理论在地质研究与勘探中有巨大的使用价值。我补充完了。"潘墨再次鞠躬，走回座位。

大厅猛烈骚动了，许多人竟跑到屏幕前来，反复观看图片。

四个人同时站出要求发言，而我激动得听不清他们讲了什么……

讨论会结束时，气氛一边倒。几乎所有的发言人都赞同孟中天的理论，只有几人表示了微弱的质疑，我们准备的全部文稿被争抢一空，潘墨所长在听众的一致要求下，当场确定了下一次报告会的日期。

以刘以海教授为中心的前排人物，在戏剧性变化开始时，明显被触动了，但是仍无一人起身发言，并且将沉默保持到最后。

就冲着这种顽强，我也佩服他们。

13

"孟氏构想"的震动迅速扩大，四所大学地质系、九个省地质研究所来函来人邀请孟中天前去讲学。孟中天当然全部拒绝了，新理论急需完整与深化。

但是地学界的著名人物迟迟不表态。最重要的刊物《地学研究》没有刊出孟中天的论文。刘以海教授仍住在医院，病榻上搁着孟中天的演讲稿，固执地对来人说："哦……我会做出判断的，我暂时死不了。你们不要逼我。"

出于许多原因，刘老不表态，潘墨所长的计划就难以顺利进行，孟中天就只能在老楼栖身，不能调进地质研究所从事终生的研究。

孟中天一次次安慰我："等待吧。我以前怎么生活，以后还怎么生活。该来的总是会来。"

一天中午，小娓来到老楼，左臂带着黑纱，面容疲乏，告诉我和孟中天：刘老凌晨四时去世了，遗体告别仪式下午举行，她要去参加，不能久待。刘老临死前有遗嘱，建议潘墨将孟中天调进地质研究所……

"他支持'孟氏构想'啦!"我说。

"没有。他至死没做判断。或者说,死亡使他避免了一次重大选择。"小娓几欲落泪,匆匆离去。

我和孟中天呆立着。

过了许久,孟中天喃喃地道:"他比我强大……"

我不明白他的意思。我说:"咱们应该去参加仪式。"

"没有通知我们。"

"知道了就应该去。"

"是应该,但我不去。我的哀痛不会比任何一个去的人少!"

孟中天走开,我独自赶往医院。

下午四时,我参加告别仪式归来,看见老楼前面停着一辆"奔驰"二八〇型轿车。我感动惊奇,从来没有这样级别的轿车在老楼前出现过。我走近些,更加惊奇了,车在缓缓驰离,车内坐着位老军人。

我直奔那间仓库,孟中天站在大幅世界地形图前沉思。

我问:"来的是宋雨吧?"

"不错。"

我不作声,心脏狂跳。我等他主动袒露。

孟中天从地图上收回目光,说:"这是他第二次亲自前来。……他接到中央军委指示,将赴××军区任司令员,限十五天到职。他只能带一人走,就是秘书。"

"他要你跟他去,去当他的秘书,是不是?"

"以秘书名义去,不一定当秘书。我已经不适于给首长当秘书了。"

"都一样!你答应了吗?"

孟中天点点头。

我几乎气得发疯："你见了他就跟见了上帝一样。"

"不对！他没有命令我去，只是征求我的意见。我愿意跟他去。对不起，我只能告诉你这么多了。军委命令下达前，请你暂勿外传。"

"'孟氏构想'呢？"

"留在地壳上，谁也夺不去。但我，不再介入了。"

"哈哈哈……"我恶毒地笑了，"你极端自私，你向往权力，你取天下为己用，又弃天下为己用。"

"谁说的？"

"韩小娓。"

"精彩！女人的直感比男人好。唉，怎么跟你说呢？坦率地讲，我一直等待这一天，我一直渴望回到那种生活与斗争中去，这渴望从来没有死灭。否则，我根本就不会有什么'孟氏构想'。我把压抑的热情转移到地壳上来，原来就是绝望中的迸发！没想到会获得今天这样成功。我当然知道，把今天继续下去，我会获得什么。不过，我宁肯回到那种生活中再度失败，也不在这里寻找成功。至于你说的自私呀权力呀，并不对。那是我命定的生活境界，比权欲之类壮阔得多。我会把地壳上的全部发现，带进未来生活，再迸发一回！哦，只是不在这间房里了，那里也没有这样的库房……"孟中天惋惜了。

"你欺骗我们，什么'以大地为终生，永不涉足官场'……"

孟中天惊愕地看我，点点头："我说过吗？要是说过，那肯定是真诚的。"孟中天真诚地说。

我跑出楼，要挂电话告诉小娓。

远处有辆吉普驰近，潘墨和小娓从车内下来，左臂上的黑纱尚未摘除。潘墨非常激动:"我刚接到军区党办电话,说他要走。怎么怎么?他不好跟领导讲,我去讲嘛。简直荒唐!孟的理论,价值超过一个集团军,怎么怎么?……"

我说:"他一直在期待今天。"

"他抛弃构想?"潘墨惊呼。

小娓冷冷地:"敢于抛弃,才是天才!"

"他言而无信?"

小娓又冷冷地:"大人者,言不必信,行不必果。"

潘墨一霎时苍老下去。随着苍老竟也冷静下来:"我们不能抛弃构想,它属于科学……"

小娓再冷冷地:"构想碰巧放在孟氏容器里。"

"奔驰"二八〇几乎无声地驰来,停在旧楼破旧台阶前,鸣笛催促。

孟中天着一身旧军装从楼里出来,身后跟着戴口罩的小胡。小胡迅速钻进车中。孟中天来到我们面前,言语平静如常:"刘老长眠在我心里,还有韩老。"

小娓道:"这句话我深信不移。"

孟中天掏出一串钥匙走到我面前:"老楼全部属于你了!宋雨同意我带小胡走,他和我一起生活。"

我接过钥匙,无言。

孟中天走到车旁,打开车门,久久注视我们。忽然脱下军帽,深深一鞠躬。戴上军帽,有力地行个军礼。礼毕,低声说:"我想,我们都会成功。全部大陆都这么说过。"

1988 年底于南京太平门